今ひとたびの高見順

最後の文士とその時代

山田邦紀

現代書館

まえがき

高見順は昭和を代表する文学者の一人である。

「私生児」として福井県に生まれたが、生後一年で母及び祖母と三人で上京、東京で育つ。旧制第一高等学校に入ると社会思想研究会のメンバーとなり、次いで同人誌に熱中する。東京帝国大学文学部英文科に進んだ彼は左派系の同人誌に参加、友人と左翼芸術同盟を作るなどプロレタリア文学運動に接近し、卒業後はひたすらプロレタリア文学に邁進した。そして二十五歳のとき治安維持法違反で検挙され、激しい拷問を受けて転向した。

その後、二十八歳のとき同人誌に左翼運動に挫折した青年たちの姿を描いた「故旧忘れ得べき」を連載、第一回芥川賞候補となり、ここから人気作家としてのスタートを切った。

戦中は陸軍宣伝班員に徴用され、ビルマ（現在のミャンマー）や中国などに渡った。ビルマでは軍務のかたわらビルマの作家たちと親交を結び、ビルマ作家協会の結成に尽力した。

敗戦直後には作家・久米正雄、川端康成たちと出版社『鎌倉文庫』を設立、役員（常務）として話題作や雑誌を次々に出して出版界に旋風を巻き起こす。高見順は出版社に勤務しながら猛烈な勢いで小説を書いた。自己の出生の秘密に迫る「わが胸の底のここには」、甘美な恋愛を描いた「今ひとたびの」

などがそれである。

また昭和三十三（一九五八）年に国会に上程された「警職法（警察官職務執行法）改正案」に反対、国会で公述人として反対意見を述べ、文壇人にデモを呼びかけた。拷問を受けて転向を余儀なくされた体験から、日本が再び警察国家になる恐れが強いと考えたからだ。

評論家・奥野健男は「高見順の青春、その文学的出発と変遷を辿る時、そのまま昭和という時代の特徴と変遷を辿っている思いがする。これほど皮膚が時代の空気に鋭敏に繊細に反応し、アレルギーを起こし易い文学者はほかにいない」と記している（『高見順』）。昭和、なかんずく戦前史に関心を寄せる者にとって高見順の小説や詩、評論、そして日記は貴重で、ことに膨大な量の日記は従兄弟である永井荷風の日記「断腸亭日乗」と並び称される。また五年の歳月をかけた「昭和文学盛衰史」はきわめて文学史的価値が高い。

さらに高見順は昭和十一年の二・二六事件を追った大作「激流」、代表作とされる傑作「いやな感じ」、壮大な構想の「大いなる手の影」の連載（昭和史三部作）を始めるのだが、やがて不運にも食道がんが見つかり、闘病の末、昭和四十（一九六五）年に没した。そのため「いやな感じ」は完成したものの、「激流」と「大いなる手の影」はついに未完となった。なお、がん手術直後に書かれた詩集『死の淵より』はいまも高く評価されている。

こうした高見順の作品は、昭和も遠くなったいま、読む人は徐々に少なくなってきたようだ。残念なことだが、その一方で再評価の機運も出てきている。彼の代表作のタイトルでもある「いやな感じ」が、いま戦前と同じく広く日本を覆い尽くしてきたからだ。

満州事変を経て日中戦争、太平洋戦争に突入するまでの過程で、小説の主人公及びその背後にいる作者の高見順はたびたび「いやな感じ」を経験する。その同じ「いやな感じ」が、憲法を変えて日本をおおっぴらに〝戦争のできる国〟にしようという現在の安倍政権下で急速に強くなってきているのだ。戦前の治安維持法に相当する特定秘密保護法も平成二十六（二〇一四）年十二月に施行されている。

だとすれば、二度と戦争を起こさないためにも、昭和の証言者・高見順の生涯と作品を振り返ることは決して無駄ではなく、むしろもう一度彼と彼の作品に向き合うことこそ必要なのではないか。同時に、その時代の政治・社会がどう動いたのかを冷静に見直し、高見順が生きざるを得なかった軌跡を辿るのも、大いに意味のあることだろう。とかく日本人は忘れっぽいが、昭和期、高見順が深手を負いながらも知識人として対峙し続けたファシズムという怪物は、またすぐそこまで迫ってきているのだ。

今ひとたびの高見順＊目次

第一章　出生

二編の「私生児」

高見順はついに一度も父親との対面を果たせなかった。この「父親不在」が高見文学を読み解くうえでの重要なキーワードであることは間違いないだろう。

いったいどんな事情でそうなったのか、まずはそのあたりから話を始めたい。

〝書き魔〟の異名にたがわず、高見順は五十八年という決して長いとはいえない生涯に夥しい数の小説、詩、評論、エッセイ、そして日記を残している。勁草書房から出されている全集は全二〇巻プラス別巻の計二一巻、同じく勁草書房刊行の日記は正・続合わせて計一七巻。その他「混濁の浪　わが一高時代」「三十五歳の詩人」など、全集に入っていない作品も多い。

彼の愛読者・ファンにはつとに知られたことなのだろうが、その作品群を眺めていると、ある事実に気づく。同じタイトルの小説が二編あるのだ。いくら多作の作家であっても、普通はまずあり得ないことだ。

その二つの小説の題名は「私生児」。

いうまでもなく、現行民法では「私生児」あるいは「私生子」という呼び方はしない。しかし明治民法では法律上の婚姻関係にない男女間に生まれた子を「私生児」と呼び、父親の認知を得れば父の「庶子」とされた。庶子というのは父が認知した私生児のことである。しかし昭和十七（一九四二）年の民法改正で「戸籍にまで私生児という名称を記載するのは酷である」という理由で「私生児」と「庶子」は民法規定から外され「非嫡出子」となった。現行法でも「嫡出でない子」、または「非嫡出子」となっている。当時の私生児は現在では想像できないほど世間から冷たい目で見られた。

高見順が最初に書いた「私生児」は昭和五（一九三〇）年『文藝月刊』五月号に載った。高見順二十三歳、東京帝国大学を卒業した年に書かれたもの。『文藝月刊』は左翼系文芸誌である。

その内容は次の通りだ。


敏子は墓場裏にあるオンボロアパートの二階でゴロつきの元《はじめ》と同棲している不良娘だ。とはいえ小学校時代は成績優秀で、常に首席を争っていた。

そんな敏子を、小学校では友人たちがチクチクといじめていた。府立の女学校を志望する敏子に、「でも、府立はちゃんとした家庭の子じゃないと入れないって話よ」というのだ。

そして女の子同士で「あの人ね、私生児なのよ」といい合っていた。「お妾さんの子供だってさ。あの陰険屋さん！」

府立女学校に進んだある日、敏子は母親と口論し学校を遅刻した。教室に入るとクラスの生徒たちが異様な目つきで敏子を眺める。そして敏子と視線が合うとあわてて視線をそらす。敏子はハッとした。自分のことに関して何か起きたに違いない。先生の目も、今日は敏子に注がれがちだ。敏子の心臓が鳴り出した。

事件は、強欲で鳴る父親が経営する工場で起きていた。不当な待遇をめぐって女工たちが争議団を結成、ストライキに入ったのだ。女工たちは謄写版でビラを印刷、敏子の通う府立女学校の生徒たちに配っていた。そこにはこんなことが書かれていた。

三年生A組　小澤敏子
二年生B組　釘本愛子
ここからは原文からの引用。

この二人は姓は違っていますが、同じ父親の子供です。詳しく言えば釘本愛子は本妻の子で、小澤敏子は妾の子です。釘本は小澤敏子の母親のほかにまだたくさんの妾をかかえて贅沢ザンマイにふけっています。その金はみなあたし達から搾りとったものです。あたし達はいくら働いても食べてゆかれないのに、釘本はあたし達から搾取した金でワルイコトばかりやっています。みなさんは釘本があたし達の要求をいれるまで、そうしたワルイおやじの娘と遊ばないように願います。

朱にまじはれば赤くなる‼
オヤヂの根性がなほるまで

オヤヂの娘　釘本愛子　小澤敏子と遊ぶな‼

そのビラを見て敏子は泣き出した。その日から敏子は学校を休みがちになり、不良たちと付き合い始める。女学校はやがて退学になった。元と同棲し始めたのもその頃からである。

こうしたある朝、サーベルの音を響かせて階段を上ってくる数人の足音が聞こえてきた。警官だ。敏子はハッとした。一瞬、自分たちの部屋にきたのかと思ったのだ。

だがサーベルの音は敏子の部屋の前を通りすぎ、隣の部屋に侵入した。隣室には社会主義者の大学生が住んでいる。社会主義者といっても、喫茶店などで暴れるようなことはなく、いつも夜遅くまで勉強している穏やかな学生で、敏子は彼に好意を抱いていた。

逮捕された学生は長らく帰ってこなかった。ようやく戻ってきたときは山男のようにヒゲが伸び、敏子の部屋にカミソリを借りにきた。敏子は大学生の部屋を刑事がひそかに見張っていることを知っていた。大学生のところを訪ねてくる人間がいればイモヅル式に捕まえようというのだ。「余計なチョッカイを出すのはよせ」と元は反対したが、敏子はあえて大学生にそのことを教えようとする……。

二編目の「私生児」

もう一編の「私生児」は昭和十（一九三五）年の『中央公論』十二月号に掲載された作品。初めの「私生児」から五年後、二十八歳のときに書かれたものだ。その書き出しはこうだ。

母親は私を見ると忽ち眼を涙で光らせた。――としたのは、私の感傷であって、特高主任の机の前で膝の上に両手を揃へ、うなだれ蒼褪めた顔に屈辱の涙がいまにも迸り落ちようとするのを息をこらして下唇を嚙んで堪へていた母親は、私の姿を戸口に認めると、ホッと救はれた顔を挙げたのだ。私を前にすれば、もう泣くことはなかった。

高見順はこの作品を発表する二年前の昭和八（一九三三）年一月（時期については諸説ある）、治安維持法違反で検挙されている。詳しくは後述するが、この昭和十年発表の「私生児」はきわめて自伝的要素の強い小説といっていい。冒頭のこの部分は、逮捕された「私」に母親が差し入れ（鶏のスープや牛乳、フレンチ・トーストなど）を持って警察署に面会にきた場面である。「私」が高見順自身を投影した主人公であるのはいうまでもない。この小説のハイライトは、やはり検挙され検事調書を書かされる場面だろう。

母親が警察署を訪れ私に会ってから数日して、私は検事局に提出する手記の執筆を命ぜられた。はじめに家庭の事情をしるすように言はれ、「私は私生児で有ります」――劈頭第一にかう書いて鉛筆を置いた。そこに、私が左傾した因縁をおくのは多少とも、ウソをついた際の後口《あとくち》のわるさがあるやうであったが、かう特筆大書した気持をつきつめ、みつめると、ウソではなく思はれても来た。私は瞑目し、私の生ひ立ちを振り返ってみたのであったが、――ここで鳥渡《ちょっと》、それを讀者に語り度いとおもふのである。

忘れもしない、私が小学校六年の時、私は府立一中の受験を目指して勉強してゐた。すると、ある時、同級生の一人が、私生児の如き不潔な奴は府立にははいれない規定である旨、子供の意地悪い露骨さで私に大聲で語り、私がうそだい！　と反抗すると、忽ち圓陣を作った悪童どもの真中に突きだされて、やーい、私生児、私生児と散々に私は罵られこづき廻された。私はいま迄、なにかというとやい、――仕立屋の父《てて》なし子とはやしたてられ、後指をさされるのには慣れてゐたけど、私生児という新式な別稱は初耳であった。私は寄ってたかって踏んづけられ、額に裂傷を負はされ、しかし歯を喰ひしばって泣かず、漸くのことで重圍を脱すると、學校の裏門をとびだして一目散にわが家へ駈けこんだ。ワアワアと泣いて、私は母親に打ってかかり、今すぐ私を私生児でなくしてくれ、でなかったら河に飛び込んで死んでしまふと喚いた。

そのとき、母親は奉書紙に包まれた小さな新聞の切り抜きを針箱の奥から取り出し、これがお前の父親ですと、震える指先で指し示した。以来、「私」はその写真をボロボロになるまで眺め、机の中に隠していた。再度引用。

――△△氏が初めて私の母親を見たのは、彼が福井縣知事として縣下巡察の砌、M―町に来た時で、日露戦争當時の風習として食事の給仕に選ばれた素人娘が夜伽のつとめもしなければならなかったものかどうか、私はこれを詳らかにせぬが、母親は不幸にもその時、私という因果な子を胎んだのである。

夜伽という言葉もいまは使わない。権力者が女性に酒色、ことに夜の性の相手をさせることだ。「私」が二歳のとき、狭い港町の噂に耐えかねて母と祖母は「私」を連れて東京に出た。父の△△氏はすでに知事を辞めて東京・芝に移り住んでおり、その後を追う形で上京したのだ。△△氏は腹心の者を間に立ててわずか月十円の生活補助を約束したが、金輪際、「私たち」の前に姿を現さなかった。母親はやむなくしがない「よろず裁縫處」を営んで糊口を凌ぐことになった。

治安維持法違反で検挙された当時、「私」はすでに喜美子と結婚、母親と別居していた。喜美子とは大学二年のときに知り合った。嫁と姑の仲はご多分に漏れず悪かった。

「私」がようやく手記を書き終え、聴取書が作られて、ほどなく起訴保留になって三カ月ぶりに娑婆に出た際、喜美子は「私」のためにとにかく蒲田の借家に歓迎の晩餐を整えてくれ、母親と三人で食事した。喜美子は母親が座敷の真ん中に座っているためか、きわめて浮かぬ顔だった。検挙されたため「私」は勤めをクビになったが、なに、すぐ新しい勤め先を見つけられるはずだし、喜美子も月給を取っているから、十分生活はできる。今後は母を引き取って三人で暮らそうと話し合った。

そしていよいよ新しい家に引っ越すという前夜、蒲田の自宅に帰ると家には鍵が掛かっており、喜美子はいなかった。

勤めからまだ喜美子が帰らないんだなと思ひながら、鍵をあけて玄関に踏み入れた足に縄がザワリとからみついた。私はハッと胸を衝かれ、ああ駄目だと呻吟《うめ》くと、もう一切は明らかであった。

喜美子の荷物は運び去られ、ひえびえとした部屋の真ん中に、「私」はペタンと座り込んだ。妻は家を出てしまったのである――。

「三国小町」と呼ばれた母

私生児であるという事実は、高見順を生涯にわたって苦しめ続けた。いわば高見順の〝原点〟であり、だからこそ二編も同じタイトルの小説を書いたのだ。

高見順（以下、順と略記する）、本名・高間芳雄は明治四十（一九〇七）年二月十八日、福井県坂井郡三国町平木七八番地に生まれた。しかしこれは戸籍上の誕生日で、実際は同年一月三十日だというのが定説だ。本人がそう書いているのがその理由だが、病床にあった順の晩年、親しかった平野謙（文芸評論家）に順は「実は八カ月の月足らずで生まれた」と語っており、そうなると明治四十年ではなく明治三十九年生まれということになる。しかしこれはあまり詮索しても仕方ないので、ここは定説通り明治四十年一月三十日生まれということにしておく。

詳しくは後述するが、順の生まれた明治四十年というのは日露戦争が終わって二年後。株式市場が暴落して日露戦争後恐慌が始まった年だ。また第三次日韓協約が締結されたのもこの年。一～三次までの協定で日本は韓国を事実上の「保護国」とし、三年後には韓国併合に至る。

順を産んだのは高間ココ（ココ自身は手紙を書くときは「古代」とした）。ココは明治十一（一八七八）年二月一日、福井県坂井郡三国町（現在は坂井市三国町）平木に高間六兵衛の二女として生まれた。遊び人の実父はすぐ行方不明になった。

ココが十七歳になったとき、母コトはココを大阪の十合《そごう》呉服店に針修業に出した。のちの百貨店「そごう心斎橋店」である。

コトは和裁で生計を立てていたが、娘にも手に職をつけて自立させたいと考えたようだ。コトは腕のいい和裁の師匠で、当時、多くの娘たちが習いに通っていたという。母に教わっていたせいもあって、大阪の十合呉服店に勤めに出たココはたちまちナンバーワンの腕前になった。

三年間の大阪での修業（五年に及んだという説も）を終えたココは三国に戻った。習い娘たちには母のコトが教え、ココは仕立業を専門にした。腕のいいココには注文が殺到し、旧家や豪商たちの羽織や袴、また芸者衆の晴れ着や打ち掛けなど、チリメン類の高級なものばかりを手掛けたという。のちにココは内弟子も取るようになる。

その高間ココは「三国小町」と称されるほどの美貌だった。二十八歳まで結婚しなかったのは母コトの躾が厳しかったこと、父親が放蕩者だったのでその二の舞を避けるため婿選びが慎重にならざるを得なかったことなどが挙げられる。またココ自身も勝ち気でプライドが高く、並の男には目もくれなかったという。母一人、娘一人なので、ずっと母のそばについていてやりたいという思いもあっただろう。

父親が不在で家が貧しかったため、ココは小学校しか出ていない。しかしお針以外にもココは諸芸にすぐれ、地元・三国で茶道や華道も学んでいる。大阪での修業や見聞を含め、港町の娘としては標準以上のたしなみ・見識を身につけていたと考えていい。

福井県知事と母コヨの出会い

そんなコヨが運命的に出会ったのが阪本釤《さん》之助だった。順が小説「私生児」（昭和十年の作品）で〝巡察のため三国を訪れた福井県知事の△△氏〟と書いた人物である。

美貌の素人娘であるコヨは、時の福井県知事・阪本釤之助が三国を巡察した際、三国の高級料亭「開明楼」で同知事の接待役を仰せつかった。阪本釤之助は開明楼に四日間滞在した。そしてこのときコヨは阪本釤之助の子を身ごもった。

「なぜコヨに接待役の白羽が立ったのか。国鉄三国支線の敷設を実現しようという町の有力者の政治的思惑があり、阪本知事の気を引くために美ぼうで素人娘のコヨが選ばれた」（川口信夫著『われは荒磯《ありそ》の生れなり　最後の文士　高見順』私家版）

三国は江戸時代から北陸有数の港町として栄えてきた。

父・阪本釤之助

母・高間コヨ

順自身がこう簡潔に紹介している。

僕は福井県の三国といふ町に生れた。九頭竜川が日本海にそそぐその川口に位する小さな港町である。川と海の関係から、昔は松前（北海道）貿易で栄えた港町であるが、僕が生れた明治四十年頃はもうそろそろさびれかけてゐたと聞く。明治三十二年に開港した敦賀に押されたやうである。（「わが故郷」、『ふるさと文学館　第二二巻　福井』ぎょうせい所収）

敦賀は同じ福井県の港町だが、三国がさびれるようになった理由はそれだけではなく、鉄道との関係もある。明治二十九（一八九六）年七月十五日に北陸線の敦賀・福井間が開通（福井・小松間の開業は翌明治三十年）して以来、三国はどんどん衰退することになった。三国は北陸線から外れていたからだ。

町では坂井郡新庄駅、同金津駅と三国を結ぶ北陸線の支線開業を熱望し、国に働きかけていた。そんなときに三国に来訪したのが福井県知事の阪本釤之助で、町をあげて歓待したわけだ。前掲「私生児」（昭和十年の作品）で順は「母は夜伽をさせられたのではないか」との疑念を述べているが、当時の政治状況からするとその疑念も故なしとしない。当時の知事は官選知事で、絶大な権力を持っていたからだ。もしそうなら政治的な生け贄ともいえそうだ。ちなみにその成果だったのかどうか、金津（現在のあわら市）と三国間の支線は明治四十四年十二月二十五日に開業している（のち昭和四十七年に廃止、現在は「えちぜん鉄道」の駅として存続）。

父・阪本釤之助と従兄弟・永井荷風

さて、では問題の阪本釤之助というのはどんな人物だったのか。

阪本釤之助（一八五七〜一九三六）は公的には「坂本」釤之助である。なぜか彼は「坂本」を嫌い、「阪本」姓を名乗った。しかし公的文書にはすべて「坂本」と署名している。

その阪本釤之助は安政四（一八五七）年六月二十四日、尾張の永井匡威《まさたけ》の三男として生まれた。永井匡威（一八二九〜一九〇〇）は帯刀を許された尾張鳴尾村の豪農・鳴尾永井家の十一代当主で、男ばかり七人の子供があった。長男が永井久一郎、二男が正履、三男が釤之助、四男が佐々吉、五男が久満次、六男が銉次、七男が頑頡である。このうち他家へ婿養子に入ったのが三男の釤之助、そして五男の久満次の二人で、それぞれ坂本釤之助、大島久満次と姓が変わった。

長男の久一郎は尾張藩の推薦で大学南校（東京帝国大学の前身の一つ）に進み、さらに慶應義塾で学んだあと藩命でアメリカに留学。帰国後は文部省に出仕した。文部大臣の首席秘書官にまで出世したが、考えるところがあって四十五歳のときに文部省を辞め、西園寺公望、伊藤博文、加藤高明の推薦で日本郵船上海支店長になった。漢詩人としても高く評価されていた人物で、「禾原《かげん》」と号した。

この永井久一郎の長男が永井壮吉、すなわち永井荷風である。阪本釤之助とは甥・叔父の関係で、釤之助の子である順と荷風は従兄弟同士ということになる。荷風は一高受験には失敗したものの、父の金でアメリカ、フランスに遊学、「あめりか物語」、「ふらんす物語」で文名を高めた。江戸趣味・花柳趣味に傾倒、「腕くらべ」や「濹東綺譚」などの傑作小説を発表するかたわら大正中期から死に至るまで「断腸亭日乗」という日記を書き続けた。「断腸亭日乗」は優れた日記文学として評価が高く、「高見順日記」とともに日記文学の双璧とされる。これらの日記を書いたのが従兄弟同士というのが興味深い。

永井家三男の釤之助は明治十（一八七七）年一月、愛知県四等学区取締として社会人のスタートを切っている。明治五（一八七二）年八月に文部省によって「学制」が発布され、全国を大学区・中学区・小学区に分けた。各中学区には一〇～一二人ほどの学区取締を置き、各学区取締は二〇～三〇の小学区を分担してこれを指導監督することになった。「その土地の居民で名望のある者」から任命されたのが学区取締で、釤之助二十歳のときだ。豪農・永井家の三男だからだと思われる。

翌年には司法省写字雇になり、明治十二年八月には内務九等属、同十三年に内務省八等属と内務省での地位を上げ、二十五歳のとき高松藩出身の大審院判事・坂本政均《まさひら》の家に婿養子に入った。

政均（一八三二～一八九〇）は高松藩の儒者・赤井東海の三男で、のち幕臣・坂本氏の家を継ぐ。杉田玄白や緒方洪庵に蘭学を学び、さらに長崎で米国人ヘボン（一八一五～一九一一）に語学を教わる。ジェームス・ヘボンは宣教師、語学者、そして医学者で、ローマ字による日本語の表記法（ヘボン式）を工夫したことで知られる。政均はのち元老院議員になっている。

滋賀県令・中井弘

釤之助は内務省で一段ずつ出世、明治十八（一八八五）年十月、滋賀県の庶務課に。そして滋賀県の県令（のち「知事」に改称された）中井弘（桜洲）に可愛がられた。

中井弘（一八三八～一八九四）はきわめて面白い人物なので、少し紹介しておきたい。

彼は薩摩藩出身の武士で、十八歳のときに脱藩、京都に出る。中井の剛毅な性格を愛した土佐の後藤象二郎や坂本龍馬が金子を工面してくれ、中井はその金でイギリスに密航留学した。帰国後は政府の外国事務各国公使応接掛を皮切りに外交畑で活躍、神奈川県判事、東京府判事などを務め、明治十七（一八八四）年に滋賀県県令に就任している。のちには京都府知事も務めている。井上馨と結婚、「鹿鳴館の女王」と呼ばれた井上武子は中井弘の前妻である。中井は滋賀県知事のあと元老院議員、勅選貴族院議員、京都府知事などを歴任した。詩文をよくしたことでも知られる。

阪本釤之助はこの中井弘に可愛がられたことでさらに出世の階段を上り始める。函館控訴院書記官、名古屋控訴院書記官、奈良県参事官、岡山県書記官とキャリアを積み上げたが、その時点で病を得、いったん官界を離れて実業界に入った。しかし間もなく官界に返り咲き、貴族院書記官、内務書記官、東京府書記官と要職を渡り歩いて世間の注目を浴びるようになる。ことに特別市制が撤廃され新市制が施行されたときは東京市役所内における釤之助の貢献度が大きく、「阪本を東京市長に」という声も上がった。喜ぶかと思われた阪本は、意外にも「書記官から一躍首都の市長になるのはその任ではない」と断ってしまった。謙譲心からか、いま一つ自信がなかったからか、断った理由ははっきりしない。おそらく後者なのだろう。その後、釤之助は明治三十五（一九〇二）年二月、ついに福井県知事に就任する。このとき釤之助は四十五歳。

阪本瑞男、阪本越郎は順の異母兄弟

ここで少し彰之助の子供について触れておく。

長男・阪本瑞男《たまお》（一八九七～一九四四）は東京府立一中から一高を経て東京帝大法学部を卒業、外務省に入る。奉天（中国）やベルギー、フランスなどの在外公館での勤務のあと外務書記官、条約局第三課長を務め、大使館一等書記官としてアメリカ、イタリアに。昭和十五（一九四〇）年には外務省欧亜局長となり、その後もスイス駐留特命全権公使などを歴任した。欧亜局長のときは松岡洋右訪欧団（ドイツのヒトラーやソ連のスターリンなどと会談）の首席随員を務めた。日本とナチス・ドイツとの接近には危機感を持ち、スイス公使時代は終戦工作に奔走したことでも知られる。昭和十九年七月五日、任地のスイスで肺疾患のため急死。

二男の阪本越郎（一九〇六～一九六九）は昭和期の詩人・ドイツ文学者で、東京帝大を卒業後文部省に入り、長年の勤務のあとお茶の水女子大教授、同付属高校長などを務めた。彰之助は長男をもうけたあと妻を失い、「きう」という後妻をもらっている。越郎は彰之助ときうとの間に生まれた子供だ。きうは旧姓・加勢きう。加勢清雄の姉である。加勢清雄は一高、東京帝国大学を経て内務官僚になり、宮崎、高知、福島などの各知事を歴任した。

越郎の弟や妹は、従って後妻・きうが産んだ子供ということになる。

うち三男の鹿名夫《かなお》（一九一一～一九八七）は東京工業大学建築学科を卒業して大成建設に入り、昭和二十九（一九五四）年には「坂本鹿名夫建築研究所」を立ち上げた。円形建築で有名で、丹下健三と並び称されるほどの建築家だ。鹿名夫という変わった名前は、後述するように、釤之助が鹿児島県知事、名古屋市長を務めたことに由来する。鹿児島の「鹿」と名古屋の「名」だ。

また長女の福子は鳥取県出身の内務官僚・政治家である古井喜実（一九〇三〜一九九五）と結婚している。福子の下には幸子、華子という妹もいた。とりあえず「釤之助は子宝に恵まれた」といっておこう。

話を福井県知事になった明治三十五年に戻す。

荷風が問題小説を発表

釤之助が初めて知事に就任したこの年、思わぬ「事件」が起きた。

永井荷風が叔父の阪本釤之助をモデルに「新任知事」なる小説を発表したのである。明治三十五（一九〇二）年十月十五日発売の雑誌『文藝界』に掲載された作品だ。

順とはかなり文体の違う荷風の文章をまず引用してみる。小説はこんな出だしで始まる。


外務大臣の催しによる天長節の夜会は終った。帝国ホテルの門内に満溢《みち》れた幾両とも知れぬ馬車や車の群は、丁度《ちょうど》夜汽車の列の如く、各徐々《おのおの》たる注意深い進行《すすみ》を取りながら、大《おおき》い国旗を飾る高い緑門（アーチ）を出やうと為《し》て居るのである。この限りなく、美々《びび》しき粉雑《ふんざつ》の有様は、十一月三日の星多き夜更けの空のしたに輝く、麗しい燈火の中に、少くも或る偉観として眺める事が出来たであらう。

東京府参事官並河泰助は、夜会服（イブニングドレス）を着けた其の夫人縫子と共に、矢張りこの中の、一輌の箱馬車に乗って居たが、構内の広場に茂る単葉松《たんようしょう》の植込の角に来た時、行滞《ゆきとどこほ》った馬車の進行《すすみ》の、全く止って了《しま》った処から、夫婦《ふたり》は見るとも無く、各々左右の窓から精細に四辺《あたり》の状況《さま》を眼にした。

左側の二頭立ての箱馬車には文部大臣の厳かな顔が見える。それに続くのは英国公使とその美しい夫人の乗った馬車。また右側には日銀総裁や大審院の老判事夫妻の馬車があり、並河泰助と縫子は感激の態でそれらを見つめた。二人とも顔色が青白く、その瞼の黒ずんだ色や深く落ち凹んだ鋭い眼の光は夫婦ともに肺を病んでいることを示している。

と、縫子が二人引きの人力車に乗っている和装の婦人に「お先へ」と挨拶した。婦人はその夫と一緒だった。泰助の実弟である富岡武三夫妻で、富岡武三は衆議院議員である。義妹の妙子が普通の和服で、しかも箱馬車ではなく人力車だったから、縫子は満足の微笑を浮かべた。急にあやしい咳がでかかったのを無理に抑え、「妙子さんはね、普通の和服を着ていましたよ。天長節の夜会だというのに、あまりにみすぼらしいじゃありませんかねえ」と勝ち誇ったように夫に話しかけた。

弟にだけは絶対に負けたくない泰助も満足していた。馬車に揺られながら、泰助は愛知県の片田舎から上京してきた頃を思い出した。およそ十五年前、泰助は内務省に職を得、滋賀県勤務の後は参事官として東京府庁に勤務していた。養子に入ったのも府庁勤務時代である。泰助は烈々たる出世欲にかられ、どんな努力を払ってでも地方の最高権力者、すなわち県知事になりたかった。

その気持を縫子に伝えると、彼女はこういった。

「ほんとにねえ。東京では上を見ても切りがありませんから、私ももう一度、あの滋賀県へ行ったときのように、いっそ地方のいちばん高い地位になったほうがいいと思いますよ」

「お縫、おまえがその気持ちなら、わたしは今度の改革のあるときを狙って十分運動をしてみせる。私は近いうちに内務省に行って、その筋の人たちを訪問しよう」

泰助がそう応じる。やがて家に着き両者は床についたが、二人は激しい咳の発作を起こし、なかなか寝付けなかった。

そのうち縫子は肺病（結核）で寝付いてしまうようになる。夫婦での猟官運動で疲労がたまり、この陰鬱な寒さが加わって、しばらくは小康状態だったもののまた病気がぶり返したのだ。看病にあたった泰助もまた胸が苦しく発熱していた。そんなある日、泰助は大きな状袋を手に持ち、病気のためほとんど終日寝ている縫子に「いよいよ辞令が下《さが》った！」と声をかけた。

絶縁状態になった父と荷風

ここからは再び原文からの引用

『今、たった今、届いたのだ。私もまだ封を切って見ないのだから。お縫、早く開けて見るが可《い》い。』

縫子は嬉し気に幅広い封筒の口を開いて、起直った膝の上に、中なる辞令を打広げた。泰助は首を差伸ばして、美しい洋燈（らんぷ）の火で、△△県の知事に任命する旨を記した厳かな文字を、二度程繰返して読むと、縫子は其の後に続いて、細い声ながら、更に其れを読み返したのである。そして、恭《うやうや》しく元の封筒の中に辞令を収めると、夫婦は五分程も黙って居たが、縫子は忽《たちま》ち何か思ふ事があると云う様に、先《まづ》、
『あなた。』と云って、『この辞令が下《さが》ったからは、最遅《もう》くも三四日中には、彼地《あっち》へ被行《いらっしゃ》らなければ成らないのでせうね。』

縫子は自分の病気などは構わないから、遠慮せずに先に任地へ行ってほしいと泰助にいう。泰助もまた耐え難い気分の悪さを我慢していたのだが、縫子には打ち明けず、妻より一足先に出かけることにした。一日も早く新たな勅任の大礼服を身につけ、県庁の官舎に新任披露の宴を張り、そのあと心静かに養生しようと考えたのだ。

さまざまな準備をし、旅の荷物の支度を終え、明日の朝は早く起きて一番列車で出立しようとしたその夜、泰助は突然多量の血を吐いて倒れた。医者の治療と薬のおかげで、十日目には再び床から起き上がって任地に向かうことに決めた。医者は止めたが、これ以上出発を延期して病気届けを出すようなことにでもなれば、せっかくのこれまでの苦労は水泡に帰すことになりかねない。敵が多いので、県知事の地位をむざむざ他人に譲らなくてはならなくなるかもしれない。新任の△△県知事・並河泰助は車で新橋駅に急いだ。

医者の危ぶんだように、彼は赴任してから十日たつと重態に陥り、ついに死ぬ。その知らせを受けた縫子も、夫に遅れて三日目に同じくこの世を去った――。

これは荷風二十三歳のときの作品である。

若いときの作品ということもあるのだろうが、それほど上等の小説とは思えない。そこはかとなく〝悪意〟が感じられる作品で、これを読んだ阪本彭之助は激怒した。さんざんからかわれ、挙げ句の果ては夫婦とも死んだことにされたのだから、怒るのも無理からぬことだろう。以後、彭之助と永井荷風は絶縁状態となる。

新任の知事であること、若いときは滋賀県にいたこと、東京府の職員をしていたことなど、彭之助をモデルにしていることは明らかだ。また泰助の弟として登場する富岡武三のモデルは彭之助の実弟・大島久満次（一八六五〜一九一八）である。久満次は東京帝大法学部を卒業後、一等警視・大島正人の養子になった。久満次は学生時代から鯨飲豪語の豪傑で、借金は一万円という当時では大変な額に膨れ上がっていた。

しかし久満次は平気の平左で、卒業後、養子に入るに当たって大島家は久満次に金一万円を結納として渡している。その後、久満次は台湾総督府を経て神奈川県知事、衆議院議員になっている。

父・彭之助のその後

彭之助は福井県知事を大過なく五年十カ月ほど務め上げたあと、鹿児島県知事をこれまた平和裡に三年半務めた。そして次に名古屋市長に就任する。

当時の名古屋市長は加藤重三郎（一八六二〜一九三三）という政治家で、市長のあと名古屋電灯（のちの東邦電力）や東海道電気鉄道（現・名古屋鉄道）の社長などを務め、衆議院議員にもなった人物。その加藤重三郎は名古屋市長を退職するにあたって後任に阪本釤之助をと考えた。釤之助はクセの少ない八方美人型だったからだ。そのため永井家の長兄である永井久一郎に推薦状をもらおうとしたところ、久一郎は「釤之助は現在鹿児島県の知事職にあるが、久満次はいま遊んでいる。釤之助より久満次のほうがいいだろう」という答えだった。

加藤重三郎およびその支持者たちは仰天した。大島久満次の台湾総督府での辣腕ぶりはつとに知られている。

台湾総督府の文官ナンバーツーだった久満次は、警視総長時代、単身先住民のボスの家を訪問、談笑している間に家の周りを討伐隊に包囲させ、帰順の意思がないことを確認したうえ、ついにそのボスを殺してしまった。これらの政策は「討蛮事業（理蛮政策）」と呼ばれた。いわば力ずくで日本の植民地にしたのである。どっちが「蛮族」なのかわからない。

ともあれ、名古屋でもそんな無茶なことをされてはたまらんと、加藤一派はあわてて桂太郎を訪ねた。桂太郎（一八四七〜一九一三）は明治時代の政治家・陸軍軍人（大将）で、日露戦争後は西園寺公望と交互に政権を担当した元老であり公爵である。当時首相（第二次桂内閣）だった桂は「名古屋市長には阪本釤之助君が適任である」との推薦状を書いてくれたため、首尾よく釤之助は七代目の名古屋市長になれ、加藤一派は胸をなでおろした。桂太郎さまさまである。おかげで釤之助はこれまた大過なく六年間の名古屋市長を務め上げた。釤之助は名古屋市長になって一カ月後の明治四十四年八月、貴族院議員になっている。そして大正九年、釤之助は日本赤十字社の副社長に就任する。この時代のことはどの伝記にも書かれていないので、少し紹介したい。

彰之助が日本赤十字社の副社長に就任したのは大正九（一九二〇）年十月二十五日。退職は昭和七（一九三二）年二月五日だから、実に十二年近くもその職にあったことになる。

その間の一番の業績はシベリアに取り残されていたポーランド孤児たちの救済事業だろう。

ポーランド孤児救済事業と阪本彰之助

もともとポーランドはドイツやロシアといった隣国たちに苦しめられてきた。ことにロシアのポーランドに対する圧政は過酷で、ポーランド人たちは繰り返しロシアに対し自由と独立を求めて蜂起を繰り返したがすべて失敗に終わり、生き残った者たちは重労働のためシベリア送りとなった。やがてその流刑の捕虜を慕って妻や家族、恋人たちが次々とシベリアにやってきて、第一次世界大戦前にはすでに約五万人のポーランド人たちが生活していたといわれる。

さらに第一次世界大戦で祖国を追い立てられたポーランド人たちは東へ東へと逃げ、シベリアのポーランド人は一五〜二〇万人にまで膨れ上がった。そこに起こったのが一九一七年のロシア革命である。

翌一九一八年には「赤軍の捕虜になったチェコ兵を救出する」という名目で日本、アメリカ、フランス、イタリアなどの連合軍がシベリアに次々と軍隊を送り込んだ（シベリア出兵）。革命への干渉だ。このため革命による内乱と干渉戦でシベリアは大混乱に陥り、ポーランド人たちは難民となって各地を放浪し始めた。ことに悲惨だったのは親を失った孤児たちで、零下数十度の寒さと飢えで次々と倒れていった。

こんな状況を見て立ち上がったのがウラジオストク在住のポーランド系住民で、アンナ・ビエルケヴィチ女史（一八七七〜一九三六）を会長に選び、子供たちの救出に乗り出した。最初はシベリアにいたアメリカ赤十字社に頼み込んだが、アメリカ赤十字社が軍隊の撤退とともに本国に戻ってしまった。

そして最後の希望を託してアンナ・ビエルケヴィチ会長は日本にやってきた。各国七千人という協定にもかかわらず、日本はその一〇倍の七万三千人の軍隊を送り込んでいて、各国の軍がすべて撤退したあとも単独でシベリアに駐留していた。頼み込むなら日本しかない。日本のシベリア出兵はもともと領土的野心があったからで、単独駐留には国際世論も厳しく、また膨大な予算を使った（約一〇億円）ため国内でも反対意見が強かった。

ビエルケヴィチ女史の切々たる訴えに、日本政府も心を動かされた。これは人道問題だし、ポーランドとは前年の一九一九年に国交を樹立したばかりだった。

ただしシベリア出兵に莫大な予算をつぎ込んだので、政府には資金がない。そこで日本赤十字社（日赤）に救済事業を頼み込んだ。ここから日赤、ウラジオストク派遣軍、篤志看護婦人会、孤児たちが上陸する敦賀町（現・敦賀市）などが互いに協力、大正九（一九二〇）年七月から五次にわたり孤児たち計三七五人を敦賀経由で東京に迎えた。そして十分な休養と介護のあと、約一年後に船でアメリカに。孤児たちはそこからさらに船で無事故国ポーランドに帰った。

だがシベリアにはまだ多くの子供たちが取り残されており、日赤や日本政府は二度目の孤児救済に踏み切る。大正十一（一九二二）年八月のことだ。日本軍のシベリア撤兵が近づいており、時間の余裕はほとんどなかった。孤児たちは敦賀から三次にわたって大阪に入り、日赤職員や看護婦たちの献身的な介護で健康を取り戻したのち、二陣に分かれて神戸からアメリカ、そして故国に向かって出発した。第一回目の孤児救済事業と合わせ計七六五人のポーランド孤児が救助されたことになる。

この二回目の孤児救済に現場の責任者として陣頭指揮したのが阪本彭之助だ。彭之助が日赤副社長に就任したのは前述のように大正九年十月で、このときすでに第一回の孤児救済事業はほぼ終わっていた。彭之助が副社長になった当時の日赤社長は平山成信《なりのぶ》（一八五四～一九二九）。明治・大正期の官僚で、のち勅選貴族院議員、枢密顧問官などの要職に就いている。

平山は彭之助を現場の最高責任者として第二次ポーランド孤児救済事業にあたらせ、彭之助は神戸港からアメリカへ向け出発するまで孤児たちに付き添った。孤児たちがまず香取丸で（一九二二年八月二十五日）、次いで熱田丸で（同年九月六日）神戸港を出発した際は、乗船した孤児・付添人たちは「君が代」とポーランド国歌を合唱、赤十字旗を振って別れを惜しんだ。「ばんざい、阪本さん！」と叫んだ付添人もいた。

彭之助は日赤副社長をおよそ十二年間務めたあと、昭和九（一九三四）年三月、枢密院顧問官になっている。枢密院というのは大日本帝国憲法下における天皇の最高諮問機関である。思えば彭之助も出世したものだ。荷風はどんな思いで彭之助を見ていたのだろうか。

第二章　生い立ち

大不況下で誕生

順が生まれた明治四十（一九〇七）年とはどんな年だったのか。

前章で少し触れたが、同年は日露戦後恐慌の発端となった年である。きっかけは同年一月二十一日、つまり順の生まれる九日前の株式市場暴落だった。

日露戦争景気で新規上場企業が多くなり、それまで株式市場は活況を呈していた。これはロシアから多額の賠償金を取れるだろうと予測していたからで、いわば「戦勝景気の先取り」（松元崇著『大恐慌を駆け抜けた男　高橋是清』）だった。しかしその賠償金が取れなかったことで戦後は一転して悪化した。花形株である東株《とうかぶ》も明治四十年一月に一株七八〇円の超高値をつけたが同年年末には九二円にまで暴落した。東株というのは通称で、東京株式取引所（現在の東京証券取引所）自体の株式のことだ。

株価暴落で「今紀文」（「紀文」とは江戸中期の豪商・紀伊国屋文左衛門のこと）といわれた株式相場師・鈴木久五郎（一八七七～一九四三）は現在の貨幣価値で五〇〇億とも一〇〇〇億ともいわれた財産をすべて失った。

この一月二十一日の株価暴落をきっかけに同年三月から翌明治四十一年六月にかけ全国で企業倒産が相次ぎ、また全国の中小銀行百行が支払いを停止した。金融恐慌である。

こうした事態を受け、第一次西園寺内閣は経済発展による税収アップを目論んだ。増収で戦時外債償還などの問題を解決しようとしたのだ。そのためにまず取り組んだのが全国の私鉄の国有化。物流の大動脈である鉄道を一元管理しようというわけだ。

鉄道国有法は明治三十九年三月三十一日に公布され、甲武鉄道、北海道炭礦鉄道、山陽鉄道など一七路線の私鉄が国有化された。しかし体力が整わない中で、しかも公債依存の積極財政だったためすぐに金利が上昇、かえって不況を加速させてしまう結果になった。

そんな日露戦争後の経済不況を背景に明治四十年には鉱山争議も多発した。きっかけになったのが同年二月四日に起きた栃木県足尾町の足尾銅山争議。古河鉱業の足尾銅山では封建的な飯場（現場近くに作られた作業員の合宿所）制度改革を要求して工夫三六〇〇人が暴動を起こし、軍隊（高崎連隊）が出動して三〇〇余人を逮捕、戒厳令が敷かれた。足尾銅山争議に刺激されて生野銀山（兵庫県）、幌内・夕張炭坑（北海道）、別子銅山（愛媛県）でも大争議が起きて暴動化している。

日露戦争に勝ったにもかかわらずこうした大不況になったのはなぜか。

日露戦争（明治三十七・八年戦役）は朝鮮及び満州の支配をめぐって対立した日本・ロシア間の戦争だが、その序曲となったのが「三国干渉」である。簡単に歴史をおさらいしておく。

日清戦争が終わり一八九五（明治二十八）年四月十七日、日本と清国間で講和条約（下関条約）が結ばれた。日本は清国に朝鮮の独立を承認させたほか遼東半島、台湾、澎湖島を日本に割譲させた。とところがその六日後の四月二十三日、ロシア及びドイツ、フランスの三国は「日本の遼東半島領有は朝鮮の独立を有名無実化し、東洋平和のために禍根を残すものだ」とし、遼東半島を清国に返すよう日本に求めてきた。ことにロシアは同国の東洋艦隊の武力を背景に遼東半島返還を強く求めたため日本は屈服、同年五月四日、閣議で遼東半島全面放棄を決定した。

それを受けてロシアは自ら遼東半島を清国から租借、その先端の旅順を海軍基地とした。また満州における鉄道敷設権も獲得してしまう。ロシアは三国干渉で遼東半島を日本から取り戻したことで恩を売り、さらに清国の巨額の対日賠償金に対しすぐ借款供与を申し出たため、清国は要求を飲まざるを得なかった。

ロシアはその二年後、清国の対日賠償金を援助した見返りに清国における鉄道敷設権を拡大させ、北満とウラジオストクのほぼ中間にあるハルビンから南下、旅順・大連に至る南支線の建設を始める。旅順と大連は清国から二十五年間の約束で租借したもので、ことに旅順はロシアの悲願ともいうべき不凍港。ここに艦隊を置けば渤海湾周辺は完全にロシアの制海権に入る。

こうして日本やロシア、さらにロシアへの警戒心や対抗意識もあってドイツやフランスといった他の国々の清国侵略も激しくなり、憤激した清国の民衆はついに義和団の乱を起こす。

賠償金を取れず民衆の不満爆発

義和団事件は一八九九（明治三十二）年から一九〇一（明治三十四）年にかけて中国（清国）華北で起きた排外的な民衆運動で、北清事変ともいう。義和団というのは白蓮教系の秘密結社で、「扶清滅洋」

を旗印に各国公使館やキリスト教会を次々と襲撃、清国の支持を得て一時は大勢力になった。しかし危機感を持った日本やロシア、イギリス、アメリカ、フランス、ドイツ、イタリア、オーストリアの八カ国が連合軍を結成して出兵、力ずくで鎮圧した。

特にロシアは「鉄道権益の保護」を口実に大部隊を投入、満州を占領した。北清事変後も日本が強く要求したにもかかわらず撤兵せず、それどころか軍事力を背景に清国に対して駐兵権を求めて、さらなる権益拡大を図るようになる。

一九〇一（明治三十四）年九月七日、北清事変講和議定書（辛丑和約）に調印したあともロシアはシベリア鉄道、東清鉄道を使って大部隊を南下させ、奉天付近に駐留させた。旅順付近を一大要塞化するためだ。東清鉄道というのはのちの満鉄（南満州鉄道）である。

こうしたロシアに対し、日本の桂太郎内閣は数次にわたってロシアと交渉したが妥協点を見出せず、シベリア鉄道の完成も間近に迫ってきたので「忍耐もここまで」と日本政府は明治三十七（一九〇四）年二月四日の御前会議で対ロ交渉の打ち切り・開戦を決めた。シベリア鉄道ができるとロシアは大量の人員を極東に送り込むことが可能になり、もはや日本の勝ち目はない。ロシアへの宣戦布告は二月十日である。旅順攻略戦、バルチック艦隊との日本海海戦などの経緯はよく知られているので省く。

日本はロシアに勝つことは勝ったのだが、まさに薄氷の勝利だった。何よりもお金がない。日露戦争の戦費はおよそ一七億円にも達した。明治三十六年度の一般会計歳入は二億六〇〇〇万円だったから、七倍近くに増えている。そのため国民に大増税を課し、高橋是清（一八五四〜一九三六。のち二・二六事件で暗殺された）を責任者として懸命に外債発行に取り組んで、ロシアに反感を持つユダヤ系のクーン・ローブ商会（アメリカ）の協力などで辛うじて賄った。六分という高利の外債発行だったが、やむを得なかった。ポーツマス講和条約を受け入れる際に開かれた明治三十八年八月二十八日の御前会議では、蔵相・曾禰荒助《そねあらすけ》（一八四九〜一九一〇）は「これ以上金を出せといわれてもできぬ相談なり」と発言している。もはや戦争継続はやりたくてもできないのだ。シベリア鉄道は日露戦争中に完成し、ロシアの反撃態勢も整いつつあった。

明治三十八年の二月末から三月十日にかけて行われた奉天の会戦（日本軍が勝利）から帰ってきた児玉源太郎（満州軍総参謀長）は「ぐずぐずしとらんで、早く戦争を終わらせんかい」と政府に直談判している。長引けば敗戦必至だからだ。そこで日本政府は日本に好意的だったアメリカのルーズベルト大統領に講和の斡旋を依頼、ようやく実現にこぎつけた。なお日本が満州での権益を手に入れたのを見て、ルーズベルトは日本に警戒心を抱くようになる。これがのちの日米対立の萌芽となる。

ポーツマス条約（日露戦争の講和条約）は明治三十八（一九〇五）年九月五日、アメリカ北部の軍港・ポーツマスで調印された。

こんな状況下での条約締結だったから、韓国における権益の確認、関東州の租借権、長春・旅順間の鉄道の譲渡などはロシアに認めさせたものの、賠償金まで取ることは不可能だった。条約締結の九月五日、対ロ同志会や黒竜会など対外硬派九団体が主催する「日露講和条約反対」の国民大会（東京日比谷公園）に集まった民衆は、打ち続いた戦勝報道で過大な期待を寄せていたにもかかわらず賠償金がないことで不満を爆発させ、大暴動を起こした。内相官邸、警察署、交番、新聞社などが次々に襲われた。これが「日比谷焼き討ち事件」である。戦争による生活苦が増大していたからで、政府（桂太郎内閣）はこれを鎮圧するために戒厳令を敷かざるを得なかった。地方でも働き手を軍隊に取られた農村の疲弊は激しかった。

認知を拒んだ実父

高見順はこうした空前の不況下に生まれた。

母のコヨは阪本釤之助に息子を認知するよう必死に迫った。婚姻関係外において作った子供であることを認めてほしいという願いである。しかし釤之助がこれを拒否したため、コヨは出生届の母親の欄には自分の名前を書いたものの、父親の欄は空白のままだったという。

なぜ釤之助は認知を拒んだのか。

一つはコヨに認知を迫られて鬱陶しかったことが挙げられる。また当時コヨには山田介堂（南画家。一八六九〜一九二四）という恋人がおり、釤之助と三角関係にあったのではないかとの指摘もある。釤之助は順が自分の子かどうか、疑心暗鬼だったという見方だ。

さらに阪（坂）本家では二男の越郎が明治三十九年一月二十一日に誕生している。前述のように釤之助と後妻との間にできた子供だ。一年後に婚外子が生まれたとなれば外聞が悪いと思ったに違いない。しかも平野謙に打ち明けた通り、順が実際に月足らずで明治三十九年に生まれていたなら、嫡子（正妻の子）と庶子（旧民法で父親の認知した私生児のこと＝第一章参照）の子供二人が同年に誕生したことになる。釤之助が世間体を気にした可能性は十分ある。

順が生まれた翌年（明治四十一年）、コヨ・順親子にとって大きな事件が起きた。認知を拒否したまま彰之助が鹿児島県知事に転任することになったのだ。正式に知事に就任したのは十二月二十七日。福井県知事は同日付で退職している。

コヨにとっては大ショックだったろう。ただでさえ「父《てて》なし子を産んだ」と近所の人たちの視線は冷たく身の縮む思いだったのに、彰之助が福井を離れればますます心細いし認知の問題も宙に浮いてしまう。不況ということもあって仕立ての注文も減ってしまった。三国にいづらくなったコヨは住み慣れた三国を離れたくない母のコトを説得、一家で上京することに決めた。彰之助は公務で上京することが多いため東京・麻布区（現在の港区）飯倉三丁目二四に邸宅を構えていた。三人は彰之助のあとを追ったのである。

コヨと順、それに順の祖母コトの三人は追い立てられるように三国を離れ東京に向かう。明治四十一（一九〇八）年九月十五日夕刻のことである。コヨは背中に順を背負い、コトと一緒に二時間以上かけて国鉄・金津駅まで歩いた。現在のJR芦原温泉駅だ。三人は午後九時の列車に乗り、翌日午後六時に東京に着いた。二十一時間の長旅だった。

列車での移動の様子について、順はこう書いている。

僕はこの三国に生まれると間もなく、東京へ出てしまった。その汽車のなかで、幼児の僕は終始、むづかって、泣きつづけてゐたと母は言ふ。大声で泣き喚いては母をひどく手こずらせると同時に、後年僕を悩ませた脱腸もこのときに始まった。

以来僕は、徴兵検査を受けるべく本籍地のこの三国に行くまで、二十年近く、生れ故郷へは一度も帰らなかった。そしてそのときの戦々競々のいやな記憶は、僕をいよいよ三国から遠ざけるのに役立った。（前掲書『ふるさと文学館　第二二巻　福井』）

脱腸というのは、いまでいう「鼠径《そけい》ヘルニア」のことである。また先に紹介した昭和十（一九三五）年に書かれた「私生児」でもこう記述している。

その汽車中、私は降りようとしてきかず、手のつけられないむづかり様であった由、泣いて泣いて泣き通した挙句は幼児の私を大層苦しめた脱腸に到頭なったた程であったが、東京で私等を待ってゐるものが決して幸福ではない事を幼児の私は知ってゐたのかもしれない。

三人が落ち着いたのは麻布区飯倉の森安安蔵方。釥之助邸のすぐ近くだ。それからしばらくして麻布区竹谷町（現・港区南麻布一丁目あたり）五番地に移った。順は幼児から小学校時代のほとんどをこの竹谷町で過ごした。のちに新堀町ほか麻布界隈に住んだこともあったが、順の人間形成に大きな影響を与えたのは竹谷町の住居である。住居と書いたが、実際は路地裏の長屋だ。

俳人・岡本癖三酔

麻布の竹谷町は、順が住んだような長屋もあったが、立派な邸宅が多く、いわゆる「お屋敷町」であった。

そんなお屋敷の一つが岡本癖三酔《へきさんすい》（一八七八〜一九四二）の家だ。癖三酔は俳人であり画家でもある人物。慶応大学在学中から正岡子規（一八六七〜一九〇二）に師事、俳句に没頭した。碧山水と号したこともある。父は明治時代の実業家・岡本貞烋《ていきゅう》（一八五三〜一九一四）で、元は小田原藩藩士。熊本県や群馬県の官吏を経て明治十三（一八八〇）年、福沢諭吉らとともに日本初の実業家社交クラブである「交詢社」を設立したことで知られる。晩年は帝国海上保険、鐘淵紡績、千代田生命などの取締役を歴任した。

竹谷町の屋敷はもともとこの岡本貞烋のものだったが、貞烋が死去、またその長男も亡くなったため二男の癖三酔が当主になり悠々自適の生活をしていた。

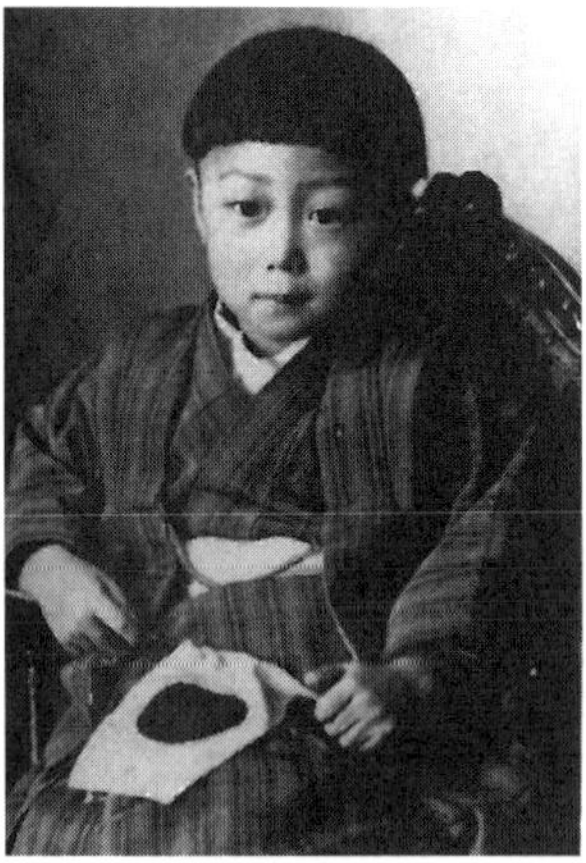
五歳の頃の順

順は幼いときからこのお屋敷へよく遊びに行った。ささやかに仕立業を営み、懸命に生計を立てていたコヨのお得意様だったのだ。順の自伝的小説「わが胸の底のここには」ではこう書かれている。作品では「岡本家」が「岡下家」になっている。

明治四十年に福井県で生れた私は、間もなく母親に連れられて上京、しばらく飯倉の方にいたのちこの竹谷町に移ったのだが、ごく幼い頃から、仕立物を持った母親に連れられてその岡下家へ出入し、そこでは「おうちゃん」という名で呼ばれていた。名を尋ねられたとき、幼い私の舌は「ただおちゃん」とまだ言えないで、「ただ」を抜かし、「おうちゃん」と言ったのが、はじまりだった。そこでは私の一家の特別の事情が知られていて、幼い私は「おうちゃん、おうちゃん」と可愛がられた。不憫がられたと言うところかもしれぬ。

岡本家には順より三、四歳年下の義太郎という子供がおり、その遊び相手として歓迎された順はその後ほとんど毎日のように岡本家へ出入りするようになる。

また同家には、順のような貧しい家庭ではなかなか買ってもらえないような少年向けの雑誌や小説類がたくさんあり、順が小学校に入って字を覚えてからはそれらをむさぼるように読んだ。ことに当時少年たちに人気のあった『立川少年文庫』や講談社の『天保水滸伝』などを愛読したそうだ（石光葆《しげる》著『高見順　人と作品』清水書院）。

順が小学校に入ったのは大正二（一九一三）年、六歳のときである。最初は本村小学校という家からかなり遠くにある学校だったが、そこへ半年ほど通ううちに家の近くの東町に建設中だった東町小学校が完成、一年の二学期から同校に通うようになった。正式名称は東京市麻布区東町尋常小学校である。

小学校時代の順の成績はきわめて優秀だった。当時の学業通知表は「甲乙内丁」の四段階評価で、順の六年生時の通知表は体操だけが「乙」で、あとはすべて「甲」だった。卒業時には優等賞として学校からの賞状のほか、保護者会から縮刷版の国語辞書『言海』をもらっている。『言海』は国語学者の大槻文彦が全情熱を傾けて編纂した近代日本初の国語辞典で、「縮刷版」というのは明治三十七

（一九〇四）年に出た小型版のことだ。順はこの辞書が好きで、長らく愛用した。例えば「猫」の項には「人家ニ畜ウ小サキ獣、人ノ知る所ナリ、温柔ニシテ馴レ易ク、又能ク鼠ヲ捕ウレバ畜ウ、然レドモ窃盗ノ性アリ、形虎ニ似テ、二尺ニ足ラズ、性眠リヲ好ミ、寒ヲ畏ル」となっている。

……また「川」を引くと「陸上ノ長ク凹ミタル処ニ、水ノ大ニ流ルルモノ」とあり、「鼻」を引くと「顔ノ中央ニ高クナレル処、二孔ニ成リテ嗅グコト及ビ呼吸ヲ司ル」とある。すべてこの調子でこの字引が私には離し難いのである。（前掲「わが胸の底のここには」）

優秀な成績は、岡本家での熱心な読書体験が土台になっていたと思われる。

岡本家ではまた癖三酔に順自作の俳句を見てもらう機会もあった。

癖三酔のことを順は〝変わったおじさん〟だと思ってはいたが、俳人であることは知らなかった。癖三酔の出した俳句の雑誌を見て初めて「俳句」なるものを読んだのである。その三行詩のような俳句に順は驚いた。「お屋敷」のおじさんともあろう人が、「俺」などという言葉を使っていたからだ。

そこで順はお屋敷の令息、つまり岡本義太郎と一緒に俳句を作ってみることにした。癖三酔に「俳号をつけてほしい」と頼むと彼は自分の息子に「星馬」、順には「水馬」という号をつけてくれた。水馬とは何かと聞くと「アメンボウ」のことだという。水の上を四つん這いになってすいすいと走っている虫である。順は虫などではなく画数の多い、難しい漢字の号がほしかったが、返すわけにもいかず、少年俳人・水馬は生まれて初めて俳句を作った。ところがその俳句がいとも簡単にできてしまう。

俺は夜の空を見ていたら、星がスーッと流れた、といった「俳句」であるから、いくらでも書ける訳であった。（高見順「文学的自叙傳」）

それを瘂三酔に見せたがいっこうにほめてくれないので、順は自分から催促した。瘂三酔の答えはこうだった。「俺というのをそうやたらに使わんほうがいいね」

順はさぞ不満だったろう。

軍拡路線を突き進む日本

この間、日本は帝国主義国家としての歩みを加速させていく。すでに順の生まれる前年には満州に南満州鉄道株式会社を設立していたが、同時に正隆銀行なども設立、金融資本の中国大陸進出が始まっている。順が生まれた一九〇七（明治四十）年には日清汽船、日清紡績、帝国製麻などの会社も誕生した。「日清」の「清」はもちろん清国の「清」である。陸軍を一九師団に増強したのもこの年だ。日露戦争開始時は一三師団だったが、戦争中に四個師団を増やし、さらに二個師団を作って計一九師団になった。軍拡路線まっしぐらである。

一九〇九（明治四十二）年には満州・ハルビンで初代韓国総監として韓国併合の基礎を作った伊藤博文が韓国の独立運動家・安重根《アンジュングン》に暗殺された。そして一九一〇年にはついに韓国併合に至る。

一方、国内では明治四十四（一九一一）年、日露戦争に反対した幸徳秋水ら一二人が天皇暗殺を企てたとして処刑された大逆事件が起こる。同年には東京・大阪に特別高等警察、いわゆる特高を置いた。社会主義や労働運動など、帝国主義化を進めるうえで邪魔になる者はすべて排除しようというわけだ。

そして大正三（一九一四）年一月にはジーメンス事件が明るみに出る。ドイツの軍需会社ジーメンスが日本海軍高官に賄賂を贈った事件で、取り調べが進むと英国のヴィッカース社とも軍艦「金剛」建造にからむ汚職事件があったことが判明、国民の反政府運動にまで発展したため、時の山本権兵衛内閣は総辞職した。

第一次世界大戦が起きたのは翌一九一四年、順が小学校二年生のときだ。順の学校生活にも影響があったので、簡単に説明しておく。

六月二十八日、ボスニアの首都サラエボでオーストリアの皇太子夫妻が暗殺された。犯人はセルビア人の開放を目指す秘密結社がセルビアから送り込んだ暗殺者七人のうちの一人。十九歳の学生だった。ちょうど一カ月後の七月二十八日、オーストリア＝ハンガリーがセルビアに宣戦布告、ここに第一次世界大戦の幕が切って落とされた。

その背景にあったのがフランスに対抗するためにドイツ、イタリア、オーストリア間で結ばれた軍事同盟「三国同盟」と、対ドイツ外交軍事体制としてイギリス、フランス、ロシアの三国間で協力関係を約束し合った「三国協商」の対立。要するに植民地拡大をめぐる争いである。

ロシアがセルビアの後ろ盾だったため、対抗してドイツはロシア、フランス、イギリスを相手に次々に開戦、同盟側と協商側との国際戦争に拡大した。最終的にはドイツ、オーストリアなど四カ国とイギリス、フランス、アメリカなど二十七カ国の連合軍との戦争になった。

日本は日英同盟（一九〇二）を理由にベルギーやアメリカ、中国などとともに連合軍側についた。一九一四年八月二十三日に対独宣戦布告、大戦に加わった日本は、山東省のドイツ利権の譲渡、満州の日本権益の拡大延長など二十一カ条の要求を中国の袁世凱政権に提示、これを認めさせた。これによって日本は東アジア進出の足場を確保、戦時景気で潤った。半面、中国の対日感情はこれ以降一気に悪化する。ドイツは最後まで頑強に抵抗したが、一九一八年十一月ついに降伏、翌年ベルサイユ条約で講和が成立した。

この第一次世界大戦について、順はこう書いている。少し長いが、きわめて要領よく記述しているので引用する。

第一次世界大戦が勃発したのは大正三年のことであったが、欧州諸国が戦火を浴びて生産停頓の苦境に陥ったとき、殆んど名ばかりの参戦によって東洋の一隅から世界の舞台にのし上った日本は、輸出軍需品の膨大な生産によって思わぬ経済的利益を占めた。こうして日本の資本主義は飛躍的な発展を遂げたのだが、それは国民大衆の生活をある点向上せしめると共にまた逆におびやかし苦しめる結果と成った。異常な通貨の膨張は物価の昂騰を来たし、たとえば大正七年の東京の物価平均指数は大正三年当時と比べると九割六分の騰貴を示したが、これに対して労働賃銀はどうかというと、物価の騰貴率の約三・六倍に対して二・二倍であったから、生活難は当然であった。この生活の逼迫は、資本主義の発展とともに形成されて行った労働階級の階級的自覚を促し、労働争議の増加と成り、労働組合運動の台頭と成った。さきに大正六年、デモクラシー擁護のための米国参戦が行われると、その聯合国であった日本に於いてもデモクラシーの声が高まり、思想的に強く揺り動かされるところがあったが、そこへまたロシア革命の報が伝わって、労働階級に思想的な自覚が与えられた。

労働争議の激発はこの大正八年に於いて二千三百八十八件の多数に達した。この年は実にわが国労働運動史上に於いて特記さるべき年なのであった、それまでは争議の多くは未組織労働者によって行われ、労働組合の数も少なく、年々一二の創立を見るに過ぎなかったが、この年は一挙に十六組合の結成が行われ、労働組合勃興の機運が最高潮に達した。友愛会が日本労働総同盟と改称するとともに、協調主義から闘争主義へ方向転換を行ったのも、この年であった。（前掲「わが胸の底のここには」）

米騒動で寺内内閣総辞職

引用文中、「友愛会」というのは日本労働運動の先駆者・鈴木文治（一八八五～一九四六）によって明治四十五（一九一二）年に結成された労働者の組織。鈴木は大正十（一九二一）年に友愛会が日本労働総同盟（略称は総同盟）と改称されたときも会長に選ばれている。順の文章では総同盟の結成は大正八年のように読めるが、実際は大正十年である。しかし大正七～八年にかけて大きな社会事件が続き、時代の一つの節目になったのは間違いない。その代表例が米騒動だ。

大正七（一九一八）年七月二十三日、米価の暴騰で生活難に直面していた富山県魚津の漁師の妻たち約一八〇〇人が「このままでは餓死する。米を安くしろ」と要求して米屋や大邸宅に押し寄せ、「米をよそに搬出するな。搬出したら焼き打ちにする」などと叫んで騒ぎになった。この事件が「越中の女一揆」として報じられるや各地に波及して同様の騒ぎが続発、民衆は金持ち、警察などを襲い、鎮圧のため軍隊が出動する大事件となった。騒動はほぼ終息する九月中旬までに三八市、一五三町、一七七村に及んだ。この米騒動で同年九月二十一日、寺内正毅内閣が総辞職した。寺内内閣のあとを受けて原敬（一八五六〜一九二一）が日本初の政党内閣を組織したのは八日後の九月二十九日だ。

また第一次世界大戦後に高まった自由主義・民主主義的風潮（大正デモクラシー）を背景に普通選挙権獲得運動が起きたのも原敬内閣誕生翌年の大正八年のことだ。

海外に目を移すと、同年（一九一九）三月一日、朝鮮で反日独立運動「万歳事件（三・一運動）」が起きている。ロシア革命の成功、第一次世界大戦後の民族自決主義の高まりを背景にした運動で、京城（いまのソウル）で数千人が「独立万歳」を叫び、デモを行った。この運動は瞬く間に朝鮮各地に拡大し、朝鮮総督府や朝鮮駐留軍などによって激しく弾圧された。

順自身は第一次世界大戦終結時点でまだ十一歳だったから、こうした動きにはほとんど無関心だったが、それでも時代の影は順の周辺にも現われ始める。これまでは商売人や職人、行商人などの子供が多かった順の学校に、急にあちこちにできた町工場で働く工員の子供が増えてきたのだ。世界大戦への参加を機に日本の社会構造が変わってきたのである。

また順が書いたように、ロシア革命は日本の社会・労働運動に大きな刺激を与えた。

ロシア革命は一九一七年、二月革命と十月革命を経て、世界史上初めて起きた社会主義革命。

ロシアでの社会主義政権誕生を見て日本、イギリス、アメリカ、フランスは「孤立したチェコ軍を救出する」という名目でシベリアに出兵した。ロシア革命への干渉が本当の狙いであった。ことにシベリアに領土的野心を持つ日本は協定の約十倍の大軍を派遣したのは前述（第一章）の通りだ。

ただ一人府立一中に合格

朝鮮で三・一運動が大きな潮流となっていた頃、成績優秀だった順は府立一中を受験した。いまの日比谷高校である。同級生から「私生児は府立一中には行けない」といわれて心に深い傷を負ったのはこのときだ。「私生児は府立一中には入れない」と同級生がいったというのは順のフィクションではないかとする見方もあるようだが、誰かにそういわれたのは事実だろう。当時の中学校では府立一中の川田正澂校長と麻布中学の江原素六校長が有名で、そのどちらか、もしくはどちらも受ける生徒が多かったが、ココと順はどうしても府立一中に行く覚悟だった。

「青山」からは商業学校に行ったらといわれた。「青山」というのは阪本釤之助の義母と釤之助の長男・瑞男が住んでいた阪本家の別邸で、飯倉にある釤之助の邸宅には後妻と釤之助の二男・阪本越郎が住んでいた。つまり長男の阪本瑞男は早くに母（釤之助の最初の伴侶）を亡くし、祖母と暮らしていたことになる。

しかしココは何が何でも順を府立一中、一高、東京帝国大学というコースに進ませたかったので、この「青山」の提案を断った。なぜなら釤之助の本妻の長男である瑞男がまさにそのコースを進み、順が府立一中を受験する頃は東京帝国大学を卒業、高文試験にも合格していた。高文試験とは高等文官試験の略で、瑞男は外務官僚としてのスタートを切ったばかりだった。ココとしては絶対に瑞男に負けないような出世コースを順に歩ませたかったのだ。認知拒否の釤之助を見返したいという思いもあっただろう。

順は幸いにも府立一中に合格した。順十三歳。東町小学校の開校以来、初めての府立一中合格者で、同級生たちはいずれも受験に失敗した。順は思わず快哉を叫んだ。「私生児は入れない」といわれた心の傷が癒えることはないにせよ、少しは憂さが晴れただろう。

コヨは順が府立一中に合格したので、この際なんとか釤之助に順を認知してもらいたいと、玄関の敷居に額をこすり付けんばかりにして釤之助の使者に懇願した。釤之助は相変わらず順を認知しなかったが、ただし毎月一〇円の養育費を使者の男を通じてコヨに渡していたのだ。

大正四（一九一五）年、順が八歳のときの大卒初任給は三五円だった。大正九（一九二〇）年で見ると大卒初任給は四〇円。国家公務員の初任給は七五円である。同年九月に高文試験に合格、十一月に領事館補として奉天に勤務し始めた順の異母兄・瑞男はおそらくそれくらいかもう少し高い初任給だっただろう。コヨが毎月もらう一〇円という金額は、とてもそれだけで生活できるという額ではなかった。そのためコヨは必死で働いたのである。

中学時代の順

父親の使者を嫌う

この毎月現れる使者が府立一中合格時に来たときの様子

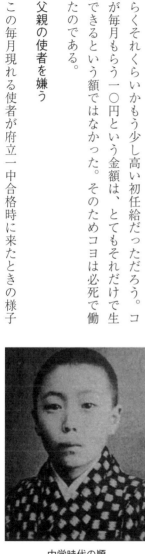

について、順はこう書いている。

　父親からの毎月の金を私の家へ届けに来てくれる、わが家にとっては大切な使者を私は「例の男」とひそかに呼んでいたが、その呼び方は、いかにも病身らしく痩せこけて言葉付きからしてせっかちなその男を、どういうものか私は虫がすかないで、ひどく嫌っていたことを示していた。見たところいかにも狡るそうな三百代言といった風貌だったが、実は商業学校の実直な教師なのだった。彼に対する私の母親の、鄭重を通りこした卑屈な応対振りも、私には辛くまた悲しく、それが私の嫌悪に少なからず作用した点もあったようだ。彼は母親の応対を顰め面で聞き流して、絶対に座敷にあがろうとせず、玄関に立った儘せかせかと金を出して、受取を摑むとまるで一刻も早くいまいましい家から退散したいとしている風で「や、や」と言って立ち去るのだった。今から思うと、実直な故に小心で神経質な彼は、私たち母子を哀れ深く感じ、何か堪らない気持でそそくさと自分の役目を果していたのかもしれないのだが、子供の私には、嫌な奴という印象が濃かった。（前掲「わが胸の底のここには」）

外出先から帰ってきたとき、その男が玄関にいたので、順は黙ってその前を通り過ぎようとしたら、ココに「あなたからもお願いしなさい」といわれた。ココの語調は厳しかった。

「青山のお兄さま」と同じ中学にこうして立派に入学できたにつけては、どうか戸籍面の私生児を庶子に直してやって頂けないかというのが「お願い」の内容であった。庶子の認知は前から再三再四頼んであったが、まだ聞きとどけられないのだった。

「話してみましょう」

男は窪んだ眼をパチパチさせながら、ぶっきら棒に言った。

「お願いで御座います。この子が可哀そうですから……」

必死というのに近い声で、母親は敷居の額を擦りつけんばかりだった。

「話してみましょう」

鞄を下げた手に帽子を挟んだ男は（彼は鞄も帽子も手から離さず、畳の上に決して置こうとはしなかった。）汗にはまだ早い季節だったが、片方の手のハンカチでしきりと頸筋を拭っていた。

「こうやってわたしが夜の目も寝ずに働いて一生懸命にやっておりますのも、この子をどうか立派にしたいばかりで……。で、この子も一生懸命勉強してくれますが、戸籍が今のままではこの子の出世の……」

「邪魔になるってことはありませんがね」

うるさそうな声だった。

「そうかもしれませんが、母親と致しまして……」

「話してみましょう」

早く受取を寄越せと言わんばかりに手をのばして、

「飯倉も、しかし何せ忙しい身体ですからねえ。ゆっくり会って話をするということが仲々出来ないんですよ」

　飯倉とは父親のことだった。(同前)

　ココからもう一度「よオくお願いしなさい」といわれ、順は畳に両手を突いてお辞儀をした。父親に対してならまだしも、使者にすぎない男になぜこれほど卑屈にならなければならないのか。順は腹の中で鬼の如く怒っていた。

　結局、このときも彭之助は認知してくれなかった。ただ中学の学費だけは出してくれることになり、ココも順もとりあえずはほっとした。

　府立一中入学にあたって、順は神田の古本屋街の店を次々にのぞいた。教科書を買うためである。教科書の代金は母ココからもらっており、初めは三省堂で新しい教科書を買うつもりだったのだが、古本屋の前に群をなして詰めかけている中学生がいたので、教科書の古本を売っていることを知った。順は毎日働き詰めに働いているココの負担を少しでも減らそうと考え、教科書は古本で間に合わせることにした。

白樺派の作品を愛読

　順は古本を買うことで何かいいことをしたような気分になって喜んでいたが、いざ授業が始まると前後左右、周囲の生徒たちが広げている教科書は仕立ておろしの着物のようにパリッとしており、順のだけがヨレヨレで汚らしく、なんともいえない屈辱の念に駆られた。

「兄貴のお古なんだよ。いやになっちゃう。……」

そういうつわりの弁解を逸早く狡猾にも用意したが、心は穏やかでなかった。裏表紙に、どこの誰とも分らない前の持主の名前が書いてあるのを、墨で丹念に黒々と消したけれど、その黒い跡はまるで犯罪の痕跡のように私をおびやかしてやまなかった。（前掲「わが胸の底のここには」）

ある日、生徒の机の間を見回っていた教師が、ふと順の漢文教科書に目をとめて、言葉鋭くこう咎めた。

「教科書に書き入れをしてはいかん」

それは順ではなく、前の持ち主が書き入れたもので、「桃李不言下自成蹊」の「桃李」に「トウリ」とインキで仮名が振ってある。そういう個所が他にもあり、順がいかにも劣等生であり、桃李が読めないようで情けなかった。順自身、汚らしくて腹立たしかったのだが、それを教師が目ざとく見つけたのだ。

「これ、僕じゃないんです」

順は顔から火の出る思いだった。

「お前が書いたんじゃない？」

「ええ」

「なんだと」

教師は荒々しく教科書を取り上げ、ぱらぱらと頁を繰って、険しい表情を困惑のそれに変え、

「ふん。消さんといかんな。消さんと……」

教師はそういってそそくさと順の机から離れた。事情を察したらしい。叱責したことを悔いているようなその後ろ姿は、叱責よりも深く順を悲しませた。

また府立一中に入って新調した制服は母の注文でズボンがだぶだぶだった。裾は外側へ二重に折り畳んであって、そのぶざまな格好を体操の教師に見咎められ、「一中の体面にかかわるぞ」と叱られた。コヨは制服を長持ちさせようとしてそんなだぶだぶのズボンを注文したのがわかっていたから、いくら恥ずかしくても順は反対できなかった。

それ以外でも順を悄然とさせたことがある。

小学校時代は並ぶ者のない秀才だったのに、府立一中にはさすがに粒よりの秀才が揃っており、クラスの半ば以下という惨めな成績に落ちてしまったのだ。一学期の臨時試験の結果が発表された日、帰宅する順の足取りは重かった。

当時の府立一中はかなり軍国主義的な教育方法をとっていた。教室に入るときはラッパで合図をしたし、校庭で集合させられて服装検査もあった。ホック一つ外れていても文句をいわれる。校庭から教室に入るときも、学生同士が話をすると退役中尉の先生から「コラッ」と怒られた。

しかし大正デモクラシーを反映して、順たち学生の生活感情はきわめて自由主義的なものだった。

府立一中に入ってしばらくすると岡本武夫という親友ができた。岡本武夫は裕福な家庭に生まれ、広大な邸宅に住んでいた。同家には夥しい所蔵書籍があり、岡本自身、エネルギッシュな読書家だった。

彼はことに武者小路実篤（一八八五〜一九七六）の大ファンで次から次へと順に「読め」といって実篤の本を持ってくる。「お目出たき人」、「或る男」、「友情」、「土地」などで、順は熱心に読んだ。実篤を通して雑誌『白樺』を知り、志賀直哉（一八八三〜一九七一）、有島武郎（一八七八〜一九二三）なども読むようになった。

『白樺』は実篤、志賀直哉、有島武郎、有島生馬（有島武郎の弟。一八八二〜一九七四）、里見弴（有島武郎、生馬の弟。一八八八〜一九八三）など学習院出身の青年たちを中心に明治四十三（一九一〇）年に創刊された雑誌で、自然主義に対抗して人道主義・理想主義を標榜、そこに集まった文学者や画家たちは「白樺派」と呼ばれた（同雑誌は美術雑誌も兼ね、ロダンやゴッホ、セザンヌなども紹介している）。

学習院では『白樺』は禁書となった。当時の学習院が文部省ではなく宮内省の管轄だったこともあり、もともと学習院は自由闊達な校風だったが、明治四十（一九〇七）年に乃木希典（軍人。一八四九〜一九一二）が明治天皇の意向を受けて学習院長になったことへの反発もあったようだ。翌明治四十一年に皇孫、つまりのちの昭和天皇が学習院に入学するので、乃木をその教育係に指名したのだ。

大杉栄の作品に親しむ

順や級友の刑部人《おさかべじん》（後述）は日曜や学校が休みの日はしょっちゅう岡本武夫の家に遊びに行き、『白樺』派作家の小説だけでなく唐詩選から松尾芭蕉、鶴屋南北、さらに浄瑠璃本まで読んだものだ。

順は志賀直哉（武者小路実篤の遠い親戚に当たる）も読むには読んだが、いちばん惹かれたのは有島武郎で、「生れ出づる悩み」や「惜しみなく愛は奪ふ」、「或る女」、「カインの末裔」などの小説・評論を耽読した。ことに大正十一（一九二二）年一月発行の雑誌『改造』に有島武郎が評論「宣言一つ」を発表、北海道狩太村（いまのニセコ町）にあった有馬牧場を労働者たちに開放（七月十七日）したことに衝撃を受けた。

有島武郎は東京生まれで、学習院を経て札幌農学校に学び、クリスチャンになった。しかしアメリカ留学（ハーバード）後に棄教した。帰国して『白樺』創刊に携わり、いくつもの作品を発表した。社会主義に強い関心を持っていたが、ブルジョア階級出身である自分の限界を悟り、社会変革は第四階級、すなわち労働者階級（プロレタリアート）自身によって初めてなし得るものだとしたのが「宣言一つ」の内容だ。フランス革命期には王や諸侯が第一階級、貴族・僧侶が第二階級、ブルジョワジーが第三階級、そして無産階級（労働者階級）は第四階級とされていたのだ。

有島武郎は「宣言一つ」を書いて有馬農場を小作人に無償提供、その翌年の大正十二（一九二三）年六月九日、人妻であり『婦人公論』（中央公論社）記者の波多野秋子と長野県軽井沢の別荘で情死した。四十五歳だった。秋子は二十九歳。順はこの事件にもショックを受ける。

府立一中における順のもう一人の友人が先ほど触れた刑部人だ。刑部は順と同じく有島武郎の社会主義的行動に衝撃を受け、以降、社会主義に関心を抱いて大杉栄（一八八五～一九二三）の「日本脱出記」を読み、感銘を受けた。そして大杉の本を読むよう順や岡本武夫に勧めた。

刑部の勧めに従い、順は「日本脱出記」のほか「自叙傳」や論文「正義を求める心」、「征服の事実」、その続編である「生の拡充」など大杉の作品を読むようになる。「獄中記」も読んだはずだ。またクロポトキン（ロシアの無政府主義者。一八四二～一九二一）の「相互扶助論」、「パンの略取」なども愛読した。大杉栄には「クロポトキン研究」や「無政府主義者の見たロシア革命」といった著書があり、その影響だろう。

こうして順はアナーキズムに近づくのだが、白樺派とアナーキズムの間には距離感があるものの、順の中ではそれほど矛盾しなかった。

大正期ヒューマニズムが何よりも私に強く訴えかけたものは、自我の確立ということである。自分を生かすという言葉ほど私にとって魅力あるものはなかった。こうしていわば私流に解釈したこのヒューマニズムからアナーキズム的社会主義へと心が動いて行ったのは、私としては自然な動きだった。友人にすすめられてアナーキズムの本を読んだ私だが、それに私が興味を持ったのは、そこにひとしく自我の問題が取りあげられていたからだ。アナーキズムをまた私流に解釈したのだろうが、調和的なヒューマニズムと破壊的なアナーキズムの間に一見つながりはないようで、私にはそこに自我の重視という点で共通するものを見た。ヒューマニズムが自我の確立を私に教えたとすると、アナーキズムは自我の拡充を私に教えた。（高見順「青春放浪」、『作家の自伝96 高見順』所収）

順と岡本武夫、刑部人の三人は回覧雑誌を出すことにしたが、小学校時代の俳句と同様、順はまたしても小説がむやみに書けて仕方がなかった。「日記を書けば、それがそのまま小説であった」（前掲「文学的自叙傳」）と順は記している。

府立一中四年終了（大正十一年三月）のとき、順は旧制第一高等学校（現在の東大）を受験するが見事に失敗した。読書に耽り、かつ回覧雑誌に小説を書きまくっていたのだから勉強がおろそかになったのは当然だ。母のコヨがさぞ嘆くだろうと心配したが、コヨは「来年はがんばっておくれ」といっただけだったので、順はホッとした。

府立一中の五年生になり、順は級長をやることになった。旧制中学の修業年数は五年だが、四年終了（四修）でも旧制高等学校や大学予科の受験資格があり、府立一中でも四修で一高に合格する生徒が多かった。一高受験に失敗した約半数はやむなく五年生に進級していた。エリート揃いの府立一中では大半が一高志望だったのだ。

受験勉強に精を出していた五年生のある日、家に帰った順は早めに昼食を摂り、飯茶碗で茶を飲んでそれをちゃぶ台に置いた。そのとき突然、異様な地鳴りとともに家が下から激しく突き上げられ、大地が立っていられないほど揺れ出した。関東大地震の発生だった。

第三章　関東大震災

裸足で庭へ飛び出す

相模湾北西部の相模トラフ沿いでマグニチュード七・九の超巨大地震が起きたのは大正十二（一九二三）年九月一日の午前十一時五十八分。東京の震度は六だった。「あれ？」と思う方もいると思うが、これは当時の最大震度が六と決められていたからだ。現在なら当然震度七となったはずである。現にこの日、東京市内に置かれていた中央気象台と本郷の東大地震学教室の地震計の針はすべて振り切れ、記録紙から飛び出して破損した。激しい揺れは東京、神奈川、千葉、埼玉、静岡、山梨、茨城の一府六県に及び、北は函館、西は広島でも揺れが体感された。

震源地の相模湾に沿った最大激震地の災害は、すさまじかった。

小田原町では突然起った上下動の烈震で、崖は一斉に崩れ、橋は落ち、家屋はもろくもつぎつぎと倒され多数の死者を出した。同町小峰にあった閑院宮御別荘も倒壊し、別邸に滞在中の寛子女王殿下もその下敷きとなって圧死した。

箱根の温泉地でも八百六十六戸の家屋が倒壊し、旅館が断崖上から渓谷に墜落して四散した。殊に塔の沢では渓流が崖崩れでふさがれて鉄砲水が起り、旅館その他の家屋を流出させた。（吉村昭著『関東大震災』文春文庫）

閑院宮載仁《かんいんのみやことひと》（一八六五〜一九四五）は皇族・軍人（最終階級は大将）で、寛子はその第四皇女。まだ十七歳だった。

横浜市でも家屋倒壊が相次ぎ、全壊九八〇〇戸、半壊一万七三二一戸の計二万五三二一戸に及んだ。全戸数のほぼ二割強である。

むろん被害は東京でも甚大だった。相模湾沿いの神奈川県や房総半島南西部に比べると揺れの程度は幾分弱かったが、それでも全壊家屋一万六六八四戸、半壊家屋二万一一二二戸と凄まじい被害が出た。東京初の高層建築として有名だった浅草の「十二階（凌雲閣）」も無残に倒れた。

順はどうしていたか。

食事を終えてちゃぶ台に置いた茶碗が他の食器もろとも突然ひっくり返り、順の身体もどすんと下から突き上げられた。頭上にはざーっと壁土が落ちてきて、「大変だ！」と裸足のまま庭に飛び降りる。「おばあちゃん、早く……。地震だ」と台所にいた祖母のコトに叫ぶ。いままで経験したことのない激しい上下の揺れから、初めは地震だかなんだかわからなかった。凶変感だけだった。

庭の裏木戸に、私と母親と祖母の三人がお互いに縋り合った。今はもう、はっきり地震と知らされる水平動だったが、今まで知らない恐ろしさで地面は揺れ続き、それはまるで眼前の私たちの家を、これでもか、これでもかとゆすぶっているみたいだった。まだ倒れぬか、しぶとい奴だ――と、こづかれて、粗末な長屋建築の家はキーキーと悲鳴を挙げていた。その家の中は壁土の砂煙が濛々とたちこめている。

「ナムアミダブツ、ナムアミダブツ……」

と祖母は念仏を唱えた。無言の母親は恐らく『金光さま』に必死の祈りを捧げていたのだろう。私は私で、早く地震がおさまりますようにと、何物かに祈っていた。（前掲「わが胸の底のここには」）


順は、母親と祖母の三人で一緒に死ぬんなら、死んでもいいやと思った。自分にはおっかさんと、おばあちゃんしかないんだと心の中で叫んだ。そして改めて自分には父親がないことを思い知らされた――。


この日、東京では計百十四回の余震を記録したが、山の手にある順たちの長屋は辛うじて倒壊を免れた。幸い、近くに大きな火事も起きなかった。

一方、下町は火の海だった。

地震の発生はちょうど昼食時で、各家庭では竈《かまど》や七輪で火を起こし、飲食店でも客に提供する料理を次々と作っている最中だった。突然の激震で家屋倒壊による圧死を免れるのが精一杯で、火を消さずに逃げた人が多く、至る所で火災が発生した。火災は折からの強風にあおられてたちまち燃え広がった。低気圧の影響で、当日は一〇～一五メートルと、かなり激しい風だった。

東京は九月三日の未明まで燃え続け、下町一帯から山の手の一部を含め全市街の三分の二が焼失した。

中でも悲惨だったのが本所の被服廠跡で、火のつむじ風が起こり、避難住民の荷物に火の粉が飛んで燃え移ったため一挙に三万八千人が死んだ。それ以外の浅草区や本所区の避難場所である学校や公園にも焼死体が累々と重なっていた。吉原弁天池には男女の死体が折り重なるように泥水の中にあふれたという。まさに地獄絵である。

この関東大震災による被害は、死者九万九三三一人、負傷者一〇万三七三三人、行方不明四万三四七六人、全壊家屋一二万八二六六戸、半壊家屋一二万六二三三戸、焼失家屋四四万七一二八戸、流出家屋八六八戸。罹災者数は全部で三四〇万人にのぼった。

のち志賀直哉とともに「小説の神様」と称された横光利一（小説家。一八九八～一九四七）は震災時、神田の東京堂で本の立ち読みをしていた。当時二十五歳。

「私はこのとき、これが地震だとは思わなかった。これは天地が裂けたのだと思った。絶対にこれは駄目だ、地球が破裂したと思った」

と話している（昭和十四年六月二十一日、東京帝国大学での講演。十重田裕一著『横光利一と川端康成の関東大震災』早稲田大学総合人文科学センター）。この地震がいかに想像を絶する激烈なものだったたか、よくわかる。

総理不在で大事件相次ぐ

関東大震災のもたらしたものはこれだけではなかった。朝鮮人虐殺事件、亀戸事件、そして大杉栄・伊藤野枝殺害事件（甘粕事件）と、立て続けに重大事件が起きたのだ。

その背景には複雑な事情があった。

まず総理大臣の不在である。

当時の首相は加藤友三郎（一八六一〜一九二三）。

安芸（広島）出身の元海軍軍人で、日露戦争では連合艦隊参謀長として日本海海戦に参加した。大正四（一九一五）年以来、大隈重信内閣、寺内正毅内閣、原敬内閣、高橋是清内閣の海相（海軍大臣）を務め、大正十（一九二一）年から翌年にかけてのワシントン会議には首席全権大使として出席、海軍軍縮条約調印に努力した。首相になったのは大正十一年六月十二日である。第一次世界大戦後の時局収拾にあたり、加藤は断固たる姿勢で軍縮を進めた。首席全権として出席したワシントン会議でシベリアからの日本軍撤兵を約束した加藤は、総理になってすぐ正式にシベリアからの撤兵を声明（六月二十四日）、同年十月末までに約束通り撤兵を完了した。「軍縮の父」と呼ばれた所以である。

その加藤が現職総理のまま大腸がんのため急逝したのは大正十二年八月二十四日。六十三歳だった。その八日後に起きたのが関東大震災で、このときは外務大臣の内田康哉（一八六五〜一九三六）が急きょ内閣総理大臣を臨時兼任した。九月二日に山本権兵衛（一八五二〜一九三三）内閣ができるまでの〝つなぎ〟である。

一方ではロシア革命、辛亥革命以降の中国民族運動の進展、朝鮮三・一独立運動などを背景に国内でも民衆運動や労働運動が活発化していた。日本共産党が非合法に成立したのも大正十一年七月十五日で、労働運動への影響力を強めていた。

他方、軍部ではシベリア撤兵や軍縮の拡大に危機感を募らせ、なんとか巻き返そうと必死になっていた。こうした日本帝国主義の曲がり角の時期、いってみれば「進歩」と「反動」がせめぎあい軋み合っていたときに起きたのが関東大震災だったのだ。

そんな中、「朝鮮人たちが暴動を起こし、井戸に毒を入れた」、「爆弾を持って歩いている」、「日本人女性を襲った」等々のデマが広がり始めた。順は前掲「わが胸の底のここには」でこう書いている。


噂話というだけでは済まされない流言蜚語がやがて次々に乱れ飛んだ。その中で最も私の忘れ難いものは朝鮮人が暴動を起こしたというデマであった。

「ゆんべ、火事の最中に、どどーんどどーんという音が、遠くから響いてきたでしょう。あれは朝鮮人が火薬庫に火をつけて爆発させていたんだそうですよ」

そう言う者があるかと思うと、天を焦がさんばかりのあの恐ろしい火事は、倒壊した家から火が出たのがだんだんひろがったというだけでなく、朝鮮人が市内の各所に火をつけて廻った為だと言う者もある。なるほどと、聞き手のなかにはすぐ相槌を打つ者が出てきて、

「そうでしょう。でなかったら、あんな大火に成る訳が無い。変だとは思ったですよ」

そんなことを言っているうちは、よかったが、

「大変だ、大変だ！　朝鮮人が攻めて来た！」
銃器弾薬を持った朝鮮人の大群が、いや大軍が、目黒方面に現われたという。東京の中心に向って大挙進撃中で、日本人を見掛けると男女の別なく赤ん坊でも何でも片端から虐殺している！　すわ大事《おおごと》だと大の男も真蒼に成った。襲撃者たちはどこをどう通って、都心へ出るのか、それが全く見当がつかないから、逃げようが無い。津波でも来たというのなら高台の方へ逃げるという手もあるが、どこへひょっこり出てこられるか分らない。これはもう、押入れの中にでも隠れて、じっと息を殺しているより仕方ない。そうして、人の一人もいないがら空き家みたいに見せかけて、襲撃者をやりすごすより他はない。

　それまでは昨日と同じくみんな戸外に出ていた近所の人々が、忽ち家の中に姿を消した。そうして、町全体も亦《また》忽ちしーんと成った。それから何十分かの間、町そのものが息を殺しているかのようなその沈黙の不気味さを今だに私は忘れない。その沈黙は、朝鮮人が来襲などという有り得べからざるデマに対して、誰一人反駁の発言をするものがなかったという事実を物語っているのである。

大杉栄の殺害に衝撃

　その結果、九月二日午後、内務省警保局長は朝鮮人の放火に対して厳重な取り締まりを命令する電報を各地方長官宛に打たせた。このときの警保局長は後藤文夫（一八八四～一九八〇）である。その夕刻には戒厳令の一部、それに非常徴発令が公布され、軍と各省から成る「臨時震災救護事務局」が設置された。山本権兵衛内閣がようやく成立したのはこの時点であった。組閣が難航をきわめたのだ。

戒厳令を発令したのは水野錬太郎（一八六八〜一九四九）内相、赤池濃（一八七九〜一九四五）警視総監、それに後藤文夫警保局長のトリオで、戒厳令で権限を与えられた軍は軍縮やシベリア出兵敗北によるダメージ回復の絶好のチャンスと見て、警察や各地で結成された自警団とともに朝鮮人を次々と狩りたて、延べ数千人にのぼる朝鮮人、それに中国人や日本人の一部を殺害した。水野錬太郎は大正七年の米騒動のときも寺内正毅内閣の内相で、国民の怒りが政府に向かったときの恐ろしさを十分に知っており、その恐怖感が戒厳令を発令させたのだろう。

次に起きたのが「亀戸事件」と呼ばれる虐殺事件。

九月四日、大震災の混乱に乗じて労働運動家の平沢計七、川合義虎ら一〇人、それに自警団員や朝鮮人も警察及び軍隊によって亀戸警察署で殺された。大震災戒厳令を利用しての左翼労働運動弾圧事件の一つだった。大正十（一九二一）年に創刊されプロレタリア文学の拠点として活動していた『種蒔く人』も、このとき廃刊に追い込まれている。震災直後に出された『帝都震災号外』と『種蒔き雑記』で、朝鮮人への迫害・虐殺、社会主義者への弾圧を激しく批判したためだ。『種蒔く人』の果たした役割については次章で触れる。

また十二日には中国人の救護活動に奔走していた王希天（一八九六〜一九二三）も軍隊によって殺された。王は中国の社会事業家・宗教家で、殺されたときは二十七歳だった。

そして大杉栄・伊藤野枝が殺された甘粕事件。

大杉栄は明治十八（一八八五）年香川県生まれの無政府主義者で、東京外語学校フランス語科在学中に平民社に出入りして堺利彦（社会主義者。一八七〇～一九三三）、幸徳秋水（社会主義者。一八七一～一九一一）らの影響を受けた。卒業後は社会主義運動に加わり、震災から十五日後の九月十六日、妻の伊藤野枝（一八九五～一九二三）とともに鶴見の妹宅を見舞い、甥（妹の子）の橘宗一を伴って三人で帰宅する途中に憲兵隊の甘粕正彦大尉らに憲兵隊本部に強制連行され、その日のうちに殺されたとされる。伊藤野枝、橘宗一も殺された。野枝二十八歳、橘宗一は六歳だった。

陸軍省は殺害事実をひたすら隠そうとしたが、事件を知った時事新報、読売新聞が九月二十日の夕刊に号外を印刷した。それを察知した警視庁は陸軍省に伝えるとともに、すぐさまその号外を差し押さえた。

しかし「大杉栄が殺された」という噂はすぐに各方面に広がったため、隠しおおせないと判断した陸軍省は九月二十四日、軍法会議検察官名で次のような発表を行った。

「陸軍憲兵大尉甘粕正彦に、左の犯罪あることを聞知し、捜査予審を終り、本日公訴を提起したり。甘粕憲兵大尉は、本月十六日夜大杉栄ほか二名の者を同行し、是を死に致したり。右犯行の動機は、甘粕大尉が平素より社会主義者の行動を国家に有害なりと思惟しありたる折柄、今回の大震災に際し、無政府主義者の巨頭なる大杉栄等の震災後未だ整はざるに乗じ、如何なる不逞行為に出づるやも計り難きを憂ひ、自ら国家の蠹毒《とどく》を芟除《せんじょ》せむとしたるに存るが如し」

甘粕正彦が事件の責任を取った理由

順は翌日の新聞でこの声明を読んだ。それまで大杉の著作の多くを読み、傾倒していただけにその衝撃は大きかった。「大杉栄ほか二名」が内妻の伊藤野枝と甥の橘宗一であることはすぐ明らかになった。

大杉たち三人の死体は裸にされ、菰《こも》にくるまれ、さらに麻縄で縛って古井戸に投げ込まれていたという。その後、事件の発覚で九月十八日に死体は古井戸から引き上げられ、二十一日に衛戍病院で解剖に付された。衛戍病院というのは陸軍の病院である。大杉栄だけでなく、妻や六歳の甥まで殺されたと知らされ、その酷《むご》さに世間は戦慄した。

公判は十一月二十二日に開廷され、二日後の二十四日には検察の論告求刑が行われた。論告求刑はわずか三十分で終わった。求刑は次のようなものだった。

懲役十五年　甘粕正彦
同五年　森慶次郎
同一年六月　平井利一
同二年　鴨志田安五郎
同二年　本多重雄

全員三人の殺害に関わったとされる憲兵隊員である。そして十二月八日には早くも判決が出た。甘粕大尉は懲役十年、森曹長は同三年。平井伍長、鴨志田、本多両上等兵の三人は戒厳令下で命令に従っただけだという理由で無罪だった。

千葉刑務所に収監されていた甘粕は大正十五（一九二六）年十月に仮出獄した。わずか二年十カ月での仮出獄だった。摂政宮裕仁（のちの昭和天皇）と久邇宮良子の結婚に際しての恩赦で甘粕の刑期は七年半に軽減され、また模範囚だったため二年十カ月という異例の早さで仮出獄になった。

甘粕は軍法会議で「大杉事件はあくまで自分一人の考えから起こしたものだ」と証言したが、ノンフィクション作家・佐野眞一が『甘粕正彦　乱心の曠野』（新潮社）で明らかにしたように、甘粕が三人の殺害に関わっていないことは間違いない。軍部組織を守るため彼がすべての責任をかぶってくれたため、憲兵司令部は甘粕をまるで腫れ物をさわるように扱っている。

異例の早期出獄もそのためだし、甘粕が新婚の妻同伴でフランスに渡ることも認めた。費用は軍の機密費から出た。神戸港から大阪商船の客船で日本を離れた（昭和二年七月十三日）ときは大阪憲兵隊長や私服の憲兵など、憲兵隊幹部以下が揃って見送りに来ている。その大阪憲兵隊長は岩佐禄郎（一八七九〜一九三八）。二・二六事件（昭和十一年）の際は第二十三代憲兵司令官で、奇跡的に助かった岡田啓介首相を自分の車に乗せて宮中に送り届け、岡田の参内に協力している。その岩佐禄郎は甘粕事件後、甘粕の妹の伊勢子を養女としている。このことはあまり知られていないようだ。

要するに憲兵司令部は大杉栄殺害の罪をかぶってくれた甘粕を徹底的にかばい、守ったのだ。

では大杉栄、伊藤野枝、橘宗一の三人を殺した真犯人は誰か。この点についてはいまだに諸説あるが、いちばん怪しいと思われるのは麻布第三連隊である。歴史家のねず・まさしがこう書いている。

天皇の名においておこなわれた判決は、ひじょうに軽かった。甘粕は十年、森は三年、他の手伝った下士官は、上官の命令にしたがったまでで無罪。判決文は犯人の弁護に終始した。しかしながら以上は、巧みに陸軍によって完全な秘密のうちに作りあげられた芝居であった。事実は、四十年後の今日はじめて発表される運命となった。
九月十六日大杉一家は、自宅に乗りつけた陸軍の自動車によって何処かへ連れさられた。軍人は将校と下士官らしかった。行先は麻布にある第一師団の歩兵第三連隊だった。三人は栄庭で兵士の一斉射撃を受けて、銃殺された。大杉は「殺される」と感づいて、ひざまずいて将兵に命乞いをしたという。だが忠君にもえる軍人、社会主義を敵視している軍人は容赦しなかった。（ねず・まさし著『日本現代史 4』三一書房）
関東戒厳司令官の福田雅太郎大将もこの事実を知らなかったが、不手際の責任を問われ、九月二十日に罷免された。福田の罷免は麻布第三連隊内での銃殺が外部に、また陸軍内部に漏れるのを防ぐためだった。同時に田中義一（一八六四～一九二九）陸相はこの事件を軍の要所から上原（勇作）閥を一掃するために利用した。福田は上原系の陸軍軍人である。

実行犯は麻布の歩兵第三連隊？

ねず・まさしはさらにこうも書いている。

当時三連隊には摂政宮の弟たる秩父宮が少尉として勤務している。その将校らが社会主義者とはいえ、無実の人間三人を営内で銃殺したとあっては、世界および国民の疑惑は皇室にそそがれ、皇室に傷がつくことになる。そこで三連隊の事件であることを秘密にするために、憲兵隊がぎせいになることになった。このような突発事件だから福田ら幹部も知らなかったのだ。軍法会議も芝居だ。福田、石光、小泉らの辞職もこの芝居を演出するための偽装だったし、また亀戸事件の責任のためでもあった。皇室がつねに「仁慈」の源であることを示し、そしてテロさえ企てるおそれのある社会主義者から憎まれないために、また世界から疑いの目で見られないために、憲兵隊と甘粕が一身に事件を引き受けたのである。（前掲書）

文中の「石光」は陸軍軍人・石光真臣（一八七〇～一九三七）のこと。関東大震災のときは東京南部警備司令官だった（最終的には中将）。また「小泉」はやはり陸軍軍人の小泉六一（一八七五～一九四五。最終的には中将）のことで、当時の憲兵司令官である。

同じことは荒畑寒村（一八八七～一九八一）も自伝で書いている。荒畑は社会主義者であり労働運動家、また作家・評論家としても知られる。ソ連から帰国、数日間の拘留と取調べを受けたあとのことを、荒畑はこう記している。荒畑は関東大震災と大杉栄が殺されたことを上海で聞いた。ソ連訪問からの帰途である。上海から敦賀を経て帰国したのがいつか、荒畑は具体的日時を書いていないが、甘粕事件の第一回公判が始まった十月初旬だろう。

自由な体となってから、私は一日、多年世話になっている池田藤四郎氏を訪うて、大杉は麻布の歩兵第三連隊の営庭で将校から射殺されたのが真相だ、という話を聞かされた。
「しかし、甘粕は公判廷で、自ら扼殺したことを認めているじゃありませんか。」

わたしがそう反問すると、池田氏は断乎としていった。

「それは君、甘粕が罪をひっ被っているのだよ。僕の甥は麻布三連隊の中尉だが、この話はその甥が現場を目撃して僕に語ったのだから、間違いはないよ。」

私は扼殺か銃殺か、屍体を見た者に聞けば判然すると思って、三人の遺骸を引取った服部浜次君にただしてみた。しかし、服部君の答えたところは、

「そんな事がわかるものか。何しろ大小三つの棺を引渡されたが、死骸はもう腐乱していて石灰で詰めてあったから、実は大杉らの死骸であるかどうかさえ、確認されやしなかったんだ。」（『荒畑寒村著作集　10』平凡社）

服部浜次（一八七八～一九四五）は社会運動家で、荒畑寒村たちの運動に協力した人物だ。

傑作「いやな感じ」の背景

こうして〝主義者殺し〟の汚名を背負った甘粕はその後満州に渡り、一九三二（昭和七）年、満州国民政部警務司長になり満州事変などの裏で暗躍、満州国建設に関与した。のち満州映画協会理事長。一九四五（昭和二十）年、日本の敗戦で青酸カリを飲んで自決したのは周知の通りだ。

大杉事件のことを詳しく述べたのは、大杉栄殺害事件に高見順が衝撃を受け、彼の代表作「いやな感じ」でも取り上げられているからだ。

主人公の加柴四郎はテロリストで、仲間と関東戒厳司令官の福井雅太郎暗殺に加わろうとする。彼

の在職中に甘粕事件が起き、大杉栄が殺されたので、軍人に復讐しようとしたのだ。しかし加柴四郎は「まだ若いから」という理由で実行部隊から外された。仕方なく四郎は「りゃく屋（恐喝屋）」になる。物語はここから三月事件、十月事件、二・二六事件、そして最後は満州にまで及ぶ——。

高見順渾身の力作であるこの「いやな感じ」についてはまた後述するが、関東戒厳司令官の「福井雅太郎」とは福田雅太郎（一八六六～一九三二）大将のことである。

福田は大村藩（長崎県）出身の陸軍軍人で、日清・日露両戦役に参加、その後参謀本部課長、歩兵第三十八連隊長、同五十三連隊長などを経て陸軍少将（一九一一年）、中将（一九一六年）に。さらに第五師団長、参謀本部次長、台湾軍司令官を経て大将に上り詰めた。

軍事参議官になったのは大正十二（一九二三）年八月六日で、同年九月一日に関東大震災が起きると関東戒厳司令官を兼任した。そのときに甘粕事件が発生し、福田はその不手際を問われて九月二十日に免兼、つまり司令官を更迭された。

しかし甘粕事件の詳細が報道されなかったため福田雅太郎が大杉栄暗殺の命令者と考えた者も多く、アナキストでありテロリストの和田久太郎もその一人だった。

和田久太郎（一八九三～一九二八）は兵庫県出身で、複雑な家庭環境から高等小学校を中退し、十一歳のとき大阪の株式仲買人の丁稚に。三年後の十四歳のときには早くも宿痾の性病に罹患している。恐ろしく早熟だ。河東碧梧桐《かわひがしへきごとう》（俳人。一八七三～一九三七）に心酔し、十四歳で同人と俳詩『紙衣』を創刊した。俳号は「酔蜂」。

二十歳のとき堺利彦編集・発行の雑誌『へちまの花』に接してからは社会主義に関心を持つように。

堺利彦（一八七一〜一九三三）は社会主義者であり思想家であり小説家、歴史家でもあった。久太郎は新聞配達をしたり、足尾銅山で鉱夫をやったりしていたが、やがて上京、大杉栄と出会う。大杉を助けて『労働新聞』や『労働運動』の発刊に尽力し八面六臂の大活躍をした。大杉家の二階に寄宿、大杉の片腕として大杉を助けた。また久太郎は社会の底辺の人々を愛してやまなかった。人柄も温厚で「久さん」の愛称で慕われた。

大正十三（一九二四）年九月一日、つまり関東大震災からちょうど一年目の日に、久太郎は本郷三丁目のフランス料理屋にいた福田雅太郎をピストルで狙撃した。殺された大杉の敵討ちである。しかし安全のため初弾は空砲になっていたことを知らず、至近距離だったにもかかわらず狙撃に失敗、すぐ取り押さえられた。

未遂だったのに久太郎は裁判で無期懲役の判決を受けた。「三人を殺した」とされる甘粕が懲役十年で実際は二年一〇カ月で仮釈放され、未遂の久太郎が無期懲役。ひどい話だ。

獄中で縊死した和田久太郎

昭和天皇践祚《せんそ》の恩赦で久太郎の刑期は二〇年に減刑された。だが久太郎は昭和三（一九二八）年二月二十日、秋田刑務所内で首をくくって死んだ。享年三十六歳。辞世の句は「もろもろの悩みも消ゆる雪の風」だった。獄中からの書簡や服役中にものした俳句などを所収する久太郎の著作『獄窓から』（一九二七年に出版）は、久太郎と一歳違いの芥川龍之介（一八九二〜一九二七）に絶賛された。芥川はこう書いている。

和田久太郎君は恐らくは君の俳句の巧拙など念頭においてはゐないであらう。僕もまた、獄中にある君の前に俳談をする勇気のないものである。しかし君の俳句は、幸か不幸か僕を動かさずには措かなかった。僕は前にもいったやうに、何も和田君のことは知ってゐない。けれども僕は「獄窓から」を読み、遠い秋田の刑務所の中にも天下の一俳人のゐることを知った。(「獄中の俳人」『芥川龍之介全集　第十四巻』所収)

芥川がこの評論を書いたのは昭和二(一九二七)年四月四日付『東京日日新聞』である。同年七月二十四日、芥川は睡眠薬を飲んで自殺した。三十五歳だった。あとで触れるように、一高に入学した大正十三年頃から芥川龍之介を愛読していた順はまたまたショックを受けた。

ともあれ関東大震災というのは単なる自然現象ではなく、歴史上の大きな転換点になった。雑誌『人間』の一九四九年十二月号で順は丸山眞男(政治学者。一九一四〜一九九六)と「インテリゲンツィアと歴史的立場」というテーマで対談、あの震災がファッショ台頭のきっかけになったと述べている。対談の一部を引用する。

高見　……ちょうどわれわれの中学の四年のときに大杉栄の『日本脱出記』とか、ああいうものが出てきて、後れ馳《ば》せながら社会思想が中学生の中へも徐々に入りかけてきたのです。そこへあの震災……。これは誰かも言っていたけれども、軍部が軍国主義でもって日本をつかめる自信を持ったのは震災のときでしょう。あのときに、初めて戒厳令を布いて、そして軍部が自分の力というものをあれで知った。それで自信をつけたのですね。

丸山　それは逆に、受け取る民衆の側についても、そういうことが言えると思うんです。ぼくが震災に遭ったのは九歳のときですけれども、それはもう流言蜚語が乱れ飛んでいたのです。朝鮮人が暴動を起すという。そのときには、もう警察にたいする信頼というものは全くないのです。それが辻々に銃剣をつけた兵隊が立つようになったら途端にみんなが落ちついちゃったのを子供心に覚えています。軍というものにたいする何か神秘的な信仰、そういったものが、むろん新たにそのときできたのではないけれど、少くもあの機会によみがえったわけですね。

高見　だから震災さえなかったら、ぼくの学校があゝいう規則ずくめの軍国主義的教育をやったって、われわれ自身はそれと離れた自由主義的な生活心理を持っていたように、あのままずっとゆけば、昭和のあの暗黒時代は無かったかもしれない。震災前の大正のあの時分は日本における労働運動の昂揚期でしたね。川崎造船の大ストライキがあったり、労働運動が非常に出てきた。一方、小市民の間で文化住宅というような言葉が出てきたのもあの時代ですけれど、そういう文化何々といういわゆるデモクラシーの風潮が、労働階級の台頭とともに昂揚してきたわけです。だから震災さえなければ、日本は違った運命を辿っていたわけだと思いますね。あの震災で軍部が民衆を力でおさえられる自信を持つと同時に、労働階級の台頭に支配階級が怯《おび》えて、それがうまく結びついて急激に情勢が変ったんじゃないでしょうか。（『丸山眞男座談　1』岩波書店所収）

二人が対談した昭和二十四（一九四九）年というのは順が胸部疾患で半年間の入院後、自宅療養していたときだ。当時四十二歳（丸山眞男は三十五歳）。

順の学費を出してくれた「足長おじさん」

大震災翌年の大正十三（一九二四）年四月、十七歳の順は念願の第一高等学校（一高）文科甲類に合格した。文科甲類というのは英語を第一外国語とするクラスで、四一人の生徒がいた。

一高の前身は明治十九（一八八六）年に設立された第一高等中学校。近代国家建設に必要な人材を育成するのが目的で、明治二十七（一八九四）年に第一高等学校と改称された。修学期間は三年で、帝国大学予科という位置づけだった。

合格したときの天にも昇るような気持ちを、順はこう小説で表現している。

一高入学許可の通知が来たのは四月七日の夕方であった。大きな状袋を抱えて彼は子供のように踊った。

あがれたあ、あがれたんだあ——彼は喜びのために下顎の附根が痙攣的に震えた。——彼のからだの総ての筋肉は、まるく温かに膨れて、重量を一時に失ったように軽くはずんだ。

「もしかしたら落ちておるかも知れない。そしたら今度は去年と違って中学を卒業したのだから一年間遊ばねばならないのだが——さてどうだろう——」

ほんとに眼瞼の瞬く間位前の彼は、それは捕捉しえない悩みと、決定しがたい恐れと、とめどなく湧き出ずる愁いとに全く圧倒されてしまって、座敷の隅の暗がりに屈んで、なるべく小刻みに息をしていたのだが……そして今は畳の上をごろごろ転がり廻って何やら自分にも訳のわからぬ叫びを挙げている。（『混濁の浪――わが一高時代』構想社）

府立一中時代の秀才たちはすでに四年終了で入学していて二年生だった。前年の受験で自分が落ちたことの屈辱を改めて感じながらも、順はうれしかった。

しかし大きな問題があった。学費のことである。せっかく合格したというのに、学費の工面がつかない。生活が苦しく、細々と仕立業を営んでいる母のコヨに学費を出してもらうことは不可能だし、父親の彭之助にも期待できない。いったいどうしたらいいのか。

思いあまった順は府立一中の川田校長に相談した。

そこで川田校長に紹介されたのが岡田顕三という実業家だった。

岡田顕三（一八七四～一九四三）は栃木県出身。十二歳で上京して伯父の藤倉善八（一八四三～一九〇二）の家に同居、小学校に通う。藤倉善八は藤倉電線（現フジクラ）の創業者である。顕三は卒業後いったん帰郷したが、十六歳で再び上京、伯父の設立した藤倉電線工場で働きながら商業素修学校、東京英語学校などで学び、帰郷して小学校の補助教員になった。その後二十三歳のとき再度上京、伯父・善八方に同居して工手学校に通う。明治二十九（一八九六）年七月、電線およびゴム事業の研究のため渡米、ニューヨークで軍艦ヴァーモント号にボーイとして乗り組む。生活費を稼ぐこと、それに英語の実習が主な目的だ。

ある程度英語ができるようになった段階でマサチューセッツ州やニュージャージ州のラバー（ゴム）会社で技術を習得、四年後に帰国。以降は藤倉電線の技術・製造部門で大きな役割を果たした。

その岡田顕三がある日、府立一中の川田校長を尋ねてきた。優れた才能を持ちながら学費が乏しいため学業をあきらめざるを得ないような学生がいたら知らせてほしい――というのだ。顕三の出した条件は、「誰にもいわないこと」、それに「私が死んだら集まってくれ」の二つだった。それ以外は何の条件もつけず、その学生が学業を終えるまで一定の学資を与える。もちろん返済義務もない。

府立一中の川田校長は順にこの篤志家・岡田顕三を紹介した。初めて岡田顕三に会ったときのことを、順はこう語っている。

僕は一高の試験を受けて合格したものの、学費が無く困ってしまって、校長の川田先生の所へ飛び込んだのです。その当時は、まだいきなり校長先生の所へ飛び込むほど、図々しくはなかったので、どうしてそんなことができたのか、今考えても分らないのですが……。川田先生が「僕がいい方を教えて上げよう。僕の家へ来なさい」と言うので、お宅へ上ったのです。そのころは礼儀も何も心得て居りませんから、出された布団の上にデンと坐って待っていると、先生が出て来られ「君、改めて注意するが、岡田さんのお屋敷へ上ったら、

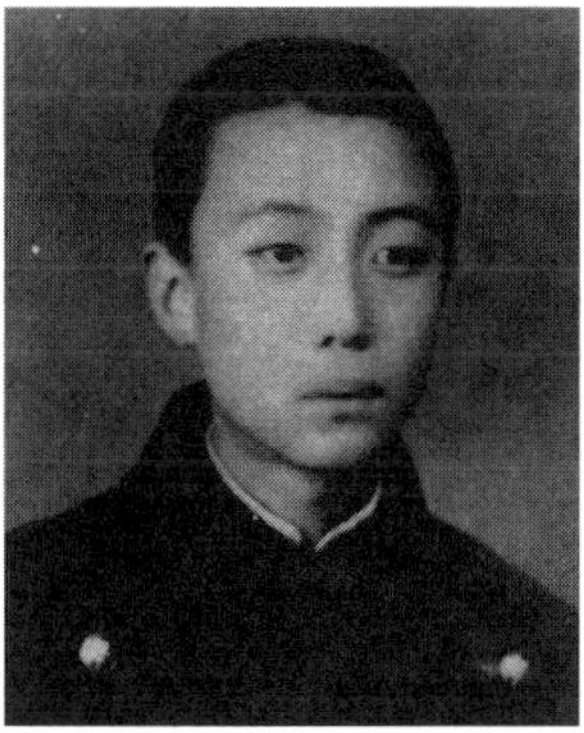

一高入学の頃の順

布団を出されても坐っちゃいけないよ」と言われて、どうも驚きました。その足ですぐ千駄ヶ谷のお宅へ上り、最初に奥さんにお目にかかりますと、布団を下さって「どうぞ、どうぞ」とおっしゃる。「いや結構です、結構です」と申しても「そう言わずにお当て下さい」とおっしゃるので、僕は困ってしまって、半分ぐらい坐って待っておりました。

その時に忘れられないことがあります。そのころ私の父はまだおったのですが、妙なことで死ぬまで会いませんでした。母親の手一つで育って父親というものを知りません。それで布団に半分坐って待っているところへ岡田さんがお出でになり、お話をしている間に親しみを感じて来まして、「私の父は川田先生のような厳格な方かな。それともこの岡田さんのように優しい方かな。どっちだろう。岡田さんのように優しい父であったらいいなぁ」と、思っていると、奥様でしたか、岡田さんでしたか、「あなたのお父さんはどうしているか」というお尋ねがありまして、父のことを考えていた矢先でしたから、急に胸が一杯になり堪らなくなって泣いてしまいました。（『岡田顕三』岡田顕三伝記刊行会）

初めて母と離れて味わった解放感

岡田顕三は順の六年間の学費（月二〇円）を出してくれることになった。一高の三年間、それに東京帝国大学の三年間、計六年間である。当時の東京帝国大学では法科や工科、文科、理科の修学年数は三年間（医科のみ四年）だった。

母のコヨは「大学は法科に行け」といっていたが、順は法科ではなく文学をやりたいと思っていたので、文科に行くつもりであることを岡田にいうと、岡田は「そうかい」と頷《うなず》いてくれた。

順の大正十三（一九二四）年四月二十七日の日記にはこうある。

朝　川田氏邸に行く。午後五時より岡田氏宅に行く可しと。（中略）四時頃帰宅。電車により目黒迄、省線により代々木迄、岡田氏宅に行く。令嬢の多きことに驚く。また彼女等の仲々にオシャベリにてオキャンなるに二驚す。

日記（『続　高見順日記　第八巻』）の解説には「この日の訪問は育英資金のお礼の挨拶と思われる」とあるが、もしかしたらこの日に初めて岡田顕三と会ったのかもしれない。

順以外にも、岡田は十数人の困窮学生に学費を出している。この学費援助については「フジクラ」のＨＰ（ホームページ）にも書かれている。

一高に入学した順はすぐ本郷弥生ケ岡寄宿舎（学生寮）に入った。当時の本郷弥生ケ岡寄宿舎には東寮、西寮、南寮、北寮、中寮、朶《だ》寮、和寮、明寮の八つの寮があり、順はそのうちの和寮だった。和寮は全部で一二室あり、順の部屋はいちばん端の和寮一二番。一年生一〇人がこの一二号室で暮らした。

当時の一高は皆寄宿制で、入学者は全員寄宿舎に入ることになっていた。たとえ東京在住の学生でも、少なくとも入学した年の一年間は寄宿舎生活をしなければならなかった。

この制度は人によっては苦痛だったかもしれないが、順には大きな喜びであり、かつてない解放感を味わった。生まれて初めて母と離れて生活することからくる解放感だった。寮生活は自由で、舎監はいたものの学生たちの寮生活にはいっさい干渉しなかった。それまでは中学生の身だったが、一高では一個の人格として認められ、「独立した人間生活にはいれたことは何よりも大きな喜びだった」と順は書いている（前掲「青春放浪」）。

入学式は四月二十一日朝だった。菊池寿人校長の話。教頭の話。午後、教室に入ると諸講師がきて自己紹介した。翌二十二日の朝に順は教科書を買った。「コンモン・イングリッシュ・ボキャブラリー」（古本。一円六十銭）と「ジャングルブック」（新本。一円二十銭）。同日、入寮式があった。舎監と岸道三委員長の話。岸道三（一八九九～一九六二）は三浪してようやく一高に入り、五年間在籍。その間、全寮委員長を務めた。のち実業界に入り、経済同友会代表幹事、日本道路公団初代総裁などを歴任した人物だ。

こうして一高生となった順は寮で三年間を過ごした。さまざまな悩みもあったが、後年、順は過去を振り返り、もっとも楽しかったのはこの三年間の寮生活だと回想している。

寮に入ってきた新入生たちにはいろんな運動部から入部の勧誘があった。長身（百八〇センチ強）の順はまずボート部から半分むりやりに入部させられ、練習に参加したものの、途中ですぐバテた。陸上競技部からも足の長いのを見込まれフィールドを走らせられたが、これもすぐサジを投げられた。やはり運動にはむいていなかったのだ。

中学時代から順は相当の読書家だったが、本当に小説を読み出したのは一高に入学してからだ。毎日のように図書館にこもって芥川龍之介の本などを手当り次第にむさぼり読んだ。ところが間もなく順の小説乱読は中断された。社会思想研究会というところから入会を勧められ、そこへ入ったのだ。

運動部と違って、こちらの方は熱心に出席した。「労働と資本」、「賃銀・価格および利潤」、「マルクスの生涯と学説」などの輪講に加わったり、ユリアン・ボルハルト編の「史的唯物論略解」を読んだりした。すべて共産主義思想関係のものばかりである。

ダダイズムに近づく

社会思想研究会には東京帝国大学の新人会からチューターと呼ばれる講師がきて指導に当たっていた。その中に是枝恭二がいた。

チューターのひとりの是枝恭二の名前を私は忘れがたい。研究会での勉強によって私は現実の社会を見る目が初めてひらかれたおもいだった（前掲「青春放浪」）。

順の大正十三（一九二四）年の日記（向陵雑記）にはこんな記述もある。

是枝恭二（帝大新人会）氏が講師として唯物史観略解をやる。
つくづく有難い。
どうもひとりでよんで居ると頭がほんとに緊張していないのかふいと嫌になり、又まるで何がなんだかわからなくなる。が、研究会でやると心が針のように緊張して、よくわかる。まるではっきりする。

新人会は東京帝国大学生を中心に大正七（一九一八）年に結成された思想運動団体。戦前の日本における学生運動の中核的存在で、昭和四（一九二九）年十一月、弾圧によって解散した。是枝恭二（一九〇四～一九三四）は新人会のリーダーとして活動、大正十五（一九二六）年に起きた学生弾圧事件（京都学連事件）で逮捕され、出獄後に共産党に入党。『無産者新聞』の編集主任となったが、昭和三年の三・一五事件（共産党員の全国一斉検挙）で再逮捕され、昭和九（一九三四）年、境刑務所で獄死した。

しかし順はやがて社会思想研究会を脱会する。階級運動を重視し芸術を軽んじる研究会の風潮に飽きたらなくなったのだ。そして次にダダイズムに近づく。ダダイズムというのは第一次世界大戦中にヨーロッパで起こった芸術運動で、既成の秩序や常識に対する抵抗・破壊を目指した。一高の先輩でもある村山知義（劇作家・演出家・画家。一九〇一～一九七七）がドイツで学んできた表現主義、構成主義を取り入れ、演劇や絵画、舞台装置に奇想天外な手法を用いてダダイズム的活動を推進していることに刺激を受け、一高の同級生である高洲基や村松敏などと同人雑誌『廻転時代』を作ったのは順の二年生のときだ。『廻転時代』はダダイズムの雑誌で、表紙はその村山知義に描いてもらった。村山は短編小説も書いている。

順は大正十四（一九二五）年五月に創刊したその雑誌に処女作を書いた。ただしタイトルは順自身が「忘れた」といっている。『廻転時代』第二号には「響かない警鐘」という作品を発表している。

カフェや喫茶店で順はダダイスト気取りで暴れまくった。酒を飲んで喧嘩をしたり喚いたりで、へべれけに酔っぱらってぶっ倒れ、寝てしまったこともある。

ある日、順はダダイストの仲間である友人（こちらも一高生）と神楽坂の「プランタン」という店で飲みつぶれ、その店で寝たのかそれとも往来で寝たのか、とにかく翌朝目が覚めた二人が神楽坂の坂道をふらふら歩いていると、向こうから「マヴォ」の高見沢路直（本名・高見澤仲太郎）が歩いてきた。

「マヴォ」というのは村山知義が主宰するダダの芸術家集団だ。

しめたといって友人の一高生が高見沢の前に立ちはだかり、こういった。


「金を貸してくれ」

「金？」

「飲ませろ」

「金なんか、あるかい」昂然と高見沢は言った。

「やっぱりそうか。ああ、腹が減った」

「朝メシ食ってないのか」

「昨日から食ってない。酒ばっかり」

「じゃ、食わせてやろう」

「金は？」

「食わせる位はある」

「いくら」

「十銭」

「十銭？　十銭じゃ」

「まあ、ついてこい」

高見沢は顔のきく店があるのだと言ったが、坂の中途の喫茶店（『白十字』だったと思う。）へ私たちを連れて行って、

「コーヒーひとつ」

と女給に言った。コーヒー一杯十銭である。

「ひとつですか」と女給がいぶかると、

「そうだ、一杯。いいか、一杯だけだぞ。その代り、こいつを、いっぱいにしてこい！」

と卓上の角砂糖入れのポットを鷲掴みにして女給に突き出した。こうして高見沢はただの角砂糖を私たちに振舞ってくれた。（高見順「昭和文学盛衰史」）

「のらくろ」田河水泡との関係

この高見沢にはその後も順は何度か驚かされている。

あまり会う機会もなくなり、「高見沢はどうしているのかなあ」と考えていた順は、高見沢が新作落語を書いて雑誌に売っていると聞いてびっくりした。それから一年ほどした頃、順はもっと驚かされる。それは「のらくろ」漫画で子供たちの間で大変な評判だった田河水泡（一八九九〜一九八九）が誰あろう高見沢路直だったのである。「田河水泡」は高見沢という姓のもじりだ。「たかわみずあわ」は、なるほど「たかみざわ」とも読める。

もう一つ、順は高見沢に驚かされている。高見沢轟江という女性が『文学界』の小説を発表していたので、順が武田麟太郎（作家。一九〇四〜一九四六）に「変わった名前だなあ」というと、武田は、

「小林秀雄の妹だよ」

「え？」

「田河水泡の細君だよ」

「え？」

これも「昭和文学盛衰史」で紹介されている武田麟太郎と順の会話である。高見沢路直は小林秀雄の妹（本名・潤子）と結婚していたのだった。小林秀雄はもちろん昭和を代表する評論家の小林秀雄（一九〇二〜一九八三）である。

こんな具合だから同人は退学になったり自分から学校をやめたりし、最後は順だけになり『廻転時代』は二号で自然消滅した。順の大正十四年七月二十日の日記には「廻転時代に出す原稿を書いている。苦悩！　焦燥！」と書かれている。

順と一緒に『廻転時代』を立ち上げた同人の村松敏は、文学を捨てて日本青年同盟（民青）に入り、一高を除名になった。その後、長い勾留生活で病を得、釈放されるとすぐ死んで順に衝撃を与えた。

それはさておき（「閑話休題＝それはさておき」という表現は、順によれば作家・宇野浩二の発明だそうだ）、一高時代に順は築地小劇場の舞台にアルバイト出演している。築地小劇場は大正十三（一九二四）年、つまり順が一高の一年生のとき東京・築地に誕生した日本最初の新劇専門劇場及びその付属劇団。土方与志（演出家。一八九八〜一九五九）が私財を投じて建設、小山内薫（劇作家・演出家。一八八一

〜一九二八）らとともに新劇確立の基礎となった。

一高の文芸部にエキストラ募集の口がかかり、順は委員の深田久弥（小説家・登山家。一九〇三〜一九七一）から「アルバイトにどうだ」と誘われたのだ。新しい芸術の殿堂に関係できるということで順は「よし行こう」と返事した。エキストラ料は一晩一円五〇銭。しかしエキストラではやはり自分の誇りが許さず、二度の出演で辞めた。その二度というのは「人造人間」と「セント・ジョン」で、ともに土方与志の演出だった。順は演出というものをこのとき初めて知った。

その縁で順は築地小劇場のパンフレットに原稿（メイエルホリドの演劇論などを翻訳）を本名・高間芳雄の名前で書き、わずかな原稿料ながら小遣い稼ぎができた。

舞台にいくら心得があるというので、文化学院の新劇グループに加わり、脚本選定や演出もやるようになった。ここで順はある女と運命的な出会いをするのだが、これは大学に入ってからの話なので、またあとで紹介する。

祖母コトの死

大正十五（一九二六）年一月九日、祖母のコトが死んだ。七十四歳だった。寮生活だったが、順は日曜日には家に帰ることが常で、いつもコトの好きな大福餅一〇銭を買って帰った。二年生のときコトは病の床につき、以来、大福餅を食べ切る力を失っていた。そこで順は饂飩《うどん》の玉を買ってきてコトに食べさせた。コトは順にこういった。

……祖母は頼りない口つきで饂飩を呑み、眼脂《めやに》をいっぱい附けた眼を閉じた儘《まま》でゐたが、それを苦しそうに開けると、パラパラと大粒の涙を蟀谷《こめかみ》に走らせしばらく口をモゴモゴさせた後、言った。うちは代々、親一人子一人、おっかさんはお前ひとりが頼りなんだから、立派に出世して親孝行をするんだよ、いいかい。（昭和十年発表の前掲「私生児」）

これが祖母の遺言になった。

霜の降りた寒い朝、祖母はこの世を去った。順は電話で知らされ、急いで帰宅した。祖母の遺骸のそばで、母のコヨは徹夜で針を動かしていた。コトの葬式代を稼ぐためだ。しかしそれがまだでき上がらず、コヨはこの世のものとは思えない物凄い顔つきで仕事を続けていた。順は黙って外へ出て、祖母が断っていた梅干しを買い求め、末期《まつご》の水にその梅干しを浸し、祖母の口に当てた。祖母は「順が立派に成人して出世するまで」と好物の梅干しを断っていたのだ。

三年生になると、順は一年先輩である深田久弥のあとを引き継いで文芸委員となり、『交友会雑誌』の編集に当たって、自身も作品を発表した。「華やかな劇場」、「秋の挿話」といったタイトルの小説だ。こう書いてくると、ダダイストとして暴れた時期も含め、順はすこぶる真面目な学生生活を送ってといえるだろうが、朱牟田夏雄《しゅむたなつお》によると順はかなり茶目っ気もあったようだ。

一高から東京帝国大学へ

朱牟田夏雄（一九〇六～一九八七）は福岡県出身の英文学者・翻訳家で、のち東大教授。中野好夫

（一九〇三～一九八五）とともにサマセット・モーム（作家。代表作に「月と六ペンス」など。一八七四～一九六五）の研究・紹介で知られる。朱牟田は順と同じく大正十三（一九二四）年に一高文科甲類に入った。文科首席での入学だった。一高文科甲類、東京帝国大学英文科で順と六年間同級生だった。

その朱牟田が一高時代における順のこんなエピソードを記している。順の一面を知るうえで貴重な証言なので紹介しておく。

当時の一高の一年生といえば、いまでは想像できないようなヤンチャ坊主の集団だった。学校を出たての若い数学の先生――この人はのち東大数学科の主任教授になったほどの人だが、数学の苦手な順たち文科甲類の学生たちは盛んに騒いでこの先生の授業の進行を妨げた。順を先頭に、ときに奇声を発し、またときに変な質問をして少しでも遅らせようとする。黒板にどんどん式を書き、次の式を書くため黒板の数式を消そうとすると、「まだ消さないで下さい」と奇声をあげる。すると人のいい先生はそのため進行を二、三分遅らせてくれるのだ。

生徒たちは黒板ふきを隠してしまうこともあった。先生が躍起になって黒板ふきを探すと、生徒たちは途端にワーッとときの声を上げる。しかし度重なると先生も心得たもので、黒板拭きがないからと、式を書いたその上にまた次の式を書く。それでは筆記できないと真面目な生徒が文句をいい出す。

高見が本領を発揮するのはこういう時で、ツカツカと自席から出てゆくと「黒板ふきはどこだ、どこだ」と真剣な顔でそこらをさがしまわる。「小使ーい、黒板ふきを持ってこーい」と居もしない相手にどなったりもする。教室中大笑い、先生もあっけにとられて見ておられる。あげくのはてに「あ、こんなところにあった」とか言いながら、自分のかくしておいたところから持ってくるという寸法である。（朱牟田夏雄「高見順の思い出」―『高見順全集　別巻』所収）

朱牟田によると、順は寮にいても酔ってははしゃぐことが多く、ひとかどの人気者だったそうだ。

昭和二（一九二七）年一月、二十歳になった順は徴兵検査のため、母とともに出生地である福井県の三国町を訪れた。本籍地が三国だったからだ。当時は二十歳になった成人男子はすべて徴兵検査を義務づけられていた。この徴兵検査のための帰郷は順にとって「戦々兢々のいやな記憶」（「わが故郷」、前掲『ふるさと文学館　第二二巻』所収）だったという。裸になっての検査も不快だったろうし、もし甲種合格や乙種合格なら現役兵として入営しなければならなかったからだ。幸いというべきか、順は「丙種合格」だった。いちおうは合格だが現役には適しないというのが「丙種合格」だ。ひょろひょろしており体力がないという判断だろう。

そしてこの年の四月、順は東京帝国大学文学部英文科に入学した。人気の法学部や医学部は別として、文学部なら一高からの入学志望者はほぼ全員が無試験で入れた。この帝大入学を機に順はますます文学に傾倒する。

第四章　プロレタリア文学への道

生涯の友人・新田潤と出会う

順は東京帝国大学入学直後、生涯の友人となる新田潤（本名・半田祐一。一九〇四〜一九七八）に出会う。昭和二年のことだ。

きっかけを作ったのは川田正道である。川田は府立一中で順の一年先輩で、その後は旧制・浦和高校に進み、東京帝国大学では美術科に入った。帝大入学は順と同じ昭和二年四月だ。順に篤志家・岡田顕三を紹介してくれた校長先生も川田姓だったので、川田正道は川田先生の息子か縁者かと順は思ったが、そうではなかった。

川田正道は入学早々、新田潤など浦和高校出身者を引っぱり込んで『街人』という同人誌を作り、割合に売れたので第二号を作ろうとしたところ、「あんな程度の雑誌ではいやだ」という同人が何人かいた。そこでもっといい同人を誘って雑誌をレベルアップさせようと川田は最初、浦和高校の一年先輩の千葉静一という男に話を持っていった。

しかし千葉は即座に「だめだよ」と断り、「君たち、あの人を知っているかい？」と安田講堂の裏手にいる背の高い男を指さし川田と新田に尋ねた。「あれね、一高時代に『廻転時代』ってのをやっていた男だよ。君たちあの人誘ったらどうだい？　なんなら紹介するよ」。こうして千葉の紹介で、川田と新田は順の所へ勧誘に来た。大震災後急造されたバラックの教室の外に二人が行くと、講義を待つ学生が三々五々集まっている。

その中でひときわ背の高いのが順で、ぬっと腕組みして立っていた。何か面白くもなさそうな顔で、あたりの連中に軽蔑の目を向けているように新田には感じられた。

川田がつかつかと順のところに行き、話しかける。新田は黙ってそばに立っていた。

川田は『街人』の創刊号を取り出し順に見せた。順は受け取るとパラパラと開けてみて「割ときれいな組みですね」といってから、

「いいです。やりましょう。僕も実は昔の雑誌の仲間が散ってしまって、一人でちょっと憂鬱になっていたところです」

と同人になることを承諾した。こうして同人が一二、三人に増えたところで、みんなで案を出し合い、雑誌名を『文芸交錯』に決めた。表紙は多才ぶりを発揮して順が描いた。

この『文芸交錯』の編集にかかった頃のメンバーたちが屯《たむろ》する場所は赤門前の小さいビルの地下にあった松田というカフェだった。同じ経営で西洋料理店もやっており、こちらは松田川という店名だったが、順や新田の書いたものを読むと両方の店名が混在してややこしいので、ここでは統一して「松田」にしておく。

この松田のマダム（経営者の養女）は政子という二十四、五歳の女性で、赤坂の小学校しか出ていな

かったが、苦労をしてきたためか人間も親切で自然の教養を身につけており、マーちゃんと呼ばれていた。少し小太りで、切れ長の目がきれいな女性で、客の大学生や一高生のプリ・マドンナ、川田の表現に従えば「アルト・ハイデルベルヒのケティ」といったところだ。「アルト・ハイデルベルヒ」はドイツの作家W・マイヤー・フェルスター（一八六二～一九三四）が書いた戯曲で、王子カール・ハインリヒと酒場の娘ケティの恋を中心にドイツの学生生活が感傷的に描かれている。

『文芸交錯』という雑誌名は順の発案だ。創刊号は同年（昭和二年）九月に出た。順たちがどんな作品を書いたのか、残念ながら残っていないが、このときは何も書かなかった新田潤が後年こう回想している。

……恥ずかしくないものをと思うと、どうにも手がちぢこまってしまった。のちの高見順の高間芳雄は先にもいった表紙のほかに、感想、小説と縦横の才を示した。その小説はなんでもダダイストばりに、文章中に大きな活字をちりばめたりしたものだったということだけおぼえている。川田正道も新感覚派ばりの文章で、メルヘン風なしゃれたものを書いた。二人はいい敵手といった感じだった。（新田潤著『わが青春の仲間たち』新生社）

友人の心中事件

順が同人に加わったため雑誌は面目を一新、好評だったため彼らは第二号を出すことにしたが、ここで事件が起きた。カフェ松田のマーちゃんに惚れていた川田が松田に通い詰めた挙句、同人費をすっかり使い込んでしまったのだ。原稿はすでに集まり、もう印刷屋にも回したのに、川田が金を使い込んだため印刷屋は原稿を押さえてしまい校正も出ない状況になった。数日後、新田潤の下宿に川田が悄然とした様子で現われた。川田は使い込みを認め、「金は必ず返す。雑誌も出す」というので、新田は川田を連れて同人たちの下宿を訪ね回って謝罪させ、なんとかみんな納得した。川田の言葉通り印刷屋に押えられた原稿をうまく取り戻し、別の印刷屋で『文芸交錯』の第二号を無事出すことができた。もう十一月に近い時分だった。

しかし本当の事件が起きたのはその後である。川田がマーちゃんと二人で示し合わせて旅行に出かけ、富士山麓で心中したのだ。

……起き抜けに朝刊に眼を走らせた私は、思わず、えッと声に出して、仰天した。帝大生カフェーの娘と心中、といった三段抜きの見出しと、まぎれもない川田とマーちゃんの写真が眼を射たのだ。胸を騒がせながら記事を読んでみると、二人は富士の裾野の旅館で、ベロナールを飲んだらしかった。(前掲の新田潤『わが青春の仲間たち』)

ベロナールは同年七月二十四日に自殺した芥川龍之介が飲んだのと同じ睡眠薬であった。形は心中だが、「それは心中というより自殺であった」と順はその著『昭和文学盛衰史』で書いている。この時代の同人誌の多くがそうだったように、左翼派と芸術派の対立、軋轢がどこでも顕在化しており、芥川龍之介の自殺も思想問題とまるで無縁というわけではなかった。順は、警察医が川田とマーちゃんが「純潔」だったことを確認したことについて触れたあと、こう書いている。

……この二人の間には、複雑なものがあったようで、年下の大学生との結婚をこの母（注・義母）が許してくれないので政子は死を選んだというような単純な事情ではなかったようだ。川田の方も同様で、政子との結婚をもちろん許しそうもない川田の家だったが、彼の自殺はそれだけが原因ではなかった。むしろ原因が他にあったことは、彼が純潔で死んだということによって明らかである。愛していながら、純潔で通したということは、それだけ深く愛していたということにもなるのだが、そうした一種の純粋さは、「行く所まで行って、それで行き詰まれば自殺するまでだ」というふうに居直ることを彼に許さなかった。行く所まで行かないで、彼は自殺を急いだのである。急がせたものは、当時のかの、思想的怒号とも言うべき、「自滅するインテリ」「滅び行くプチ・ブル」の声だった。インテリ自身、プチ・ブル自身が、そう怒号していたのである。（前掲「昭和文学盛衰史」）

金融恐慌の発生

この昭和二（一九二七）年は内外に容易ならざる問題を抱え、日本は重苦しいスタートを切ることになった。前年十二月二十五日に大正天皇が四十八歳で崩御、同日摂政裕仁親王が践祚、元号を昭和と改元したばかりで、昭和が実質的に始まるのはこの年からである。

内外の問題というのは、まず国内では関東大震災の重篤な後遺症ともいうべき金融恐慌の発生。

第一次世界大戦時は好況に沸いた日本だが、大戦が終わった途端に深刻な不況に見舞われた。そこに追い打ちをかけたのが関東大震災である。弱小銀行による不健全融資が震災によって回収不能に陥ったのだ。

そんな中、片岡直温《なおはる》（一八五九～一九三四）蔵相の歴史的失言をきっかけに日本は激烈な金融恐慌に襲われた。第一次若槻礼次郎内閣の蔵相だった片岡直温は同年三月十四日、衆院予算委員会で震災手形の処理をめぐって野党の質問を受けていた際、「東京渡辺銀行がとうとう破綻をいたしました」と発言してしまったのだ。

東京渡辺銀行は明治十（一八七七）年に第二十七国立銀行として発足、大正九（一九二〇）年に行名を東京渡辺銀行と改称していたが、放漫経営が続いたため関東大震災後は極端に経営が悪化、片岡蔵相は「同行の資金繰りのメドが立たない」との報告を受けていた。しかしこの日、東京渡辺銀行は辛くも資金繰りに成功、大蔵省に報告済みだったのだが、その事実を片岡蔵相は知らず、震災手形の処理をめぐる野党の質問に業を煮やしてつい「同行は経営破綻した」と発言してしまったのだ。震災手形というのは大震災のため決裁不能になった手形のことで、国会ではその救済融資（震災手形関係二法案）が議論されている最中だった、

この片岡発言により東京渡辺銀行の窓口には預金者が殺到して取り付け騒ぎになり、翌三月十五日には休業のやむなきに至った。金融恐慌の発生である。取り付け騒ぎは他の京浜地区の銀行にも波及、左右田、八十四、中井、中沢など六つの中小銀行が次々と倒産した。四月に入ると金融恐慌はさらに広がり、五日には鈴木商店が破綻した。

鈴木商店は明治七（一八七四）年に創業、明治三十五（一九〇二）年にそれまでの個人商店から合名会社になった商事会社である。台湾総督府民政長官を務めていた後藤新平（一八五七〜一九二九）と結び付いて台湾の砂糖や樟脳の取り扱いで成功、日露戦争や第一次世界大戦でも積極経営によって財閥を圧倒し、製糖のほか製粉、製鋼、タバコ、ビール、海運、保険までを扱う日本一の総合商社になった。最盛期には傘下に六十数社を擁したほどだ。現在の日商岩井、帝人、神戸製鋼などはもともと鈴木商店系の企業である。

その鈴木商店は台湾銀行と深く結び付いており、こんどは台湾銀行が危なくなってきた。議会が閉会中だったため若槻内閣は「台湾銀行救済緊急勅令案」を出し、枢密院（天皇の最高諮問機関）の承認を得ようとしたのだが失敗、ついに若槻礼次郎内閣は四月十七日に総辞職する。このため翌十八日に台湾銀行は破綻し、ここから金融恐慌はさらに加速する。昭和二年に破綻した銀行は全国でおよそ四〇行にのぼった。

関東軍の暴走始まる

次に外患、つまり陸軍＝関東軍の拡大志向である。

一九二七（昭和二）年一月二十日、イギリスが日本に上海共同出兵を申し込んできた。中国では蔣介石（一八八七〜一九七五）の北伐が激しくなり、イギリスは居留民保護のため日本に出兵を要請したのだ。北伐というのは蔣介石を総司令官とする国民革命軍による北京軍閥政府打倒のための戦争だ。中国の青島や済南には大勢の日本人がいたため「居留民を保護するため共同出兵しよう」と日本に提案してきたわけだ。

しかし若槻礼次郎首相・幣原喜重郎外相は「出兵は中国における緊張関係を高める」としてイギリスの共同出兵提案を拒否、これに対し枢密院の伊東巳代治（一八五七〜一九三四）や立憲政友会の鈴木喜三郎（一八六七〜一九四〇）は「軟弱外交だ」と批判していた。

しかし前述のように金融恐慌で若槻内閣が倒れ、次に政権を担った田中義一首相は前内閣とは対照的に「居留日本人保護」を掲げ、蒋介石の北伐阻止、満州や華北侵略を狙って中国山東半島に出兵する。二度にわたる山東出兵がそれだ。同年四月二十日に成立した田中義一内閣（外相は田中義一首相が兼任）は同年五月に第一次出兵に踏み切り、北伐を阻止し張作霖政権（北京政府）擁護を図った。このときの出兵は徐州付近の戦いで国民革命軍が敗北したため日本は八月に撤兵した。

しかし翌一九二八年に北伐が再開されると田中義一は再度山東出兵を決め、青島や済南（山東省の州都）等に進駐した。当時青島には二万人、済南には二千人の日本人居留民がいた。出兵した日本軍は危惧された通り、済南事件を引き起こした。済南で革命軍と衝突、日本軍は済南城を総攻撃してこれを占領したのだ。中国側の死者は市民を含め約三六〇〇人、負傷者も一四〇〇人にのぼった。関東軍司令部を奉天（瀋陽）に進めた日本はさらに増兵したため、中国では抗日運動が激化した。内外の批判を受けて日本軍がようやく撤兵したのは一九二九（昭和四）年である。

金融恐慌が続く国内では、川田とマーちゃんが心中した翌年（昭和三年）の三月十五日、日本共産党やそのシンパが大量検挙された「三・一五事件」が勃発する。同年二月一日、日本共産党中央機関紙『赤旗（せっき）』が創刊され、二月二十日に行われた第一回普通選挙から共産党が公然と活動し始めたことに恐怖・危機感を感じた田中義一内閣は、全国の共産党、労農党、日本労働組合評議会関係者約一六〇〇人を治安維持法違反容疑で三月十五日未明、一斉に検挙したのだ。続いて四月十日、労農党、日本労働組合評議会、無産青年同盟に解散命令が出された。前章で一高の「社会思想研究会」にチューター（講師）として東大新人会の是枝恭二が来たことに触れたが、その東大新人会に解散命令が出されたのは一週間後の四月十七日である。

初めて「高見順」のペンネームを使用

この間、順は昭和三年五月、三好十郎（小説家・詩人・劇作家。一九〇二〜一九五八）や壺井繁治（詩人。一八九七〜一九七五）、新田潤らと『左翼芸術同盟』を結成している。

その左翼芸術同盟の機関誌が『左翼芸術』で、創刊号（昭和三年四月二十五日発行）で順は初めて本名の「高間芳雄」ではなく「高見順」のペンネームを使用している。記念すべきその第一作目の作品は「秋から秋まで」という原稿用紙約七〇枚の小説である。主人公はカフェの女給をしている英子という若い女性だ。

英子は渋る父親を説き伏せ、農村から東京に出てきた。

……彼女が身のまはりのものをまとめて都会に出たのは安價な都会憧憬のためではなかった。病める農村が彼女を都会へと投げ込んだのだ。貧農の疲弊が日々なまなましい姿を彼女の前にあらはした。彼女の友達はひとりふたりと漸次紡績工場へ買われて減っていった。搾取に喘ぐ彼女等の、血の滲みすら感ぜられる通信は英子の胸を深く抉った。（「秋から秋まで」）

英子は東京で多くの男と交わった。しかしそれは遊びではなく、「生活」のための手段であった。

農村が日々灰色に病んで行くと同じく、都会もまた病めるオルガニズムの一部たる事を免れなかった。その病める皮膚の上に浮ぶ腫瘡に――やがて田舎娘の英子は一年とたたない内に堕ちて行くのであった。（同前）

〝思想〟が表面に現われすぎた感じの文章だが、ともあれ「高見順」でのスタートはここからだった。このペンネームについては面白い話がある。実は新田潤もこの時点まで本名の半田祐一で書いていた。それが『左翼芸術同盟』に加入するため二人で三好十郎の家に行く途中の電車で順が「お互いに名前を変えよう」といい出し、高間芳雄はマミムメモの順で姓を「高見」に、半田祐一は気分を一新しようと姓は「新田」にした。そして名は共通の「じゅん」にすることにし、高見は順、新田は潤にした。ほとんどお遊び感覚である。

この話は順が「文学的自叙傳」で書いているが、壺井繁治によれば三好十郎の家に行く途中の電車ではなく、壺井の家に『左翼芸術同盟』の相談に行く際の電車だったという。順が「秋から秋まで」を書いた『左翼芸術』創刊号（昭和三年四月）には壺井繁治が「政治と藝術の問題その他」と題した巻頭論文を寄せており、三好十郎も「詩はいかに行動すべきか」という評論を書いている。

三好の家なのか壺井の家なのか、まあどちらでもいいのだが、ついでなので壺井に関することをここで書いておく。太っているが誰にでも親切で、いつもニコニコしていた壺井の妻が壺井栄（一九〇〇～一九六七）である。栄は壺井繁治と同じく香川県小豆島の生まれだが、家が貧しくほとんど学校教育を受けられなかった。東京で繁治と結婚してからは、たびたび検挙された夫やその仲間たちの救援活動に全力を尽くした。やがて佐多稲子（一九〇四～一九九八）や宮本百合子（一八九九～一九五一）らの勧めもあって栄は少しずつ小説や童話を書き始める。

プロレタリア文学者・佐多稲子は窪川鶴次郎の妻（窪川いね子）だったが、昭和二十（一九四五）年に離婚して佐多稲子になった。夫・窪川鶴次郎同様、昭和七年に共産党に入党したがのち検挙され、転向した。また宮本百合子は同じくプロレタリア文学者で、昭和六年に共産党に入党、翌年、宮本顕治（非転向のまま、敗戦後は日本共産党を主導。一九〇八～二〇〇七）と結婚。戦時中は執筆禁止処分・投獄・弾圧を受けたが、ついに信念を変えなかった。壺井栄はこの佐多稲子や宮本百合子の励ましで執筆活動に入ったのだ。

順も「あの細君がのちに小説を書くようになるとは夢にも思わなかった」と書いている（「昭和文学盛衰史」）。そして映画（木下恵介監督、高峰秀子主演。一九五四年）にもなり、不朽の作品として後世に残ったのが小豆島を舞台にした「二十四の瞳」だ。

プロレタリア文学の先駆『種蒔く人』

ここでプロレタリア文学の先駆となった雑誌『種蒔く人』について説明しておく。

同誌は大正十（一九二一）年二月、フランスの「クラルテ運動」の影響を受けて帰国した小牧近江《こまきおうみ》を中心に、金子洋文、今野賢三らが秋田県土崎港（現・秋田市）で発刊したプロレタリア文学雑誌。

小牧近江（一八九四〜一九七八）はパリ大学在学中に作家アンリ・バルビュス（一八七三〜一九三五）の「クラルテ運動」に共鳴、反戦活動に加わった。「クラルテ」というのは光明の意で、アンリ・バルビュスが一九一九年に書いた小説のタイトルでもある。『地獄』や『砲火』などの小説で知られるアンリ・バルビュスは第一次世界大戦で一年半にわたってドイツ軍と戦った経験から反戦運動に携わり、社会主義的反戦運動である「クラルテ運動」を展開した。ロマン・ロラン（作家。一八六六〜一九四四）やアナトール・フランス（作家。一八四四〜一九二四）などもこの運動に参加している。金子洋文（プロレタリア文学者・劇作家。一八九三〜一九八五）、今野賢三（プロレタリア文学者。一八九三〜一九六九）はいずれも小牧近江と同郷で友人同士である。

反戦平和と被抑圧階級解放を公然と標榜して注目されたこの『種蒔く人』は同年（大正十年）十月に東京で再刊、新たに村松正俊（詩人・評論家。一八九五〜一九八一）や佐々木孝丸（プロレタリア文学者・俳優・演出家。一八九八〜一九八六）、柳瀬正夢（美術家・画家。一九〇〇〜一九四五）なども同人に加わった。執筆者には有島武郎、江口渙なども いる。江口渙（一八八七〜一九七五）はプロレタリア文学者・評論家で、後述するように小林多喜二が虐殺されたときは葬儀委員長を務めた。

この『種蒔く人』の出現で日本のプロレタリア文学が運動として定着したといっていい。その意味で画期的雑誌だったが、前述のように大正十二（一九二三）年、関東大震災で廃刊となった。

廃刊後、青野季吉や金子洋文、小牧近江など多くの同人が再結集して大正十三（一九二四）年六月に創刊されたのがプロレタリア文学雑誌『文藝戦線』で、昭和七（一九三二）年の廃刊までに九十五冊を出し、葉山嘉樹（プロレタリア文学者。一八九四〜一九四五）、平林たい子（プロレタリア文学から出発した小説家。一九〇五〜一九七二）、林房雄（プロレタリア文学者、のち転向。一九〇三〜一九七五）、千田是也（演出家・新劇俳優。一九〇四〜一九九四）、中野重治たちを輩出した。

また大正十三年十月には雑誌『文藝時代』が創刊されている。川端康成、横光利一、片岡鉄兵、中河与一、今東光といった菊池寛の『文藝春秋』系の新人作家が集結した雑誌で、既成のリアリズムを否定、斬新な感覚と表現技法が特徴の、いわゆる「新感覚派」の拠点となった。プロレタリア文学を主導する『文藝戦線』とともに昭和文学の開幕を告げる歴史的雑誌であり、当時一高の一年生だった順はのちにこう書いている。

時代はまだ大正だが、『文藝戦線』『文藝時代』の創刊は昭和文学史に属するものと考えられる。私はその大正十三年の春、高等学校に入った。私たち文学青年、いやいくら旧制の高等学校でもその一年生は文学少年と言うべきか。ともあれ、私たちは、あの『文藝時代』の創刊号をどんなに眼を輝かして手にしたことか。本屋は大学前の郁文堂だったと思う。四十銭であった。私は『文藝時代』を買って本屋を出るとすぐ開いて、歩きながら読んだ。ここに、渇《かつ》えていた文学が、初めて現れた。そんな気持で『文藝時代』の創刊号を迎えた。こうした感激を、私と同年輩の文学愛好者たちはひとしくその頃、味わったのではなかろうか。（「昭和文学盛衰史」）

ライバル・武田麟太郎を知る

昭和三年に順が初めて「高見順」のペンネームで小説を書いた『左翼芸術』は一号だけで廃刊になった。創刊号の発売は同年四月二十五日だが、その三日後の四月二十八日に「全日本無産者芸術連盟」、通称「ナップ」の創立大会が開かれ、「左翼芸術同盟」はこの「ナップ」に参加したため『左翼芸術』は創刊号だけで廃刊になったのだ。

「全日本無産者芸術連盟」というのはプロレタリア文学・芸術運動の組織体で、エスペラント表記では「NIPPONA ARTISTA PROLETA FEDERACIO」。この頭文字NAPFから「ナップ」と呼ばれた。創立大会は四月二十八日だが、結成自体は三月二十五日だ。

その当時、プロレタリア文学運動はプロ芸（プロレタリア芸術連盟）、労芸（労農芸術家連盟）、前芸（前衛芸術家連盟）の三つの団体に分裂、対立していた。いったん蔵原惟人（評論家。一九〇二〜一九九一）が連携を呼びかけ、実現しそうになったが、そこへ起きたのが三・一五事件。この共産党大弾圧事件で、共産党と距離を置いて活動していた労芸が連携に消極的になって抜け、反対にプロ芸と前芸は分裂解消に向け積極的に動き出してナップ、つまり「全日本無産者芸術連盟」を結成したのだ。そしてナップは機関誌『戦旗』を刊行するに至る。

こうした動きに影響されたこともあり、順たちがそれまで出していた同人誌『文芸交錯』は昭和三年七月、『大学左派』という同人雑誌に合流する。

当時の東京帝国大学には『辻馬車』、『擲弾兵《てきだん》』、『創造』、『青空』、『鍛冶場』、『文芸精進』、それに

『文芸交錯』の七つの左系同人雑誌があったが、それらが大同団結して『大学左派』になったのである。昭和三年七月に発刊された『大学左派』に順は職人とかつての兵隊仲間との交流を描いた小説「植木屋と廃兵」を書いている。この『大学左派』には大阪出身で東京帝大の先輩である武田麟太郎も参加している。このとき武田は小説ではなく「学校について」という随想を書いた。プロレタリア文学の有望新人として知られていた武田麟太郎は、前述の東京帝大の同人誌『辻馬車』で活動していた。順と武田はこのとき初めて知り合った。

ちょうど順が『大学左派』に載せる小説「植木屋と廃兵」を執筆している頃、中国ではまた大事件が起きた。同年六月四日、張作霖が爆殺されたのである。

張作霖（一八七五〜一九二八）は馬賊出身の軍閥政治家。日本に協力して力を蓄え、東三省（奉天省・吉林省・黒竜江省）を支配して一九二七（昭和二）年には北京で大元帥の地位に就いて北京政府を支配した。しかし蔣介石の北伐軍五十万人が北京に接近したので張作霖は北伐軍との戦いを回避、一九二八年六月三日に北京を脱出した。もともとの地盤である奉天（瀋陽）に帰ろうとしたのだ。

その翌日の六月四日午前五時二十三分、中華民国陸海軍大元帥・張作霖たちの乗った特別列車（全一八両編成）が奉天郊外の満鉄交差点に差し掛かったとき突然爆破され、七両が脱線転覆し張作霖は両手両足を吹き飛ばされてすぐ奉天城内の司令部に運ばれたが午前十時頃に死亡した。当初、張作霖の死亡は公表されなかったため「満州某重大事件」と呼ばれた。

関東軍が張作霖を爆殺

張作霖爆死の報を聞いて田中義一首相は腰を抜かさんばかりに驚いた。田中義一は満州の実権を握るただ一人の人物として張作霖に期待を寄せていた。少なくともそれまで張作霖は日本のいいなりになって動いてくれたから、田中義一はあくまで張作霖を操って満州を完全に手中に収められると考え、張に対し北京から満州に引き揚げるよう要請していた。もし北伐軍に大敗して張作霖が没落してしまえば、いままでの努力は水の泡になるし、また張作霖に代わりうる人物もすぐには見当たらなかったからだ。

張作霖の爆殺命令を下したのは関東軍高級参謀・河本大作大佐だった。その背後には関東軍司令官の村岡長太郎がいた。河本大佐の指示で関東軍の工兵隊が三〇〇キログラムの爆薬を奉天駅の鉄橋に仕掛け、奉天独立守備隊の東宮鉄男大尉が点火装置を押した。国民革命軍の犯行と見せかけるため、張作霖殺害を指令するニセの密書をポケットに入れた二人の中国人の死体が現場に置かれた。

ここで簡単に関東軍の説明をしておく。

関東軍は満州に駐留した日本の陸軍部隊で、元来は日露戦争で獲得した南満州鉄道（満鉄）や関東州など遼東半島租借地の守備隊として置かれた。一九一九（大正八）年に関東都督府が関東庁に改変された際に関東軍として独立した。当初は一個師団及び独立守備隊六箇大隊だったが、その後日本の満州進出の尖兵となるに従い徐々に兵力を増強、一九三六年には四個師団、一九四一年には一四個師団にまで膨れ上がっていく。

ではその関東軍がなぜ張作霖を殺したのか。

一つは張作霖自身の変質である。田中義一の信頼を得ていたものの、北京政府の大元帥になった頃から日本軍の支援ではなく、欧米各国（英米仏ソ）の力を借りて自身の力で中国統一をしようと考え始めたのだ。早い話、あまり日本のいうことを聞かなくなった。もはや利用価値はないとの判断だ。

もう一つは田中義一に対する関東軍の反感だ。

昭和二（一九二七）年に田中義一内閣が第一次山東出兵を行ったあと、田中は閣僚や外務省幹部、中国公使、それに軍部の首脳を召集、「東方会議」を開催した。昭和二年六月二十七日から七月七日までの間に五回開かれた会議だ。

このとき決まったのは「軟弱外交」といわれた幣原喜重郎外相（若槻礼次郎内閣）の外交姿勢の是正であり、積極的対華政策の確立である。当時の中国は中国国民党と共産党の主導権争いで内乱状態にあり、日本の権益が脅かされる場合は不逞分子（共産党）を排除し断固たる措置を取る。出兵も辞さない、というもの。要するにこの好機を生かしなんとしても満州を日本の勢力下に置く、という方針だ。

この東方会議の方針に沿って、蔣介石の北伐隊が北京に迫ってきた昭和三年五月十八日、田中政権は満州治安維持について南北両政府に通告を出している。もしどちらか、あるいは両軍が満州に侵入したら、日本人居留民保護のため南北両軍を武装解除するという警告である。「南」というのはもちろん蔣介石の国民革命軍であり、「北」は張作霖の北京政府の軍隊を指す。これを受けて旅順を本拠とする関東軍は奉天に進駐した。

田中義一首相の変心

これに対し、すぐアメリカからクレームがついた。国務長官のハルが、「日本は満州に対して何らかの積極的行動に出るのではないか。もし、そうなら、事前に米国にその内容を示してほしい」といってきたのだ。クレームというよりも「警告」といったほうがいいかも知れない。関東軍がおかしなことをすれば、米国としても黙ってはいない、というわけだ。これで田中義一首相は腰砕けになった。田中義一の指示で五月二十二日から続けざまに会議が開かれた。対華政策をどうするかという意見集約のためである。陸・海軍、外務、大蔵の各関係当局者たちが意見を闘わせたが、陸軍だけが強気一辺倒だった。それに引きずられる形でいったんは「既定方針で進む」、つまり前年の東方会議で決めた通りにすると決まった。五月二十五日のことである。会議をリードしたのは「対満蒙積極論者」として知られた外務政務次官の森恪（政治家。一八八二〜一九三二）である。肩書きは外務政務次官だが、実質的には閣内一の実力者だ。

その決定を受けて同日夜、有田八郎・外務省亜細亜局長と阿部信行・陸軍省軍務局長が田中義一の別荘（鎌倉）に赴いた。会議の結果を報告し、首相決裁を得るためである。本当は森恪が行く予定だったが、急ぎの用事ができたため森の指示で有田、阿部両名が森恪の代わりに行ったのだ。

翌日、両名の報告を聞いた森恪は眼を剝いた。なんと田中義一の決裁は「一切の行動中止」だったからだ。「もし、森自身が出かけて田中に会ったら、どうなったかわからない」と松本清張は『昭和史発掘』（文藝春秋新社）で書いている。

驚いたのは森恪だけでなく、関東軍も同じだった。関東軍は前述のように旅順から奉天に進駐し、駐留地外出動の命令（正確には勅令）をまだかまだかと待っていた。すでに戦時態勢だったのに、そこへ伝わったのが「一切の行動中止」という田中の決裁だった。

そうなれば関東軍は現状復帰しなければならない。旅順まで引き揚げる必要があるのだ。関東軍から見れば、田中義一の裏切り行為である。田中首相や田中内閣への関東軍の不信感が一挙に高まり、田中が固執する張作霖を殺害し、代わりの者を探して満州に傀儡政権を作ろうと考えるに至った。

田中が張作霖爆殺事件の詳細を聞いたのは十月八日である。奉天に赴いて調査した憲兵司令官・峯幸松少将（のち中将）の報告を出張中の盛岡で聞いた。そして田中内閣の白川義則陸軍大臣に犯人の厳重処分を命じた。

ただ、田中義一は真相を知りながらなかなか天皇に報告せず、ようやく説明に赴いたのは事件から半年以上経った十二月二十四日であった。参内した田中義一は、遺憾ながら日本帝国軍人が関係しているらしいこと、それが事実なら軍法会議にかけて断罪するつもりであることを奏上した。天皇からは「軍規はとくに厳粛にするように」との言葉があり、田中は「仰せの通りにいたします」と答えて退出した。

ところが軍法会議については陸軍が猛烈に反対した。かねてから田中義一と対立していた上原勇作元帥（一八五六〜一九三三）はもとより、田中と親しかったはずの宇垣一成大将（一八六八〜一九五六）までもが軍法会議や処分には反対だった。軍法会議を開けば事件の真相が外部に漏れ、列強の日本への非難が高まるのは必至だからだ。へたをすれば日本軍駐留部隊の撤退要求さえ出かねない状況で、閣内でも鉄道大臣・小川平吉、農務大臣・山本悌次郎らが事件の公表や軍法会議に強く反対した。

昭和天皇の怒り

天皇に「厳正な処分」を約束した田中義一が再び参内したのは事件からすでに一年近く経った昭和四（一九二九）年五月六日だった。天皇に村岡長太郎・関東軍司令官と河本大作大佐の二人を行政処分する旨の上奏文を読み上げたところ、天皇の表情がみるみる険しくなった。『昭和天皇独白録』（文藝春秋）にはこうある。

……然るに田中がこの処罰問題を、閣議に附した処、主として鉄道大臣の小川平吉の主張だったそうだが、日本の立場上、処罰は不得策だと云う議論が強く、為に閣議の結果はうやむやとなって終った。

そこで田中は再び私の処にやって来て、この問題はうやむやの中に葬りたいと云うことであった。それでは前言と甚だ相違した事になるから、私は田中に対し、それでは前と話が違ふではないか、辞表を出してはどうかと強い語気で云った。

こんな云い方をしたのは、私の若気の至りであるといまは考えているが、とにかくそういふ云い方をした。それで田中は辞表を提出し、田中内閣は総辞職をした。聞く処に依れば、若し軍法会議を開いて訊問すれば、河本は日本の謀略を全部暴露すると云ったので、軍法会議は取止めと云うことになったと云うのである。

天皇の信任を失った田中義一は昭和四（一九二九）年七月二日、内閣総辞職に踏み切る。同日、浜口雄幸内閣が誕生した。

河本大作大佐（一八八三〜一九五五）は結局、停職処分となり、関東軍司令官・村岡長太郎中将（一八七一〜一九三〇）は予備役編入ということで事件はおしまいになった。

張作霖が爆殺されたあとの東三省は張学良（一八九八〜二〇〇一）が実権を握った。張作霖の長男である。田中義一などは張学良を張作霖の後継者にし、知日派の揚宇霆《よううてい》（一八八六〜一九二九）に協力させれば、日本の思う通りに動く傀儡政権を作れると思っていた。揚宇霆は日本留学の経験があり、陸軍士官学校を卒業している。

しかし日本側は張学良を甘く見ていた。張学良は父親を殺したのが日本軍だと見抜いており、実権を握るや日本の反対を押し切って満州を蔣介石・中国国民政府（中華民国）の支配下に置いた。田中義一らが張学良に協力させせようとした揚宇霆は一九二九年、張学良に緊急逮捕され、すぐに銃殺された。学良にとっては日本の息のかかった揚宇霆は邪魔だったのだろう。

しかし学良は東三省の実権を握った三年後の一九三一（昭和六）年、関東軍が起こした満州事変により東三省を追われる。またも関東軍の暴走に振り回されるわけだが、日本の歴史の大きな転換点になるその満州事変については後述する。

第五章　恋愛と最初の結婚

カフェの女給に惚れる

満州で関東軍の暴走が始まった頃、帝大生の順は同人誌に小説を書くことに熱中していた。前章で東大にあった七つの左系同人誌が大同団結して『大学左派』になり、順は創刊号で「植木屋と廃兵」という小説を書いたことに触れたが、この『大学左派』はしばらく続いた。順は第二号に「制作座に就いて」と「葉山嘉樹論」を、第三号に「用造の話と吉造の話」と評論「我国に於ける尖端藝術運動に関する一考察」を書いている。葉山嘉樹（一八九四〜一九四五）はプロレタリア文学の作家でのち転向、満州にいたが、終戦とロシア参戦のため日本に帰国中、列車内で死去した。「制作座」は順が関係した劇団で、順はここで運命の女・石田愛子と出会う。この話はあとで詳しく書く。

また「用造の話と吉造の話」は鋳物工場で働き、組合運動に腐心している弟（吉造）と、その組合潰しを親分に命令されて鋳物工場の守衛に雇われた元スリである実兄（用造）の物語で、スリの隠語がふんだんに使われ、晩年の傑作「いやな感じ」に通じるところのある作品だ。『大学左派』はこの三号で廃刊になった。

同人誌に書いている合間に順は何度か恋愛を経験している。前章で友人の川田正道とカフェ松田のマーちゃんが心中したことを書いたが、同人たちの行きつけのカフェは松田のほかもう一つあった。それは赤門近くの横町をちょっと入ったところにあった田村というカフェだ。

その田村にいた四人の女給のうちの一人に順が惚れた。大学一年の秋頃で、まだ川田正道もいた。生涯の親友である新田潤によれば、この女性のことを順は「グレーシアン・ノーズ」と呼んでいた。つまりギリシャ彫像を思わせる鼻だというのだ。その、やや上反り気味の鼻の線は、実際きれいだったそうだ。


二重の眼にもなにか人を魅するような色っぽさがあって、頬には——右だか左だかは忘れたが、とにかく片頬には、ビューティー・スポットとかいったつけぼくろをしていた。髪もそのころとしてはまだ少なかった断髪だったような気がするが、その点は今はっきりしない。全体の感じとしてはどこか不良少女染みていて、とにかく四人ほどいた「タムラ」の女給のうちでは、一人ずばぬけた妖艶といってもいいような美人であった。(新田潤著『わが青春の仲間たち』)

新田は「タムラ」と書いているが、別の個所では「田村」と漢字になっている。同じ店である。順は彼女が「田村」の女給として現われるや、さっそく「おれ、彼女に惚れたよ」と仲間たちに宣言した。

これは順の恋愛時のいつものやり方で、ちょっとした女に出会うといち早く「おれ、彼女に惚れたよ」と宣言、ツバをつけるというか、仲間たちがちょっかいを出さないよう先手を打つのだ。

順が彼女に熱を上げ出したとき、他の女給の話では、すでに彼女には別の愛人がいた。やはり「田村」の常連で、画家と称する背の高い男（女給たちにはロングさんと呼ばれていた）だ。彼はその頃流行していたルパシカを着ていた。ルパシカというのはロシアの男性が着るゆったりした服で、胴をヒモで締める。順といい、その画家といい、どうやら彼女は背の高い男が好みらしかった。もっとも、順は好きになったら一直線で、彼女に別の男がいても意に介さずアタック、ついにランデブーの約束を取り付けた。昭和二年の秋のことである。当時はまだ「デート」という言葉はなかった。

そのランデブーに際し、順は新田潤に「一緒に来てくれ」と懇願した。

「来てくれよ、頼む。おれ、こういうこと初めてなんだ。彼女と二人きりではどうしたらいいのかわからないんだ。なあ、頼む、一緒に来てくれ」

気乗りはしなかったが、あまり順が「来てくれ」というので新田もつい同意した。その日の軍資金として、順は演劇に関する分厚い原書四冊ばかりを質屋に持っていった。

失恋に号泣

三人は市電で浅草に行った。順は嬉しさを包み切れないような顔で絶えず浮き浮きと笑っていた。順は何か洋画でも観るつもりだったようだが、浅草六区の人混みの中までくると、彼女はいきなり「あら、林長二郎だわ」と弾んだ声でいって、林長二郎主演の映画がかかっている映画館の前に駆け寄った。順はスチールに見入っている彼女のあとを追い、「これを観ますか？」と声をかけた。「ええ」というので三人はその映画を観ることになったのだが、順の表情からこぼれるような笑顔は消え、少し強ばっていた。

その映画がなんであったか、順も新田潤も書いていないが、だいたい見当はつく。

林長二郎は同年三月、『稚児の剣法』（犬塚稔監督）でデビュー、その水も滴る美剣士ぶりで一躍スターになっていた。のちの長谷川一夫である。その年、彼の主演する映画はなんと十四本あった。そのうち秋に公開されたのは『暁の勇士』（九月一日「浅草電気館」で公開。以下同じ）、『紅涙』（九月三十日）、『蝙蝠草紙』（十月二十八日）の三本で、その後の映画は十二月公開だから除外していい。川田正道の心中事件があったからだ。この三本の中で女の子が喜びそうなタイトルの映画は『紅涙』（山崎藤江監督）ということになるのではないだろうか。まあ、あくまで推測にすぎないのだが。

ともかく三人は林長二郎の映画を観、終わってからお茶を飲んで早めに帰った。

「今日は失敗だったな」

と新田がいうと、順はこう答えた。

「あら、林長二郎だわ、なんていったときはがっかりしたよ。林長二郎にはかなわないからな」

そのあと、雑誌の仲間三人に出会い、まだ時間が早いからみんなで飲みに行こうということになった。

順が、

「それでは田村に行こう。おれ、もう一度彼女に会いたいよ」

というので田村に行ったのだが、そこでみんなが唖然とするような出来事が起きた。

順たち五人は入口に近いテーブルに座った。ドアを背にした順は彼女の方を向きっぱなしで、少しでも彼女が順の方を見ると順の表情はパッと輝き渡りニッコリと微笑する。そのうち彼女が受け持っていたテーブルの客が帰り、やっと彼女が順たちのテーブルにくるかと思われたとき、ドアが開いてルパシカを着込んだ例の「ロングさん」が入ってきた。

すると彼女は自称画家の彼を別のテーブルに迎え、両手で頬を挟んでルパシカ男と顔をすり寄せんばかりにしてひそひそ話を始めた。

順の表情が見る見る変わり、痙攣のようなものが顔に走ったかと思うと、「ワーッ」と声を限りに泣き出したのだ。大きな男が反っくり返り、天井に眼を向けてまるで爆発したように泣き出したものだから、新田潤たちは仰天し、

「おい高間、高間、どうしたんだ？　どうしたんだ？」

と肩に手をかけて揺すぶったりしているうちに、ようやく順の号泣は収まった。順は憑き物が落ちたようにけろっとした顔になり、照れ笑いを浮かべた。

次に順が熱を上げたのは「エトワール」というカフェの女給だった。小柄で、やや上向き加減のちんまりした鼻は先のギリシャ鼻とは対照的だったが、その顔はどことなく愛嬌があって、ちょっと不良少女っぽい感じの女性だった。このときも順は、

「おれ、彼女に惚れたよ」

と宣言したのだが、もう一人、明らかに彼女が目当てだと知れる客があった。ほかの女給の話では中国の留学生で、近くアメリカに行くという。

ある晩、彼女がその留学生と歩いていたという話を友人から聞くや、順は

「大変だ、ぐずぐずしておれん。で、どこで見かけたんだ？」

と尋ね、

「一高の前あたりだよ。白山の方に歩いていったぞ」

と聞くや、早々に彼女を口説きにかかった。そして二人で会うところまでこぎつけ、今度は新田潤の同伴なしでのランデブーとなった。といっても大したことにはならず、白山のレストランでお茶を飲んで「今度は横浜に行こう」と約束するにとどまった。しかし彼女はすぐ「エトワール」を辞めてしまい、順の恋は終わった。

三度目の恋も相手は「エトワール」の女給だった。見たところまだ二十歳前で、化粧っけのない、いかにもウブな感じの女給で、ちょっと舌もつれするような甘ったるい話し方をした。彼女はマンドリンを持っていた。

親友の新田潤がのち「お面のような顔」と遠慮のないことを書いている彼女に、順は最初それほどの興味は示さなかった。しかし彼女の方から順に「まあ素敵！」という眼を向け始めたので、やがて順はすっかり彼女に夢中になった。ところがこの三度目の恋もあっけなく終わる。

劇団「制作座」の結成に参加

彼女は何かの事情で家を飛び出して「エトワール」で働いていたのだが、そのことが親にわかり、家に帰ることになったからだ。

明日は彼女が「エトワール」を去るという夜、順は仲間たちとわいわい飲んでいたのだが、何がきっかけだったのか、またしても順が「わーん」とあたりかまわない大声で泣き始めた。

「おれは○○ちゃん（女の子の名前）と別れられない」

そう順がいえば、女の子も、

「わたしも高間さんと別れたら死んでしまう」

とワーワー泣き出した。二人が手放しで泣くので新田潤たち仲間は呆気にとられた。

そして翌日、順は珍しく和服姿で仲間たちが集まっている「エトワール」に現われた。帰宅する彼女を送って行くのだという。

「じゃあ行こうか」と順は彼女の荷物が入った風呂敷包みを手に提げた。彼女はマンドリンを大切そうに持っている。

「心中なんかするんじゃないだろうな？」

と新田潤が声をかけると、順は
「うえッヘッ」

と妙な声で笑うと、恥ずかしそうに彼女と「エトワール」を出た。

あとで新田潤が聞くと、二人は夜遅くまであちこちと歩き回り、その晩はどこかの安宿に泊まったのだという。仲間たちは初めて女を知ったのだろうとかなんとか想像を逞しくしたが、順によればそんなことはなかったそうだ。抱擁、接吻まではしたが、それ以上は彼女が「それだけは許して」というので、しなかったのだそうだ。新田潤は「その言葉は、まあ信じてもいいと思う」と書いている（前掲『わが青春の仲間たち』）。昭和三（一九二八）年、順が大学二年の夏のことである。

この「エトワール」の女給との一件の少し前ぐらいから、順は小説だけではなく演劇にも興味を持ち始めた。「制作座」という劇団の結成に加わり、演出をやるようになったのである。

きっかけは友人の下宿に文化学院に行っている人がいて、その人が「女の人と一緒に芝居をやりたいと思っている」と順に語ったこと。その言葉が順の色気を刺激した。

文化学院は西村伊作（建築家・画家・陶芸家・詩人・教育者。一八八四～一九六三）を中心に、与謝野晶子（作家・詩人・思想家。一八七八～一九四二）、与謝野寛（歌人・詩人。与謝野晶子の夫。号は鉄幹。一八七三～一九三五）らが大正十（一九二一）年に創立した学校。国の学校令によらない自由で独創的な教育を目指して建学され、日本で初めて男女共学を実現した。その自由主義教育のため戦時中は弾圧を受けた。平成三十（二〇一八）年に閉校されるまでに優秀な人材を数多く輩出している。ほんの少しだけ例を挙げると、文学では辻原登、大沢在昌、杉本苑子、演劇・映画では寺尾聰、犬塚弘、前田美波里、高峰秀子、十朱幸代などがいる。入江たか子も同校出身だ。

学生のほとんどが和服ではなく洋服で、文化学院といえばおしゃれの代名詞のような学校だったから、そんなモダンな学校の女学生と交流できそうだという、文字通りの色気もあった。第三章で紹介したように順は一高時代、一年先輩の深田久弥から勧められて築地小劇場の舞台にエキストラ出演した経験があり、土方与志の演出も見ている。ほかに順のような学生はいなかったため、順は当然のように演出担当になった。順は「作家・高見順」ではなく、本名の「高間芳雄」で演出をやっていた。

「運命の女」との出会い

演劇をやるようになったもう一つの理由は一高時代の友人・高洲基の存在である。順や高洲は一高生のときに同人雑誌『廻転時代』を出していたことはすでに触れたが、高洲はほとんど授業に出ず二年続けて落第、一高を退学になった。大阪出身の高洲の実家は医者で、心配した父親が高洲をドイツに留学させた。医師にするためである。だが高洲はドイツ・ベルリンでも医学を勉強せず、演劇に熱中した。そして帰国後、故郷の大阪で「群衆舞臺（マッセン・ビューネ）」という劇団を起こして活躍する。順はこの高洲基に刺激されたのである。

順たちの劇団の名前は「制作座」と決まった。中心は文化学院の生徒たちだが、法政や慶応の学生、さらに銀行員などもいた。当時、法政大学の学生として劇団に加わり、のち俳優になったのが十朱久雄（一九〇八〜一九八五）である。先ほど紹介した文化学院出身者の一人として現在も女優として活動している十朱幸代の名前を挙げたが、彼女は十朱久雄の娘だ。

制作座は帝国ホテルの演芸場で二度の公演を果たしている。

一回目は昭和三年六月三十日。出し物は高田保「王様と骰子《さい》の目」（演出・佐藤寅雄）、村山知義「仕事行進曲」（演出・高間芳雄）、池谷信三郎「独り」（演出・平不二之丞）、横光利一「愛の挨拶」（演出・神山健夫）。演出の一人、神山健夫は東京帝国大学仏文科の学生で『文芸交錯』の同人だ。その晩、帝国ホテルの演芸場はほぼ満員になった。

第二回目は同年の秋頃だ。出し物はハシンド・ベナベンテの「作り上げた利害」、そしてもう一つはシャルル・ヴィルドラックの「寂しい人」。順が演出したのは「作り上げた利害」の方だった。

この「作り上げた利害」で順が主役に抜擢したのが十朱久雄と石田愛子だった。

石田愛子は制作座の劇団員だったが、文化学院ではなく府立一女の学生だった。府立一女というのは東京府立第一高等女学校（創立は一八八八年十二月）のことで、現在の都立白鷗中高一貫校の前身。浅草の一女、小石川の二女、麻布の三女と並び称されたナンバースクールで、府下全域から才女が集まっていた。都立高校では日比谷（一八七八年創立）、戸山（一八八八年九月創立）に次ぐ古い歴史を誇る学校だ。戦後は男女共学になっている。

その府立一女の石田愛子は、五、六人いた女性劇団員の中ではひときわ目立つ存在だった。大柄で、性格も派手だった。

順の演出は石田愛子に対し、ことに熱心だった。そのため劇団内では二人の関係が噂になっていた。噂を聞いた親友の新田潤はこう書いている。

　噂を聞いて、或る日気をつけて見ていると、なるほど高見の石田愛子への演技のつけ方、駄目押《ママ》しなどは他の連中よりきびしく、熱心で、眼は異様に輝いていた。他の連中には高見特有の遠慮深かげな様子で、やんわりと、時にはエヘラ笑いさえうかべて言うのを、石田愛子となると、きっとした調子で、遠慮会釈もなく、

「何度言ったらわかるの？　え、君？」といった工合なのである。そんな場合、彼女はしごくしおらしげに受けて、半分泣きべそをかくみたいな表情となった。

私は高見に言った。

「お前、石田さんにはばかにきびしいじゃあねえか？」

高見はへ、へと笑った。だって彼女、きびしいの好き。もっとびしびしやってちょうだいって言うんだもの。

と神山が傍から彼特有のうつろな笑い方をして言った。

「しかし、高見気をつけろよ。ほかの連中、特に女の連中は面白くねえようなこと言ってるからな」

「だって、仕方ないよ」

高見は小声で、ちょこんと言った。「おれ、惚れちまったんだもの」（新田潤「制作座の頃の高見順」＝高見順全集　別巻所収）

母の反対を押し切って結婚

新田潤はまた大学三年生の年末、卒業論文提出間際に石田愛子の祖母が住んでいる大泉の別荘で起こったことも書いている。愛子の発案でささやかなクリスマスパーティーをやることになり、愛子は自分の友人を二人ほど連れてきていた。順は新田や神山と一緒に出かけた。酒を飲み、ダンスをし、さあそろそろ引き揚げようという段になって思わぬことが出来《しゅったい》した。順は翌日卒業論文を提出することになっており、寮に帰って論文の清書をするつもりだったのだが、石田愛子が順にかじりついて離れないのだ。

と、まるで出し抜けに、石田愛子は何か狂気にでもかられたみたいな勢いで、高見の首っ玉に

両手でしがみついたのである。そして私たちの前もあったものでなく、激しく高見にキッスすると、鼻がかった泣き声で、

「デレちゃん、いや、帰らないで」

といった。高見は呆気にとられたみたいな、困ったような顔をしたが、

「冗談じゃあない。今夜はだめだよ」

「いや、デレちゃん」

かの女は高見の首っ玉にしがみついたままで、いや、いやと首を振る。

「ぼく今夜帰らなかったら、卒業できない」

「かまわない」

「無茶いわないで。卒論だしてしまったらまたくるから」

「いや」

高見はほとほと弱り切った顔で、しがみつかれたかの女の肩越しに、私たちのほうに助けを求めるみたいな照れ笑いを向けた。

「高見、いてやれよ」と、神山は馬鹿らしいといったようにいうと、さっさと玄関のほうへでた。

私も「じゃあ、おれたち帰るよ」というと、神山につづいた。

「おいおい待ってくれよ」

と高見の慌てたようにいう声がうしろから追っかけてきたが、かの女は高見を離しそうになかった。こんな様子にすっかり途惑ってしまっていた彼女の二人の友だちも出てきた。

暗い外にでると、神山と私はわっはははと笑いあった。神山はいった。

「高見の奴デレちゃんなんてよばれていやがるんだな。なんだデレちゃんて？」

「ははデレちゃんか——しかし、論文大丈夫かな？」

「大丈夫だろう、あいつのことだから。しかし、今夜のことで卒業棒に振るなんてことになったら、あいつどうするかな」

高見は翌朝早く大泉から横浜にゆき、危機一髪のところで論文は間にあわせたという。年が明けると早々に、高見は卒業も待たずに石田愛子と結婚した。（新田潤の前掲『わが青春の仲間たち』）

二人がいつ結婚したのか、詳しい日時はわからない。順の書いたものを読んでも判然としないが、卒業前だったというのがどうも本当らしい。石光葆《しげる》によると、順と石田愛子の結婚は昭和五（一九三〇）年一月だったという。石光葆（小説家。一九〇七〜一九八八）は広島出身で、東京帝大文学部国文学科を卒業、博文館や中央公論社、朝日新聞社などに勤務しながら小説を書いた男だ。東京帝国大学時代は順の二年下だったが、年は順と同じだ。

ついに高見は昭和五年一月、卒業を目前にして母の反対を押し切って石田愛子と結婚し、母と離れて初めて東京市大森区不入斗《いりやまず》の長屋の一軒（六、三畳、台所）を借りて所帯をもった。二十四歳であった。（石光葆著『高見順　人と作品』清水書院）

他にも「一月に結婚」とする史料があるので、順の結婚は昭和五年一月ということにしておく。母と別居したのは愛子がコヨとの同居を嫌ったからだ。母コヨはこの結婚に猛烈に反対した。たった一人の息子を奪われたと感じたに違いない。あるいはこの結婚は長続きしないと見たのかもしれない。このときコヨは満五十二歳。もうすぐ五十三歳になるところだった。

ともかく順と愛子の結婚生活は、後述するように、三年余りで破局に至る。また文化学院の学生たちが中心となった制作座は結局、一年ほどで潰れた。

コロムビア・レコードに就職

順は同年（昭和五年）三月、無事に東京帝国大学文学部英文科を卒業した。満州事変が起きる前年ということになる。

ぎりぎり提出が間に合った卒論は「George Bernard Shaw as a Dramatic Satirist」だった。風刺劇作家としてのジョージ・バーナード・ショー（アイルランド出身のイギリスの劇作家、評論家。一八五六〜一九五〇）をテーマにした論文である。

卒業時は不況の最中で、就職先がなかなか見つからなかった。

そのとき、母のコヨが順の父・阪本釤之助に就職の斡旋を頼んでいる。コヨが直接釤之助に会ったかどうかははっきりしないが、おそらく毎月生活費をコヨの許に届ける男を通しての依頼だろう。

釤之助は東京帝国大学の上田萬年博士宛の紹介状を書いてくれた。上田萬年《かずとし》（一八六七〜一九三七）は国語学者・言語学者で、東京帝国大学国語研究室の初代主任教授。また文学部長も務めた。作家・

円地文子（一九〇五〜一九八六）の父親でもある。

順は釤之助が書いてくれた紹介状を持って上田萬年博士を訪ねた。順は内容を読まなかったのだが、釤之助の書いた紹介状は通り一遍のものではなかったようで、順は上田博士からきわめて丁寧に扱われた。上田博士は女子大学学長らに順を紹介してくれたが、順は父の世話になることを潔しとせず、面接では「煙草も酒もやります」などと、わざと不合格になるような態度を取った。順は卒業時、とりあえず教師になろうかと思ったのだが、これでは教師になることは難しかっただろう。のち、順が病を得て病床にあったとき円地文子が見舞いに来たが、「あの紹介状の文面を見なかったが、もし残っているなら見たいものだ」と聞かされたという。

釤之助が上田萬年に紹介状を書き、それを読んだ上田博士が順をすこぶる丁寧に扱ったのは「名古屋つながり」からである。

釤之助が帯刀を許された尾張鳴尾村の豪農・鳴尾永井家の出身であることはすでに触れた（第一章）が、上田萬年も尾張藩士・上田虎之丞の長男で、尾張藩の江戸（大久保）下屋敷で誕生している。釤之助の十歳下で、名古屋市長も務めた同郷の釤之助のことはよく知っていた。しかも釤之助は上田博士に紹介状を書いた当時、尾張徳川家の相談人を務めており、また貴族院議員（勅選）でもあった。それで上田博士は順を丁重に扱ってくれたのだ。

上田博士に紹介状を書いたことで釤之助の気持ちに変化が生まれたのか、釤之助は同年九月、ようやく順を庶子として認知した。このとき釤之助は七十三歳。すでに老齢になったことも認知した理由の一つだろう。コヨの喜びはいかばかりだったか。ただし順はついに釤之助に会う機会はなかった。

教師をあきらめた順は市河三喜・東京帝国大学文学部英文科主任教授に泣きついて研究社の英和辞典編纂部に入った。研究社から市河博士のところに「誰か卒業生を紹介してほしい」といってきていたのだ。「文学青年の君には教師は向かないから」というのが市河博士が順を研究社に推薦した理由だった。しかし研究社を順はすぐ辞めてしまう。

半日勤めで手当四十円の臨時雇いである。半日は小説の勉強ができ、好都合の勤めだとおもったが、その頃結婚したので四十円の生活費ではお話にならない。やむなく、ちゃんとした勤めをさがし、コロムビア・レコード会社に職を得られた。（高見順「文学的自叙傳」）

昭和五年の大卒銀行員の初任給は平均で七三円（東洋経済新報社『昭和国勢総覧』）だから、たしかに四〇円では苦しい。コロムビア・レコード（登記商号は日本コロムビア）の本社工場は川崎にあり、大森に居を構える順にはしごく都合がよかった。大森と川崎はすぐ近くで、通勤にはまことに便利であった。

コロムビア・レコードの発足は明治四十三（一九一〇）年。アメリカ人のF・W・ホーンが社長を務めた。当時の商号は日本蓄音器商会だ。昭和三年に日本コロムビアに改称、順が入社した当時は米コロムビアのL・H・ホワイトが三代目の社長だった。幹部社員のほとんどが外国人で、給料は週給制。外資系企業とあってかなりの高給で、高見に昼飯をおごってもらおうと、仕事で内幸町のスタジオ（二つあった）に順がいるときなどは元左翼系の人たちがよくビルにあるレストラン前で待っていたという。のち高見秋子夫人が語ったところによれば、当時の企業の初任給は東大出で六〇円、早慶出身者で五五円というランクがあったそうだが、順の初任給はなんと九五円だったという。友人たちが順に昼飯をおごってもらおうとしたのもうなずける。

敢えて工場地帯に身を置く

同社は戦時中（昭和十七年）「日蓄工業」と改称、終戦後に再び日本コロムビア（コロムビア・レコード）になった。

順がそのコロムビア・レコードに入社したのは昭和五年秋。これも市河教授の世話だったようだ。順は同社の教育レコード係になり、語学の学習レコードや児童教育のレコードを作ることになる。童謡の吹き込みなどでは、童謡歌手が「おしっこ」といえば便所に連れていったりしていた。

コロムビアに順が就職したのにはもう一つ理由があった。先に述べたように、当時のコロムビアの本社工場が神奈川県の川崎にあったからだ。ここは順自身の言葉を紹介した方がいいだろう。

……その頃、プロレタリア小説を書いていながら、実のところ、その私のほとんど知らない労働者の生活というものを、勤めに出ることによって、知りたいということであった。私の勤めようとするレコード会社の本社はその当時、川崎にあった。工場の一部に本社があって、そしてその工場が川崎の工業地帯のど真中にあるということが、私の心を惹いた。煙突男でのちに有名になった（それは私が川崎に勤めていた頃の事件である。）紡績工場もすぐ傍にあった。私はそうした工場地帯に身を置いて、インテリの自分をいわば根本的に鍛え直そうと思ったのである。自分の文学のために、それが必要だと思った私は、同時に、そういう必要というのは、自分の文学が真に階級闘争に寄与しうるための必要ということである以上、「第一義」的なその必要のためには、文学などは捨ててもいいと考えていた。すなわち、私は自分の文学のために、工場地帯に身を置こうというだけでなく、そうして実践的な参加をしようと考えたのだった。（前掲「昭和文学盛衰史」）

本社が川崎から東京都港区赤坂に移転するのは昭和四十（一九六五）年で、それまではずっと川崎に本社があった。

文中に出てくる「煙突男」とは、順が身を置いたその川崎工場地帯で起きた労働争議にからむ事件で、当時大きな話題になった。

一九二九（昭和四）年十月二十四日、アメリカ・ニューヨーク株式市場の大暴落（暗黒の木曜日）に端を発した大恐慌はアメリカのみならず全資本主義国に及び、日本も深刻な不況に襲われた。この史上最大規模の恐慌は一九三三（昭和八）年まで続くことになる。

順がコロムビア・レコードに入社した頃も生活苦に喘ぐ庶民・労働者が多く、賃上げや待遇改善を求めて各地で労働争議が多発した。昭和二年・三八三件、昭和三年・三九七件、昭和四年・五七六件だった労働争議は、昭和五年に九〇六件、翌昭和六年には九九八件と急増している（総務省「日本長期統計総覧」）。順が自分の文学で階級闘争に寄与したいと考えたのも当然の時代だったのである。

そんな労働争議の一つ、富士瓦斯紡績川崎工場で思わぬ事件が起きた。順がコロムビア・レコードに勤務し始めてしばらくあと、昭和五（一九三〇）年十一月十六日早朝のことである。「争議中の川崎工場に煙突男」という見出しで第一報を伝える新聞記事を紹介する。

「四十余日にわたって闘争中の富士紡川崎工場争議は、両三日前から幾分悪化の形勢であったが、十六日午前五時の始業時に同工場構内の高さ三百尺の大煙突の頂辺に年齢二十四、五歳の男がよじ登り、頂上の避雷針に赤の大旗を結びつけ小旗を振りながら、高声でストライキの煽動をしたため、一時場内は騒然としたが、警戒中の警官が駆けつけ非常動員を行って厳重警戒したため平常通り就業したが、居合わせた争議団員佐藤公平外二十一名は総検束にあい、青年は五日分の食糧を携帯し頂上で握り飯を食いながら、赤旗を振って手こずらせている」（十一月十七日付『東京朝日新聞』）

男は煙突の煙で真っ黒になりながら労働組合からの差し入れを受けてがんばり、滞空時間が百時間を超えるあたりになると一躍〝時の人〟になる。工場周辺は見物人で賑わい、飴やおでん、汁粉、今川焼などの屋台が立ち並んだ。バスの車掌などは機転を利かして「煙突前」という臨時の珍停留所名をアナウンスしたものだ。

事件は五日目の十一月二十一日午後、急転直下解決する。「五万観衆の喝采浴びて天降る」なるタイトルの新聞記事はこんな内容だ。

「まるで薫製人間　既報、川崎市富士紡の争議は香取川崎署長の斡旋で二十一日午後一時半、正式に解決したが、同時に百三十尺の煙突上で天下を騒がした煙突男、田辺潔（二八）は滞空実に百三十時間二十分という新記録をつくり、二十一日午後三時二十分、地上の人となり、暗黒的な労働争議をナンセンスとユーモアに彩り、争議に新しいデモ戦術を開拓した」（十一月二十二日付『東京日日新聞』）

新聞によって煙突の高さが違うのがおかしい。

下りてきた男は顔も手足も真っ黒で、ただ歯ばかりが白く、まるでゴリラ。この騒ぎを見ようとする市民は通りや広場を埋め尽くし、報道によればその数五万人。

実はこの日、煙突脇の広場を天皇の還幸御通過が予定されていた。つまり天皇が行幸先から帰る道筋になっており、「なんとしても争議を解決させて煙突男を降ろさないといけない」というので、会社や警察は煙突男の抵抗に兜を脱ぎ、争議の解決に動いたのだ。

コロムビア・レコードはこの富士紡績工場のすぐそばなので、順も様子を眺めたはずだが、とくに小説の題材にはしていない。ただ、順と交流のあった作家・吉行淳之介（一九二四〜一九九四）はその名もズバリ「煙突男」という短編小説を書いている（『菓子祭・夢の車輪』講談社所収）。

ナルプに参加

順はこの年七月、ということは煙突男事件の四カ月ほど前になるが、同人誌『集団』に参加した。

順にとって六回目の左翼系同人誌である。創刊号に順は「芸術派の反動性」という評論を書いている。『集団』は三号で廃刊になった。

同じ頃、順は新潮社から出ていた『文学時代』に原稿を求められた。順が書いたのは左翼小説の短編「侮辱」。これまで順が書いてきたのは同人誌ばかりだったが、この作品で初めて商業雑誌に登場した。

新潮社に原稿料をもらいに行くと、編集長の佐々木俊郎（一九〇〇〜一九三三）が、

「大いにがんばることですな」

といった。文学に専念すべきだというのだ。

「だめですよ」

と順は頭をかき、レコード会社に勤務することになった旨を佐々木に話した。佐々木は、

「生活のためなら仕方ないが、生活に負けないようにして書くことですな」

といってくれた。

佐々木俊郎は宮城県の農家出身の小説家で、小学校の代用教員を経て新潮社に入り、『文学時代』などの編集に当たっていた。農民文芸会に所属、活動する傍ら、猟奇小説や探偵小説も書いたが、順と出会った三年後に惜しくも早世した。

順はそのほか奥村五十嵐《いがらし》（一九〇〇〜一九四九）が編集する雑誌『文学風景』（天人社）にも小説「猛暑」を書いている（昭和五年）。奥村は熊本工業高校から八幡製鉄所を経て上京、やはり新潮社に勤務した人物。佐々木俊郎と同い年で、『文学時代』の編集も経験している。「納言恭平」のペンネームで捕物小説などを書いた。

順は昭和五年、日本プロレタリア作家同盟（通称・ナルプ）の一員になっている。ナルプの結成は昭和四年だ。

第四章で昭和三年に発足した全日本無産者芸術連盟（ナップ）について触れた。評論家・蔵原惟人が結成に尽力した団体である。そのナップは翌昭和四年、分野別の組織になった。日本プロレタリア作家同盟（ナルプ）、日本プロレタリア劇場同盟、日本プロレタリア美術家同盟、日本プロレタリア映画同盟、日本プロレタリア音楽家同盟などがそれだ。順はそのうちのナルプに参加したわけだ。

蔵原惟人の父・蔵原惟郭《これひろ》は熊本出身の代議士であり教育者。母しうは北里柴三郎（細菌学者。一八五三〜一九三一）の妹である。映画監督の蔵原惟繕と蔵原惟二は蔵原惟人の従甥、つまり従兄弟の子供だ。蔵原惟人はその後ひそかにソ連に渡り、帰国後は日本プロレタリア文化同盟（通称・コップ）を結成、ナップは発展的解消を遂げる。昭和六（一九三一）年十一月のことだ。

順は大学卒業後ナルプに参加、城南支部のキャップとなり、日本金属労働組合へのオルグ活動に打ち込んだ。そのため昭和六年から七年にかけては小説を書く時間がほとんどなく、前記『集団』に左翼組合の壁新聞用コントを書いた程度だ。

小説を書きたくて仕方なかった当時の心境を、順はこう記している。

政治団体のように地区組織がそのころ設けられて、私は城南地区に所属していた。昼間は勤めに出ていた私は、夜だけが自分の時間（文学に当てられる時間）だったが、そのころは毎夜、ナルプの仕事で追われていた。工場サークルのいくつかを私は担当していたので、順次、定期的にそのサークル代表と街頭連絡をする。会議をやる。ナルプの地区会議もあり、上部機関との連絡会議もある。ほとんど非合法に追いこまれていたので、街頭連絡に随分、時間を潰された。私には小説を書く時間がなかった。でも、私はそうした自己圧殺を自分の義務と考えていた。考えてはいたが、私は小説を書きたかった！（「昭和文学盛衰史」）

満州事変

その間にもファシズムの足音はますます大きくなった。

まず昭和六年に起きた満州事変。「いやな感じ」など順の文学にも多大な影響を及ぼした。

満州事変は一九三一（昭和六）年九月十八日、柳条湖事件から始まった日本の満州侵略戦争。日中戦争・太平洋戦争へと続く十五年戦争の幕開けである。

同日午後十時二十分、中国遼寧省の奉天（いまの瀋陽）駅北東七・五キロにある柳条湖付近で満鉄（南満州鉄道）の線路の一部が爆破された。三年前、張作霖が爆殺された現場からほんの数キロの地点である。線路と枕木の一部が壊れた程度で、実質的な被害はほとんどなかったが、関東軍はこれを張学良の東北軍の破壊工作であると断定、ただちに軍事行動に移った。柳条湖事件である。

すぐ近くには国民革命軍の兵営である「北大営」があり、爆音に驚いて飛び出してきた中国兵を関東軍の独立守備隊が射殺した。さらに約百人の関東軍がいっせいに軍事行動に移り、翌日までに奉天、長春、営口を占領した。

しかしこの事件は関東軍の謀略だった。

張作霖爆殺事件（一九二八年六月四日）の責任を問われ予備役に編入された河本大作参謀の後任である関東軍高級参謀・板垣征四郎（一八八五～一九四八。のち陸軍大将）大佐と関東軍作戦参謀・石原莞爾（一八八九～一九四九。のち中将）中佐が画策したもので、二人の命を受けた花谷正（奉天特務機関補佐官）少佐と今田新太郎（張学良軍事顧問・柴山兼四郎少佐の補佐官）大尉らが爆破工作を指揮、河本末守中尉（独立守備隊）が部下とともに実行したものだった。被害がほとんどなかったのは、爆破事件が自作自演なので満鉄のダメージを最小限に抑えたかったからだ。また柳条湖事件では奉天に潜入していた甘粕正彦が中国人の仕業と見せかけるため数発の爆弾を投げつけている。

柳条湖事件の勃発に若槻礼次郎首相、幣原喜重郎外相は仰天した。幣原は若槻内閣、その前の浜口雄幸内閣を通じ中国との「共存共栄」を説く、いわゆる幣原外交に徹してきたからだ。政府は事件の翌日九月十九日、緊急の閣議を開いた。南次郎（一八七四～一九五五）陸相が「関東軍の純粋な自衛行為だ」と主張、増兵を求めようとしたものの、幣原外相が「関東軍の謀略ではないか」と追及したため南陸相は黙ってしまい、閣議は「事態をこれ以上拡大しない」という方針で一致した。そして事件発生から六日後の九月二十四日、政府は「不拡大方針」の第一次声明を出している。

この事件の大きな特徴は関東軍が政府をまったく無視して謀略に走った点だが、その背景の一つとして当時、奉天に張学良がいなかったことが挙げられる。華北（中国北部地方）で石友三（一八九一～一九四〇）が起こした反乱の鎮圧のため、張学良は東北軍の精鋭一一万五〇〇〇人を率いて華北で戦っていたのだ。あとでわかったのだが、石友三の反乱は、そもそも日本の特務機関に買収されて石が起こしたものだった（加藤陽子著『満州事変から日中戦争へ』岩波新書）。

当時の日本軍の兵力は駐劄師団（内地から二年毎に交代で派遣）と六個大隊の独立守備隊の、合わせて約一万四〇〇〇人。これに対し張学良の東北軍は約一九万人と大きな兵力差があったので、石友三を抱き込んで反乱を起こさせ、張学良と東北軍の精鋭部隊が華北に出撃した隙を狙って柳条湖事件を起こしたのだ。

関東軍が自作自演の柳条湖事件で満州事変を勃発させたのは、いわゆる「満蒙」問題の深刻化が原因だ。満蒙というのは満州と蒙古（内蒙古）の併称だが、一九二八（昭和三）年六月九日に国民革命軍の北伐が完了すると、中国では国権回復運動が盛んになり、関東州と満鉄をどうやって日本から取り戻すかが焦点になっていた。

当時、中国政府は日本による満鉄の新線建設を拒否する一方、満鉄平行（併行）線の建設を進めていた。満鉄に並行する、あるいは包囲するような鉄道路線の建設を進め、このため満鉄の収益は大きくダウンしてきた。折からの世界恐慌の影響もあり経営不振に陥ったのだ。

関東軍の相次ぐ謀略

こうした危機感の中、一九三一年一月、政友会の松岡洋右は第五十九議会で質問に立って民政党・幣原喜重郎外相の外交政策を弱腰と批判、「満蒙は日本の生命線」と述べた。

そしてこの満蒙の危機への対応策として浮上してきたのが陸軍・石原莞爾の「満蒙領有論」である。平たくいえば満蒙を日本が頂いてしまおうというものだ。

石原莞爾は昭和六年五月、その考えを「満蒙問題解決私案」としてまとめている。

その要点の一つは満蒙領有でロシアの脅威を心配しなくてもよくなること。呼倫貝爾《フルンボイル》や興安嶺などの北満州の地帯には、北東から南西にかけ長さおよそ一五〇〇キロメートルの山脈が走っている。高さは一〇〇〇～二〇〇〇メートルとさほど高くはないが、東側は急峻でロシアがこれを越えて進撃するのはきわめて困難。だからロシアの圧力を心配せず、対中国、対アメリカに専念できるというのだ。また満蒙の農業は日本の食糧問題を解決するし、鞍山の鉄、撫順の石炭など、重工業を支えるに足る資源も豊富で、満蒙問題の解決策は満蒙を日本の領土とする以外にないというものだ。

こうした「満蒙領有」論を引っさげ、石原莞爾は板垣征四郎とともに満州事変を演出することになる。「満州事変不拡大方針」の政府と「満州全域を占領したい」という軍部。日本の対中国政策は分裂、軍部は次々と既成事実を積み重ねていくのだが、その一つが朝鮮派遣軍の独断越境事件だ。当時の関東軍司令官は本庄繁（一八七六～一九四五）中将で、柳条湖事件が起きるや即座に関東軍部隊に出撃を命じ、その一方で朝鮮軍司令官・林銑十郎（一八七六～一九四三）中将に増援部隊の派遣を要請した。この二人は同い年だが、陸軍士官学校（陸士）では林銑十郎が八期、本庄繁が九期で、ともに最終的に大将になった。林銑十郎はすぐさま要請に応じた。

朝鮮派遣軍が満州に越境出兵したのは九月二十一日。これは明らかに天皇の統帥権干犯だが、政府は二十二日の閣議で出兵の既成事実を追認し、その経費支出を承認してしまった。

勢いづいた関東軍はさらに翌月の八日、錦州を爆撃する。

同日午後二時、関東軍の爆撃機一二機が錦州（遼寧省）を突然無差別爆撃したのだ。錦州は奉天を失った張学良政権の移転先である。翌九日、南陸相は若槻首相に「関東軍の飛行隊が中国軍の対空砲火を浴びたため、自衛のためやむを得ず取った行動だ」と報告した。もちろんこれは事実ではない。錦州爆撃では石原莞爾も自ら小型機に乗って錦州の張学良兵営に小型爆弾を投下している。

そして関東軍は「張学良は錦州に多数の兵力を結集している。これを放置すれば日本の権益が損なわれる。満蒙問題解決のため錦州軍政権を速やかに駆逐する必要がある」と公式発表した。

関東軍は翌一九三二（昭和七）年一月三日に錦州を占領する。張学良は蔣介石の指示で抵抗しなかった。関東軍は一月二十八日には第一次上海事変を起こし、さらにハルビンを占領（同年二月五日）、満州国建国宣言（三月一日）へと続く。柳条湖事件からおよそ五カ月で満州のほとんどを制圧した。

この間の関東軍は謀略に次ぐ謀略で既成事実を積み重ねていく。たとえば上海事変。

一九三二（昭和七）年一月二十八日、上海で日本人僧侶が殺される。日蓮宗系の僧侶二人と信者三人の計五人が上海で勤行中に数十人に襲われ、僧侶一人が死んだ。上海の日本人居留民は激怒し、たちまち日中正規軍の軍事衝突に発展した。これが上海事変だ。

発端となった僧侶の襲撃は当時の上海公使館付陸軍武官・田中隆吉少佐（一八九三〜一九七二。最終階級は少将）の謀略で、田中は板垣征四郎から「列国の注意を満州事変からそらすために上海で事件を起こしてくれ」と頼まれてやったとのち（一九五六年）に証言している。

こうして政府は関東軍の相次ぐ謀略に引きずり回され、次々と既成事実化を許してしまう。

第六章　検挙、拷問、そして転向

満州国建設の欺瞞

昭和七（一九三二）年は順にとって日本プロレタリア作家同盟の活動に明け暮れた年で、あまり小説も書けなかった。また翌昭和八年は順にとってまさに悪夢のような出来事が相次ぐことになるのだが、そのことを述べる前に、一九三二年三月一日に建国された日本の傀儡国家・満州国についで触れておきたい。

建国宣言から八日後の三月九日、満州国執政・溥儀の就任式が行われた。場所は満州国の首都・新京（長春）である。

急ごしらえの執政府には関東軍司令官・本庄繁、南満州鉄道（満鉄）総裁・内田康哉、関東軍参謀長・三宅光治、参謀・板垣征四郎などを始め、五族（漢民族、満州族、蒙古＝モンゴル、朝鮮、日本）代表ら約二百人が参列。モーニングに黒眼鏡の溥儀が着席すると、総理大臣の鄭孝胥《ていこうしょ》が溥儀の「執政宣言」を代読した。鄭孝胥（一八六〇〜一九三八）は清時代からの溥儀の忠臣である。「執政宣言」は以下の通りだ。

「人類はすべからず道徳を重んずべきに、種族の別あり、すなわち他を抑制し己を称揚す。その道徳たるやはなはだ薄し。人類はすべからず仁愛を重んずべきに、国際間の争いあり、すなわち人を損じ己を利す。その仁愛たるやはなはだ薄し。今我が国を建立するに当り、道徳、仁愛をもって主となし、種族の別および国際間の争いを除去せば、まさに王道楽土の実現を見るべし。およそ我が国民たるもの、努めてこれを勉励せよ」

王道楽土というのは満州国建国の理念というかスローガンで、「アジア的理想国家（楽土）を東洋的な『徳』による統治（王道）で実現する」という意味である。この「王道楽土」と、漢民族・満州族・蒙古＝モンゴル・朝鮮・日本の五族が協力し合って平和な国づくりを行う「五族協和」が満州国の理想だとされた。

だが実際は違った。一九三二年八月十八日、本庄繁が関東軍司令官を辞める前日に、溥儀は総理大臣・鄭孝胥から日本と満州国が秘密協定を結んでいることを知らされた。溥儀はこう書いている。

日本が協定のなかで求めた権利は、もともと彼らがすでに手に入れていたものだった。この協定は全部で十二条から成り、ほかに付則・付表・付属協定があった。おもな内容は、「満州国」の「国防・治安」をすべて日本に委託すること、日本は「満州国」の鉄道・港湾・水路・空港を管理し、かつ増設することができること、日本軍が必要とする各種の物資・設備は『満州国』が責任を持って提供すること、日本は鉱山・資源を開発する権利を持つこと、日本人は「満州国」の官吏になることができること、日本は「満州国」に移民を送る権利を持つこと等々であった。この協定の最後には、これが将来における両国の正式条約の基礎になるであろうと規定されていた。（愛新覚羅・溥儀著『わが半生（下）』筑摩書房）

要するに満州国は日本の傀儡だということである。日本人のペテンがあまりにひどいことに溥儀は激怒したが、どうすることもできず、結局、既成事実を追認した。そしてこの秘密協定に書かれている通り一九三二年九月十五日、ほぼ同じ内容のことが書かれた「日満議定書」調印となる。つまり日本政府による満州国承認である。その二十日ほど前の八月二十五日、帝国議会では内田康哉外相が「国民は満州国承認のためには挙国一致、国を焦土にしても一歩も譲らないという決心を持っている」と発言している。いわゆる「焦土演説」だ。先に触れたように、内田康哉（一八六五〜一九三六）は満鉄総裁を務め、満州事変勃発後は満鉄の輸送力を挙げて関東軍の作戦行動に協力、その功績が認められて斎藤実内閣の外相に起用されていた。

テロルの横行とファシズムの台頭

満州国が日本の傀儡であることは、政務面でも明らかだった。満州国の総理は鄭孝胥だが、実権を握っていたのは満州国国務院初代総務庁長官の駒井徳三（一八八五〜一九六一）である。駒井は元満鉄職員だ。

高給取りの駒井は総務庁長官になって八カ月後に辞任、参議府参議（皇帝の諮問機関）になったが、総務庁長官を辞めるときに百万元の退職金を取った。いまの金額にするといくらになるのだろうか。

もちろん〝お手盛り〟である。駒井はさらに機密費からも大金を取っていったと溥儀は自伝で書いている。駒井の上司は満州国執政の溥儀ではなく関東軍司令長官であった。

この昭和七（一九三二）年は「大っぴらなテロル」が始まった年でもあった。二月九日には井上準之助（一八六九〜一九三二）が血盟団によって暗殺された。井上は東大出身者で初めて日銀総裁になり、第二次山本権兵衛内閣で蔵相として入閣、関東大震災後の混乱をモラトリアムで切り抜けた。次いで浜口雄幸内閣、第二次若槻礼次郎内閣でも蔵相となり、緊縮財政や金解禁を行った。しかし大恐慌でかえって不況が深刻化して第二次若槻内閣は崩壊、経済大混乱を招いたとして血盟団の小沼正（一九一一〜一九七八）によって殺された。関東軍がハルビンを占領した二日後である。

続いて翌月の三月五日、財界の中心的地位にあり日本工業倶楽部や日本経済連盟を指導していた実業家（三井合名会社理事長）の団琢磨（一八五八〜一九三二）も、同じく血盟団の菱沼五郎（一九一二〜一九九〇）に三井本館玄関で射殺された。血盟団は日蓮宗僧侶で国家主義者の井上日召（一八八六〜一九六七）を中心に「一人一殺」を唱え、政財界の要人を暗殺することで国家改革を図ろうとした団体だ。

そして同年五月十五日には井上日召と関係のあった海軍急進派青年将校、陸軍士官学校生徒、右翼団体・愛郷塾生ら三十数人が数隊に分かれて首相官邸、内大臣官邸、政友会本部、日本銀行、警視庁などを襲撃、首相官邸で犬養毅首相を射殺した。日本ファシズム台頭の契機となった大事件、五・一五事件である。犬養毅の暗殺で日本の政党政治は終焉、元海軍軍人である斎藤実（一八五八〜一九三六）が首相となった。斎藤内閣の誕生は昭和七年五月二十六日だ。

治安維持法違反で逮捕

ファシズムが不気味に日本を覆い始めたその頃、日本プロレタリア作家同盟の一員として活動していた順は、治安維持法違反容疑により検挙された。諸説あり正確な日時はわかっていないが、順が雑誌『日暦』に書いた「感傷」という作品では「私は検挙されて一月、二月、三月を留置場で送った」としていること、また秋子夫人の校閲を受けたとする『高見順集　現代日本の文学 24』（学習研究社）では昭和八年一月逮捕・三月初めに釈放となっていることから、本書では昭和八年一月に逮捕されたものとして話を進めていく。『日暦』や「感傷」については後述する。

順が逮捕された経緯はこうだ。

先に見たように昭和六年に満州事変が起き、翌七年には上海事変、満州国建国、五・一五事件と続き、ファシズムの傾向はいよいよ強まってきた。同時に治安当局の左翼への弾圧も苛烈になる。

順は昭和八年一月のある日、日本プロレタリア作家同盟城南地区キャップとして街頭連絡に出ているときに逮捕され、大森署に留置された。「自宅で検挙された」という史料もあるが、友人だった石光葆は「街頭で」としているので、こちらの説を採りたい。同時に家宅捜索も受け、自宅にガリ版刷りの『赤旗』が置いてあるのが見つかったため、「共産党に関係しているのだろう」と疑われた。実際は共産党との関係はなかった。ここからは順の書いた「自叙傳」（「文学的自叙傳」とは別の作品）から引く。

大学卒業後、プロレタリア文学の団体に加盟した私は、その方の仕事で、家も大森に移し、プロレタリア作家同盟の城南キャップをやった。この頃は、いわゆる文壇に出ようなどという気はあまりなかった。そして昭和八年、作家同盟の方の仕事をやると同時に、日本金属の工場運動に関係していたが、突然作家同盟関係で挙げられた。大森署に挙げられたが、本庁からしらべに廻ってきた特高刑事が、小林多喜二を殺したのは俺だと自ら豪語していて、徹底的な拷問を受けた。挙げられたとき、ガサ（家宅捜査）で謄写版刷りの「赤旗」を運悪く押収され、党に関係しているだろうと、しきりに責められたが、これには実際関係なかった。だが、結局この経験で、私は体力もないし、とうてい政治的実践などできる人間ではないと、つくづく悟った。

検事から、転向手記を書けと言われた。結局、一年間の起訴留保処分ということになったが、ちょうど一年ほど経った頃に、保護観察法というのができて、千駄ヶ谷にあった観察所にときどき呼び出された。

その頃は、満州事変につづくファッショ台頭時代で、いわゆる転向時代と呼ばれる一時期もこの頃のことだった。私だけの経験で言っても、最初の頃は、まだ左翼の思想を持つことは差支えないので、ただ実践活動だけを止めればよいということだったが、やがてそのうちに、「思想」そのものを棄てろ、そうでなければいけないということになり、さらに最後には、はっきり「日本主義者」にならなければ駄目だということになった。そして転向していないとなると、ふたたび挙げられたりするので、日本にいたたまれず満州に職を求めて逃げて行ったものなどもたくさんある。

私の場合は、むしろ終戦後に、いわばほんとうに転向したと言えるようだ。もちろん、「日本主義者」に成ったという意味ではない。政治というものからきっぱり絶縁する気持に成った。

激しい拷問を受けて転向

順の検挙を知り、別居していた母のコヨはすぐ大森警察に駆け付け、順の無事な姿をみて涙を流した。順が激しい拷問を受けたのはそのあとである。順は二月末（あるいは三月初め）までを留置場で過ごした。

留置場で順が受けた「徹底的な拷問」というのはどんなものだったのか。のちに友人に話したところによると、順は大森署内で両足を縛られ、道場の梁に逆さ吊りにされて竹刀でひどく殴られた。気絶するとバケツで水をかけられ、意識を取り戻すと再び竹刀で殴られた。これを何度も繰り返されたのだという。

小林多喜二が特高の拷問で殺されたのを順が知ったのは留置されている間、もしくは拷問時かもしれない。特高といってもわからない読者がいると思うので、少し説明しておく。

特高は特別高等警察の略称で、大逆事件を機に明治四十四（一九一一）年、警視庁に特別高等課が置かれ、昭和三（一九二八）年の三・一五事件（共産党員全国一斉検挙）後には各県にも設置された。内務省の直轄で、豊富な機密費と治安維持法などの活用で社会運動などの弾圧に当たった。小林多喜二が殺され順が検挙された昭和八（一九三三）年には「課」から「部」へ拡充強化されている。

また大逆事件は明治四十三（一九一〇）年、明治政府が社会主義者に加えた大弾圧事件だ。無政府主義者・宮下太吉らが爆弾を製造していたとして逮捕されたことから、政府（第二次桂内閣）や警察は「社会主義者たちが明治天皇の殺害を計画（大逆罪）した」との理由で、数百人にのぼる社会主義者や無政府主義者を逮捕した。

一審だけの非公開裁判で翌明治四十四年一月、死刑二四人、有期刑二人の判決が下った。死刑判決を受けた二四人のうち、半数の一二人が特赦による無期刑に減刑されたものの、一月二十四日、世界中が抗議するなか幸徳秋水、森近運平、宮下太吉、新村忠雄、古河力作、奥宮健之、大石誠之助、成石平四郎、松尾卯一太、新美卯一郎、内山愚童の一一人が、そして翌二十五日には管野スガが処刑された。幸徳秋水（社会主義者。一八七一～一九一一）以下、ほとんどがフレームアップ、すなわちでっちあげ事件の犠牲者である。以後、社会主義や労働運動は徹底的に弾圧されるようになった。

前章（第五章）で順が文化学院の学生たちと「制作座」に関わったことを書き、文化学院は西村伊作によって設立されたと述べた。西村伊作は大逆事件で死刑になった大石誠之助（社会主義者・キリスト者・医師。一八六七～一九一一）の甥である。つまり大石誠之助の長兄・大石余平の長男が西村伊作で、西村からみると大石誠之助は叔父にあたる。自由と男女平等を建学の精神とする文化学院を西村伊作が設立したのは、無念の死を遂げた叔父・大石誠之助への強い思いがあったからだろう。

西村は昭和十八（一九四三）年、その反政府思想や天皇批判、さらに自由思想が官憲の怒りを買い、「不敬罪」に当たるとして半年間にわたって拘禁された。また文化学院も三年ほど強制的に閉鎖された。西村もまた激しく自由を希求する硬骨漢だったのだ。

尊敬する小林多喜二の死に衝撃

順は特高に殺された小林多喜二を「偉大な才能の持ち主」と、非常に高く評価していた。白色テロによって、その偉大な才能の持ち主がむざむざと殺されたことの痛恨は癒し難い——と順は「昭和文学盛衰史」で書いている。白色テロというのは為政者・権力者が反政府運動や革命運動をする者に対して行う激しい弾圧のことである。

小林多喜二は明治三十六（一九〇三）年、秋田県に生まれた。四歳のとき、北海道・小樽にいた伯父（父の兄）の計らいにより一家で小樽に移り住み、小樽商業、小樽高等商業（現在の小樽商科大学）を卒業、地元の拓殖銀行小樽支店に就職した。多喜二は在学中から創作を始めている。小樽高商の後輩に伊藤整（小説家・詩人・文芸評論家。一九〇五〜一九六九）がいる。

昭和三（一九二八）年、多喜二は左翼文化雑誌『戦旗』（十一月号・十二月号に分載）で「一九二八年三月十五日」という中編小説を、さらに翌年には同じ『戦旗』（五月号・六月号に分載）で彼の最高傑作とされる「蟹工船」を発表、文名は一躍中央にまで高まった。

「一九二八年三月十五日」はすでに紹介したように日本共産党に対する大弾圧で有名な三・一五事件が北海道にも波及、小樽の共産党員も一斉に検挙され、特高が行った言語に絶する拷問をリアリスティックに描いた作品で、多喜二は迫りくる日本帝国主義の侵略戦争に警鐘を鳴らした。三・一五事件については順も「三・一五犠牲者」という小説を書いている。

「蟹工船」はソ連領カムチャッカへ蟹漁に出かける工船内の生活ぶりと船中で起きる労働者の集団

的争闘を描いたもので、のち中国語訳（何度か翻訳された。最初は一九三〇年）、英訳（同一九三三年）、チェコ語訳（一九四七年）、ドイツ語訳（一九五八年）、ロシア語訳（一九六〇年）、ベトナム語訳（一九六二年）などが出され、世界的な評価を受けた作品である。多喜二は引き続き「不在地主」、「工場細胞」、「オルグ」、「暴風雨警戒警報」などの力作を発表したが、作品内で銀行の実名を出したとして拓殖銀行を解雇され、昭和五（一九三〇）年三月に上京した。同年四月六日に本郷・仏教会館で開かれた日本プロレタリア作家同盟第二回大会では江口渙（小説家。一八八七〜一九七五）が中央委員長に、多喜二も中央委員に選出されている。

江口渙の父は東京帝国大学医学部卒の軍医で、森林太郎（森鷗外）と同期。また江口渙自身も東京帝国大学英文科卒で、夏目漱石の知遇を得たほか、芥川龍之介とも交流があった。

順が四歳年上の多喜二に会ったのは多喜二が中央委員に選出された頃である。「昭和文学盛衰史」で順はこう多喜二の印象を書いている。

——私が小林多喜二に初めて会ったのは、すでに彼が「蟹工船」で声名を馳せていた頃だが、作家同盟の何かの集りで会ったのである。

「これが小林多喜二か」

と私は見たのだが、鼻の大きいのが、ひどく印象的だった。文字通り鼻柱が強そうであった。その顔色は、黄色に近い蒼さだったが、しかし文学青年的な脆弱さを感じさせないその顔は、てらてらと脂で光っていて、粘り強い意志的な人柄を思わせた。

多喜二は昭和五年六月、日本共産党へ資金提供したという嫌疑で逮捕され、翌年一月、保釈出獄した。そして同年（昭和六年）五月に開かれた第三回日本プロレタリア作家同盟大会では江口渙が中央委員長に再任され、多喜二は書記長になった。「オルグ」や「沼尻村」などの作品は、その目の回るような多忙な生活の合間に書かれた。

そして昭和七年春、身の危険を感じた多喜二は仲間たちの前から忽然と姿を消す。特高の手が迫ってきたため地下に潜ったのだ。特高は血眼になって多喜二の行方を探した。そんなときに多喜二の代表作の一つ「沼尻村」が雑誌『改造』に載った。特高の追跡をあざ笑うように、大雑誌にこんな小説を発表したというので特高はカンカンになり、特高係長警部・中川成夫などは「小林をつかまえ次第かならず叩き殺してやる」と息巻いていた。

そして運命の昭和八年二月二十日になる。

翌二十一日夕方、吉祥寺にある自宅の玄関に投げ込まれた『朝日新聞』の夕刊を持って書斎に入ろうとした江口渙は、夕刊一面の「小林多喜二氏、築地署で急逝。街頭連絡中捕はる」という大見出しを見て、「あっ、小林がやられた！」と思わず叫んだ。

その『朝日新聞』二月二十二日付の夕刊記事はこんなものだった。その頃の夕刊は翌日付である。記事を引用する。

「『不在地主』『蟹工船』等の階級闘争的小説を発表して一躍プロ文壇に打って出た作家同盟の闘将小林多喜二氏（三一）は、二十日正午頃、党員一名とともに赤坂福吉町の芸妓屋街で街頭連絡中を築地署小林特高課長に追跡され、約二十分にわたって街から街へ白昼逃げ回ったが、ついに溜池の電車通りで格闘の上取り押えられ、そのまま築地署に連行された。最初は小林多喜二ということを頑強に否認していたが、同署水谷特高主任が取調べの結果、自白、更に取調べ続行中、午後五時頃、突如蒼白となり苦悶し始めたので、同署裏にある築地病院の前田博士を招じ手当を加えた上、同病院に収容したが、既に心臓麻痺で絶命していた。二十一日午後、東京地方検事局から吉井検事が築地署に出頭、検視する一方、取調べを進めているが、捕縛された当時大格闘を演じ、殴り合った点が彼の死期を早めたものと見られている。(以下略)」

記事中、「築地病院の前田博士」とあるのは「前田病院の前田博士」の誤りである。

凄まじい拷問を受けた小林多喜二

江口渙が築地署に飛び込んだのは午後八時過ぎだった。すでに小林多喜二の母親がきており、特高の部屋にいるというので、江口は二階に駆け上がった。特高室の前の廊下は新聞記者やカメラマンで一杯だ。安田徳太郎博士がいる。青柳、三浦の両弁護士もいる。だが、みんな何度名刺を出しても特高室の扉は固く閉ざされたままだ。

安田徳太郎(一八九八〜一九八三)は京都帝大医学部卒の医師であり、歴史家。従兄弟の山本宣治(政治家・生物学者。一八八九〜一九二九)とともに産児制限に取り組むなど、無産者救済の医療活動に取り組んだ人物だ。山本宣治は治安維持法改悪に真っ向から反対したため、昭和四年三月五日、右翼に刺殺された。

死体が置かれた前田病院に真っ先に駆け付けたのは女優の原泉（一九〇五〜一九八九）だった。たちまち彼女は待ち構えていた刑事に腕をねじ上げられ検束されようとした。そこへ大宅壮一（評論家。一九〇〇〜一九七〇）や貴司山治（プロレタリア文学の小説家・劇作家。一八九九〜一九七三）、笹本寅（時事新報記者）らが飛び込んできて、原泉は辛うじて救い出された。原泉の本名は中野政野。プロレタリア作家・文学者である中野重治（一九〇二〜一九七九）の妻である。中野重治は福井県の丸岡町生まれで、丸岡町は順が生まれた三国町のすぐ隣（両町とも現在は坂井市）だ。順と中野重治はもちろん交流があった。手紙のやりとりもしている。

多喜二の遺体は午後九時四十分、ようやく病院から運び出され、大型の寝台自動車に乗せられて阿佐ヶ谷の自宅に戻った。多喜二の遺体が布団の上に横たえられると、それまで無言だった多喜二の母親は初めて声を放って泣き始めた。やがて静かにからだを起こし、変わり果てた息子の顔をなつかしそうにのぞき込み、乱れた頭の髪の毛をなで傷ついた頬をさすったりした。

特高の発表した「心臓麻痺」というのは真っ赤な嘘だった。

医者の安田徳太郎の指揮で、遺体の検査が始まった。物凄いほど青ざめた顔は、激しい苦痛の跡を残しており、とうてい平生の多喜二の表情ではない。左のこめかみには数カ所の傷跡があり、首にはぐるりと深い細引（細い麻縄）の跡が生々しい。しかしこれらは身体の他の部分に比べれば、大したものではなかった。帯をとき、着物をひろげ、ズボン下を脱がせたとき、思わず全員が「わっ」と声を出し、いっせいに顔をそむけた。江口渙の文章を引く。

何という凄惨な有様であろうか。毛糸の腹巻に半ばおおわれた下腹部から左右の膝頭にかけて、下っ腹といわず、股といわず、尻といわず、前も後もどこもかしこも、まるで墨とべにがらをいっしょにまぜて塗りつぶしたような、何とも彼ともいえないほどの陰惨な色で一面におおわれている。その上、よほど多量な内出血があるとみえて、股《もも》の皮膚がぱっちりハチ割れそうにふくれ上っている。そしてその大きさが普通の人間の太股の二倍もある。さらに赤黒い内出血は陰茎から睾丸におよび、この二つの物が異常な大きさにハレ上っていた。

よくみると赤黒くふくれ上った股の上には、左右とも、釘か錐かをうちこんだらしい穴の跡が十五六もあって、そこだけは皮膚が破れて、下から肉がじかに顔をだしている。その肉の色が、またアテナインキそのままの青黒さで、他の赤黒い皮膚面からはっきり区別されているのである。

（「小林多喜二の死」『現代教養全集　第13巻』筑摩書房所収）

徹底的に「アカ」を憎んだ特高警察

多喜二と一緒に検挙されたのは同じく日本プロレタリア作家同盟員で詩人の今村恒夫だった。今村は検挙されて前後三年間、奥多摩刑務所の未決房にいたが、ようやく保釈になったものの半年ほどで他界した。激しい拷問で、すっかり身体を壊したのだ。その今村の生前の話から、二人が検挙されてからの状況がわかった。

多喜二は築地署に拘引されたあと、最初は山野次郎と称して本名を明かさなかった。しかし顔見知りの水谷特高主任が写真と人相書を突きつけたので、仕方なく名前だけはいった。しかし共産党員であることはあくまでも否定した。

やがて警視庁から特高係長警部・中川成夫が部下のテロ係の須田巡査部長と山口巡査を引き連れてきて訊問に取りかかった。すると多喜二は今村を振り返り、「おい、もうこうなっては仕方がない。お互いに元気でやろうぜ」と声に力を込めていった。

それを聞いた特高たちは、「なにを生意気な」というが早いか、中川警部の指揮のもと、多喜二を丸裸にし、まず須田と山口が握りの太いステッキで打ってかかった。築地署の水谷特高主任、小沢、芦田などの特高係四、五人が手伝った。

細引で梁に吊るしては殴り、降ろしては蹴って殴り、また吊るしては殴った。自分たちが疲れるとお茶を飲んでまた殴る蹴るを繰り返した。吸っている煙草の火で顔や手足をじりじり焼く。拷問は多喜二が精根尽きるまで三時間以上も続いた。意識を失った多喜二は留置場に捨てられるようにして放り込まれた。やがて意識を回復した多喜二は、「こう苦しくっては、もうとてもダメだから、おれが死んだことを誰か、母親に知らせてほしい」といい、間もなく絶命した。

なお当時の内務省警保局長は松本学(一八八七〜一九七四)で、彼の名前はまたあとで出てくる。その部下である特高の責任者・特高警察部長は「赤狩りの安倍」といわれた安倍源基(一八九四〜一九八九)、その下の特高課長は毛利基(一八九一〜一九六一)。さらにその下に中川成夫警部、山県為三警部らがいた。直接多喜二の拷問を指示した中川はその後、滝野川区(現在は北区)長になり、さらにのちには映画会社・東映の取締役になっている。

多喜二の葬儀は共産党員を大弾圧した三・一五事件(昭和三年)の記念日に当たる三月十五日、築地小劇場で営まれた。葬儀委員長は江口渙だった。この小林多喜二の死について、作家の松本清張はこう書いているので紹介しておく。

——プロレタリア文学は、昭和の初めに異常なエネルギーをもって興り、文壇を震撼させ、やがて戦争の進行とともに弾圧によって断絶した。大正末年の「種蒔く人」から多喜二が死んだ昭和八、九年まで十年間にも足りない短い期間ではあったが、これほど強烈な文学運動は曽てなかった。しかし、それには小林多喜二という一人の若い作家の作品と、その時代を象徴した死がどれほど大きな意義と比重になっているかしれない。

もし、小林多喜二が居なかったなら、日本文学史の上でプロレタリア文学のスペースは、はるかに狭いものになっているであろう。（『昭和史発掘　5』文藝春秋新社）

二重の屈辱

本庁から調べにきて「小林多喜二を殺したのは俺だ」と豪語、順に拷問を加えた特高刑事の名前はわからない。順も書いていないのだ。

ハッタリだった可能性もあるが、もしその特高刑事のいうことが本当なら、本庁の中川成夫係長か須田というテロ係巡査部長のどちらかだろう。いちばん可能性が高いのは、当時もっぱら日本プロレタリア作家同盟（ナルプ）などの左翼文化運動を担当していた中川成夫だ。

順は拷問で余儀なく転向、「転向手記」を書かされてようやく釈放された。

この時代、プロレタリア文学を志したものの治安維持法で検挙され、厳しい獄中生活や拷問でやむなく転向した文学者は大勢いた。順と同郷の中野重治などはその筆頭格だろう。中野は昭和七年に検挙され、二年後の昭和九年、転向を条件に出獄した。その後は良心に従い、文学で抵抗を続けた作家だ。その他にも島木健作（一九〇三～一九四五）、窪川鶴次郎とその妻だった佐多稲子、埴谷雄高（一九〇九～一九九七）なども転向組だ。第三章で紹介した村山知義も昭和七年四月に検挙され、同年十二月に転向している。

一口に転向といってもいろいろで、中には完全に権力に屈服した人間もいたが、むしろ多かったのは刑務所を出てから再び階級闘争に加わった人たちだった。また政治運動からは身を引いても文学で抵抗を続ける場合が多かった。いわば〝部分的転向〟だ。順もそうである。転向をめぐるさまざまな葛藤などを描いた作品は「転向小説」と呼ばれることになる。

だが順の場合、ここからさらにひどい事態が待っていた。妻の愛子が出奔したのである。

妻の愛子は、順が留置されているとき、面会日には必ず訪ねてくれ、髪の毛ぼうぼうで痩せてきた順を気遣わしげに眺め、「あなた、身体は大丈夫ですか？」と聞いてくれた。

愛子はきわめて地味で不安定な順との生活を嫌ったのか、結婚後、外に職業（水商売）を得て働いていた。そして、とある鉛管会社の重役だという四十男に恋するようになっていた。その男には妻子がいた。愛子は順にそのことを打ち明けており、聞かされた順は怒りで全身がワナワナと震えた。

その頃、私は女の不貞にも苦しめられてゐた。好きで一緒になった女が、数年足らずで、他の男に心を移したといふだけでもたまらないところへ、その相手の男が妻子のある富裕な中年男とあっては、一層の屈辱だった。私は「コキュー」の悩みに苦しんだ。（高見順「『故旧忘れ得べき』の頃」高見順全集第十七巻所収）

コキュー（コキュとも）とはフランス語で「妻を寝取られた男」のことである。フランス語では cocu だ。順は憤怒と嫉妬心で気も狂わんばかりだった。順の出世作であり代表作の一つである「故旧忘れ得べき」（昭和十年）の「故旧」は、「コキュー」に引っかけた順一流のシニカルなタイトルである。

二月末かあるいは三月初めか、ともあれ起訴猶予になり順が家に帰ったのは曇った日の夕方だった。ここから先は順の書いた「感傷」に沿って書く。「感傷」はもともと随筆として書かれたもので、雑誌『日暦』では小説として掲載（昭和八年九月創刊号）している。妻の名前は愛子ではなく道子になっているが、内容はほとんど事実そのままで、文学仲間もそう認識していた。

久方ぶりに帰宅した順は、何かしら話題を見つけては妻・愛子と話し合った。するとまったく忘れていた欲情が動き出し、愛子はそれを痛々しい表情で素直に受け入れた。順はこれで関係が修復できたと思ったのだが、それは間違いだった。日ならずして妻は四十男から贈られたに違いない高価な外套を身にまとい、ハイヒールの靴音も高らかに新しい恋愛へと急ぎ出ていくようになる。彼女は順の不在の間に男と大島に行ったり村山貯水池に行ったりしていたらしく、その事実をひた隠しに隠していた。順はそれを知って激怒し、手をあげて殴りかかった。妻は初め乾いた目で順を睨んでいたが、やがてヒーヒーと子供のように泣き出した。ここから先は直接引用する。

その白い断髪の項《うなじ》を見てゐると、私は征服的な慾情が動いてくるのを感じた。私は憎しみで血走った眼をカッと開いて挑みかかれば女房も亦《また》手を張って抵抗するにはするが、その眼に漲る好色的な光を私から隠すことはできなかった。――かくて女はしばらくの間は、きらひ、私はあなたなんか大嫌ひと呟いてゐたが、ぐったりと横たえた肉體全體には満足的な息使ひがほのぼのと流れてゐて、やがてスヤスヤとやすらかな眠りに落ちて行った。私はそのあどけない寝顔を長い時間みつめてゐなければならなかった。嘗つては我ながら美しいと思った、ほんとに真っすぐな愛情の直線が、みろ、今ではコナゴナに乱れ縺《もつ》れている。愛とは別な感情で女を抱く迄に至った私の堕落を思ふと、私は思はず両手で顔を蔽ひ絶望的に身をもがいた。

この暗澹たる愛欲地獄にはさすがの女房も息苦しさを感じたのであろう。一夜、私の留守中に、彼女は自分に所属する道具をひそかにまとめて、いずれかへ去って行ったのである。色彩の多い道具の取り除かれた跡には分厚い埃がいろいろ線を描いて、女を失った家の忽ちみるかげもない荒廃を示したまんなかに私はふぬけみたいに坐ってゐたが、ややあって私の全身からわっと號泣が迸り出た。さいわい深夜であり、私は思う存分泣くことができた。一應泣きやむとまるで小さい生物でも探すみたいに、臺所といはず、便所といはず、押し入れといはず、あらゆる空間に頭を突き込み、家の隅々を狂気のように駈け廻って、女房の名を呼び続けた。

おわかりのように、第一章で紹介した昭和十（一九三五）年発表の「私生児」の内容にここで戻るわけである。

この「感傷」を読んで、友人の武田麟太郎はうーんと唸り、「たまらんね」と感想を述べている。ここで描かれているのは順が向き合わなければならなかった〝地獄〟だからである。

四十男のもとに走った愛子はどうなったのか。

愛子と別れてから三十五年を経た昭和三十九（一九六四）年十二月三日の順の日記に愛子のことが出てくる。このとき順は五十七歳で、食道がんで死ぬ前年である。この日記を引用する。


ベッドに戻り、伍一ちゃんに指圧をして貰う。妻の姿が見えないと、伍一ちゃんは口をもぐもぐさせながら、

「もうすぐ、石田の愛ちゃんの一周忌が……」

「え？」

と私は言った。

「もうすぐですね。わたしもお好みのおばさん（お好み焼き染太郎のおばさん）から聞いたんですが」

「死んだのか」と私。

「ええ、去年の十二月……」

伍一ちゃんは言葉を続けて、

「兄さんがずっと世話をやいていたんですって」

愛ちゃんとは、「如何なる星の下に」の鮎子であり、伍一ちゃんは「五郎ちゃん」こと大屋五郎である。

私は愛子の死を今日まで知らなかった。

「如何なる星の下に」は順が昭和十四（一九三九）年一月から翌年三月まで雑誌『文芸』に連載していた小説で、順の代表作の一つである。

この中で、順は愛子（小説では鮎子）本人と銀座で時おり会うことがあり、彼女からその暮らしぶり、変転常なき生活の様子を聞いていたと書いている。愛子はいつも颯爽としていて、ウジウジしたところはまるでなかった。それどころか、これはあとで書くが、昭和十（一九三五）年に順が水谷秋子と結婚した際、愛子は何と結婚式に出席、新夫婦の隣に坐り、「私、高見クンの新生活を心から祝福いたします。どうぞ皆さんも高見クンのためによろしく」とスピーチしたりしている。別に順が呼んだわけではなく、友人の石光葆によると田村泰次郎（小説家。一九一一～一九八三）と十返肇（小説家・評論家。一九一四～一九六三）が偶然愛子に出会い、面白がって勝手に連れてきたのだそうだ。

愛子の死について触れた前掲の順の日記の中身については、少し説明が必要だろう。

まず順が指圧をしてもらっている「伍一ちゃん」について。

彼のフルネームは土屋伍一で、信州上田の料理店の五男坊。上田中学では陸上選手だったというが、声自慢で、音楽学校でも受験するつもりでふらふらと上京、なんとなく浅草に来て芸人になった。エノケン（榎本健一。喜劇役者。一九〇四～一九七〇）が彼の歌を聞いて惚れ込んだ。YouTube でも伍一の歌が聞けるが、エノケンが評価したのも頷けるような、なかなかの美声である。また声だけでなく、かなりの二枚目でもある。他にも伍一の才能に期待した人は多かったのだが、当の伍一は「ものぐさ太郎」の生まれ変わりとでもいうのか、てんでやる気がなく、やる気を見せるのはただ一つ、女性だけだった（ただし、犬は別。大変な愛犬家だった）。関係を持った女に働かせて自分はぶらぶらしているのが大好きという、実に始末に悪い奇人だった。

その伍一、なんと順の元女房の石田愛子ともできてしまう。愛子とは間もなく別れ、愛子は上海へ。「上海お春」と呼ばれた瀬尾春と一緒に、愛子は上海のバー「グレース」で働いた。瀬尾春は戦後、銀座の有名なバー「銀座らどんな」のママになり、順とも親しく付き合った。そして愛子は上海で大森直道と関係を持つ。

お好み焼き屋「染太郎」

大森は元雑誌『改造』の編集者で、外務省の嘱託（外務省報道部嘱託）として上海に来ていた。その大森は昭和十九（一九四四）年三月十二日、横浜事件に関係したとして逮捕、日本に送還される。横浜事件は太平洋戦争時における最大の言論弾圧事件で、昭和十七年に『改造』に掲載された論文が共産主義を宣伝するものだとして著者の細川嘉六が逮捕され、『改造』は発禁処分になる。事件はさらに発展し、中央公論社、改造社、日本評論社、岩波書店などの編集者三十余人が相次いで逮捕（治安維持法違反）され、拷問で三人が獄死した。激しい拷問を加えたのは神奈川県警の特高で、その仮借ない拷問から「カナトク」と恐れられた。

大森は戦後、順ら鎌倉文士が関わった出版会社・鎌倉文庫の編集局長を務めた。鎌倉文庫は戦前、貸本屋を営んでおり、このことは後述する。順といい大森といい、愛子の付き合う男性が二人まで治安維持法で検挙されるとは、まさに愛子の人生は波瀾万丈だったといっていいだろう。

土屋伍一は愛子と別れたあと、次にヘレン滝と一緒になる。ヘレン滝はストリッパーで、彼女も上海に働きに行っている。昭和二十三（一九四八）年六月、「猥褻陳列罪第一号」という名誉（？）な罪で逮捕されてもいる。彼女は大酒飲みでも知られ、結局、酒で死んだ。このあたりの事情は色川武大の『あちゃらかぱいッ』に詳しい。

伍一は食うに困り、やがて芸能人専門の指圧師として生計を立てるようになる。指圧師といっても修業したわけではなく、自己流である。しかも「指圧をやらせろ」と、ほとんど押し売りに近い。だが順はなぜか伍一を気に入っていて、小遣いなどもやっていた。愛子と伍一との関係はもちろん知っていた。しかし、会えばお互いに肩をたたきかねないほどの仲だった。順も伍一については「トリマカシイ」という短編（『文藝春秋』昭和二十九年十二月号に発表）で書いている。犬を連れたサンドイッチマン、土屋五郎というのは彼のことだ。

そういう伍一だから、石田愛子の消息もよく知っており、順に「間もなく一周忌だ」と話したのである。

もう一つ、日記に出てくる「染太郎」というお好み焼き屋についても触れておく。

染太郎というのは林家染太郎のことで、彼はもともと桂小文治門下の落語家だったが、途中で林家染次郎と組んで音曲漫才を始め、人気者になった。しかしその染太郎が出征したため、妻のはるが「女でもできる商売を」と浅草で始めたのがお好み焼き屋。亭主の名前から「風流お好み焼　染太郎」

という店名にした。順の行きつけのお好み焼き屋で、「如何なる星の下に」で一躍有名になった。亭主の染太郎は昭和十五（一九四〇）年に死んだが、はるはその後も商売を続け、多くの人々に愛された。順のほか坂口安吾（小説家・評論家。一九〇六～一九五五）や野坂昭如（作家・作詞家・歌手・政治家。一九三〇～二〇一五）、渥美清（一九二八～一九九六）なども贔屓にしたお好み焼き屋で、店はいまでも繁盛している。林家染太郎は「如何なる星の下に」では「森家惚《ほれ》太郎」で、お好み焼き屋の屋号も「惚太郎」となっている。

友人・石光葆に殴られ奮起

少し話が先へ進み過ぎたので、愛子が四十男と出奔したときに話を戻す。

順が書いた昭和八年三月九日の日記がある。治安維持法違反で検挙され、ひどい拷問を受けて余儀なく転向、ようやく釈放されて家に戻ったら妻の愛子がいなくなっており、半狂乱になった直後の日記である。

順の日記は大正十四（一九二五）年の七月末、一高二年生の夏休みに入ったところで一度終わる。理由ははっきりしない。そして丸八年を経過した昭和八年三月九日、再び書き始められる。その日記の冒頭部分を紹介する。

三月九日

うらぶれ果てて、発表の場所をもたぬ私であるが、人一たび生れてこうと思い込んだ目的を中途で自ら挫折させるのは、自らをはずかしめることだ位の覚悟はまだ残っている。気を強くして絶えず修業を怠ってはならない。その為、この手帳を買う。同人雑誌で文学修業をやってきた私は、発表の場所のない現在、その悪癖に徒に身を委ねていたら、私のペンはますます萎び枯れて行く一方ではないか。私はその悪癖をうちひしいで、心のうちに浮んだことを上手に筆に出す技術を絶えず磨いていなくてはならぬ。「芸」の修業だ。それに、常に心に何かを創造する、そのプロセスにも油を注ぐことを怠ってはならぬ。ポカンとしていたら、心に錆びがきて、だんだん動かぬことになるだろう。

とはいえ、この年に順が書いた日記は、この三月九日、三月十一日、そして十二月三十一日だけ。三月十一日から十二月三十一日の間には、日付のないものが思い出したように少し書かれただけだった。順は「小説で食ふことは半ば諦め、一生、同人雑誌をやって送る覚悟であった」と「自己を語る」(『高見順全集　第十七巻』所収)で書き付けているが、そんなときに文学仲間の荒木巍《たかし》(一九〇五〜一九五〇)から「一緒にやらないか」と同人誌『日暦』創刊に参加するよう求められた。

荒木の本名は下村是隆。荒木巍はペンネームで、第五章で紹介した同人雑誌『集団』の仲間だ。『集団』のときの「下村恭介」もペンネームだ。

その頃、雑誌『改造』では毎年懸賞小説の募集をしていた。今の芥川賞のように、これは権威のある文壇への登竜門で、荒木はその懸賞小説に「その一つのもの」という作品で入選、昭和八年五月号の『改造』に発表された。そのとき使ったペンネームが荒木巍だ。そして七五〇円の懸賞金を得たので、それを基礎にまた昔の仲間たちと新たな同人誌を始めることにしたのだ。

この荒木の誘いに順は喜んで応じた。新田潤、神山健夫、石光葆、渋川驍《ぎょう》など、文字通り昔の文学仲間が集まった。

順の同人誌歴は『廻転時代』に始まり、以降『文藝交錯』、『大学左派』、『十月』、『時代文化』、『集団』と続いてきて、『日暦』が七度目の同人雑誌であった。順が「秋から秋まで」を発表した『左翼芸術』は左翼芸術同盟の機関誌で、同人誌ではない。

その『日暦』の創刊号が出たのは昭和八年九月二十日。小説は新田潤の「煙管《きせる》」、大谷藤子の「伯父の家」、石光葆の「羽搏《はばたき》」、そして順の「感傷」の四編で、あとは評論だった。『日暦』にはのち円地文子も参加している。

順は苦しみながらなんとか「感傷」を書き上げたが、そのあとはほとんど書けなくなった。特高に拷問を受けて転向せざるを得なかったこと、妻の愛子が出奔したこと、この二重の屈辱に歯を食いしばって耐えるのに精一杯で、小説を書く精神的余裕はまったくなかったのである。

苦悩を紛らわせるため武田麟太郎や新田潤らと毎晩のように銀座をカンバンまで飲み歩き、あるいは浅草を彷徨して、傍目にも自堕落な生活を送っていた。「感傷」以降、一年間はまるで小説を書かなかった。その間、創刊号に載った新田潤の「煙管」が好評を博し、『文学界』や『文藝春秋』といった有名雑誌から小説の注文を受けるようになった。渋川驍は「竜源寺」で広津和郎（小説家・評論家。一八九一～一九六八）から激賞されて文壇の注目を浴びた。大谷藤子も『改造』の懸賞小説が入賞し、『改造』作家になった。ひとり順だけが取り残されてしまっていた。

そんな順の姿を見かねた石光葆がある夜、順を殴りつける。

『日暦』が何号か出た頃、同人會の席上で、酒の廻った石光が私の胸倉を取って、苦しみに甘えるのもいい加減にしろと言った。滅茶苦茶な私の生活振りに対して、かねて同人たちは私に忠告をしてくれてゐたが、さうした激しい直言は初めてだった。友情の故の罵りと分ってはいたが、私は何をと歯向った。石光は涙をぽろぽろとこぼしながら、こいつ、この馬鹿野郎と、私を殴った。（高見順「『故旧忘れ得べき』の頃」）

これで順は立ち直った。石光に殴られて奮起したのである。その意味で石光葆は順の恩人だったといえよう。

間もなく順は新しい恋愛に出会う。相手は水谷秋子という名古屋出身の女性である。この恋人を得ることで、小説など書く気がしなかった順の心に、新しい光が射してきた。

順は「石光、書くぞ！」といって、猛然と「故旧忘れ得べき」を書き出した。

第七章　再出発

第一回芥川賞候補に

「故旧忘れ得べき」の連載は、雑誌『日暦』第七号（昭和十年二月発行）から始まった。それまでの『日暦』は二、三カ月に一度の発行だったが、順が猛烈な勢いで書き出したため毎月発行することになった。そして昭和十年七月発行の第十一号まで計五回で、原稿用紙三〇〇枚を書き上げた。「故旧忘れ得べき」は第十節（章）まであるが、そのうちの第八節前半までをこの『日暦』に書いた。

この『日暦』は同人誌ではあったが、順の連載が始まるとにわかに文壇でも注目され、読んだ誰もが感心した。そして第五回まで連載が終わった時点で、思いがけず第一回芥川賞候補になったのである。この小説は、のちに「饒舌体」と呼ばれる順独特の文体で書かれている。まず冒頭部分を紹介してみる。

そろそろ頭髪《かみ》をからねばならぬと思ひついてから半月も経ち、かうボサボサに成ってはどうしても今夜こそはと固い決心をしてからでも、尚三日ばかり経って漸くのことで、躑躅《つつじ》の盆栽を沢山並べたその理髪店の敷居を小関は跨ぎ得た。ここは小関にははじめての店で郊外の町並が切れかかった外れにある。餘りはやらない理髪店らしい貧相な内部の様子に小関は眼を配り、安堵の溜息といっしょに、病気をしたのでと汚い頭に手をやった。無精髭をはやした店主は小関が店にはいった時、いらっしゃいともなんとも挨拶しなかったがこの小関の辯解を耳にしても、別段、はァそうですかとも言はず、小関にはそれが小関のウソを咎める沈黙のやうにとれ、瞬間顔をハッと赤くし、赤く成った自分の顔を鏡の中に見ると、小関は一層ドギマギし、椅子に躓いたりした。やはり無言の儘、客の頭に櫛を入れだした中老の床屋の顔を、鏡を通してチョロチョロとうかがひ乍ら、理髪代位倹約なさらんでもとか、ボウボウにのばした方は大概病気を口實になさるのが手でとか、そのしぼんだいやらしい口許から今にも毒舌が出てきそうでドキドキした。その機先を制するやうなつもりで小関は、オール・バックにして下さいと言った。床屋は、え？　と言ってその耳を小関の顔に近付け、小関はギョッとしたが、すぐにこのしなびた床屋が耳の遠いことを諒解し、すっかり安心して身體も寛いだ。

転向者としての「恥」の感覚を散髪屋に行く場面から書き出し、以下、こうしたモノローグ（独白）が果てしなく続く。改行は極端に少なく、また通常カギ括弧で示される会話はすべて地の文に織り込まれている。その独特な文体が新しく、「饒舌体」と称されたのである。

主人公である小関健児は小さな出版社に勤めている小心翼々たるサラリーマン。母と妻との三人暮らしだ。東京帝国大学の学生だった小関は左翼運動に参加したものの治安維持法違反で逮捕され、特高警察の刑事から激しい拷問を加えられ、やむなく転向したという経歴を持つ。とはいえ、この小説でそうした具体的な過去が語られているわけではない。ただ、自分もかつては左翼の闘士だったという秘かな自負心だけで生きている様が、その過去を示しているのだ。

物語はこの小関を中心に、左翼崩れのかつての仲間たちとの再会と交流、そしてウダツが上がらない小関が銀座のバーで出会った秋子との恋愛が絡み合って進んでいく。奔放な秋子は小関の旧友・篠原辰也の恋人だったのだが、ふとしたきっかけで小関と結ばれることになる。秋子のモデルは、順と結婚する水谷秋子であることはいうまでもない。

ちなみに順は「故旧忘れ得べき」でこう秋子を描写している。


秋子を良く知らない人は、その顔、そしてその歩き振りから、ほほう拗ねて居ると思ふに違いないが、笑うと非常に愛嬌が溢れ、その笑顔を以てしては想像もつかない程、彼女の素顔は冷淡をきはめ、気の弱い小関などの眼には怒ってゐるとさへ映じる所の、一種つッかかってくるような線をその素顔は見せてゐるのである。そしてその歩き振りも、乳房の程良く張った胸を真すぐにそらせ、顔を昂然といった風にあげ、ハンドバックは小脇にかかへるのではなく、今にも落しさうにして手にぶるさげ、その手も勿論あいてゐる手も大膽に振って歩く格好は、所謂プリプリして拗ねてゐるやうに観察せられるが、それが彼女の普通の歩き方なのである。

胸のモダモダを吐き出す

この小関はもちろん著者である順自身の投影なのだが、副主人公ともいうべき篠原辰也もまた順の分身であろう。大学卒業から十年、小関は心ならずも安月給のサラリーマン生活に甘んじていたが、篠原は才気あふれるモダンボーイであり、女たらしになった。また松下長造というかつての活動家は妻の経営するマネキンクラブを実効支配、ヒモ同然の暮らしをしている。内務省に入っていまやある県の特高課長になっている男もいる。そして「黒馬」こと沢村稔は検挙されて左翼運動とは縁を切り、喫茶店のコックに。その後、行政裁判所の臨時雇いになり、次いで競馬場に職を得た。ようやく生活が安定しかかったとき、なぜか沢村は自殺した。

沢村を追悼するために集まった大学時代の友人たちは、それぞれが沢村の思い出を語り、最後に小関がみんなで歌をうたおうという。この長編小説のラストの部分はこうだ。

酔拂った小関は沢村追想の意味で「故旧忘れ得べき」を歌はうじゃないかと言った。―コキュー？　篠原が言った。cocu の意味に間違へたのだ。―コキュー忘れ得べきとはなんだ。―古い友だちを忘れることができようか。Should Old Acquaintance Be Forgot……。小関が小声で歌ひだした。―「蛍の光」ぢゃないか。―そうだよ、日本語にすれば「蛍の光」。―よし、澤村離別の意味で、ひとつやらうか。

「蛍の光」がしめやかに歌ひだされた。そしてそれは、次第に座の全體にひろがって行った。どういう譯で「蛍の光」を歌ふのか、皆は解せぬのであったが、矢張り歌ひたい気持があった。歌ふというより口をあけて胸のモダモダを吐き出すやうな侘しいヤケな歌聲であった。

大学時代に左翼運動に加わり、やがて脱落していった男たちの頽廃と虚無を描いたこの「故旧忘れ得べき」を、順はどういう気持ちで書いていたのか。単行本『故舊忘れ得べき』（人民社刊。一九三六年。復刻版は一九七四年に日本近代文学館が発行）の「あとがき」で、順はこう記している。

この小説がこの半年中断してゐたのは、各種の外的の事情もあるけれど、ひとつは筆者の心ちの変化もある。當時、私はこれ又各種の事情からものごとの暗い方にばかり鼻を突き込み眼を注ぐことから、どうしてもぬけられなかった。私の五臓六腑にはその為、汚い臭い奴がいっぱいつまり、そのドロドロした眼もあてられない奴を小説的な形式のうちに思ひ切り吐きだしてくれやうと考えた。「故舊忘れ得べき」はさうしたなんともいへないゲロであって、もしかすると小説ではなかった。しかし私はゲロであればいいとし、小説的であらうがなからうがかまはなかった。確かに小説といふものはこんなものではないに違ひないと私は充分省ることができた。そして矢張り小説を書きたいと私は悶え、そのためには先ずもってゲロをすっかりなくし、セイセイしてからでないと駄目だとした。讀者を頭においての仕事ではなく、實に不遜極まる、私自身のための仕事であった。その仕事を小説として見たらどこからも褒められる點はありえないと固く信じていた。だから非難が来たら、これは小説でなく他のものだ、小説はこれで腹のなかを掃除して後に書くから、まあ待って下さいと言ふ心算でいた。そのやうに既に自己防衛の言葉も用意してゐた。

それだけに芥川賞候補になったのは順としても意外だった。引用した「あとがき」に「この半年中断していた」とあるが、前に触れたように、同人誌『日暦』で原稿を三百枚書き上げた時点で芥川賞候補になったのだが、晴れがましい事態になったためびっくりし恥ずかしくなった順は、あとが書けなくなったのだ。そして半年後、雑誌『人民文庫』でようやく結末までを書いた。

この第一回芥川賞にノミネートされたのは以下の五作。それをまず紹介する。

石川達三（三十歳）「蒼氓《そうぼう》」
高見順（二十八歳）「故旧忘れ得べき」
太宰治（二十六歳）「逆行」
外村繁（三十二歳）「草筏」
衣巻省三（三十五歳）「けしかけられた男」

選考に当たった委員は久米正雄、佐藤春夫、室生犀星、小島政二郎、瀧井孝作、佐佐木茂索、菊池寛、横光利一の八人だ。

選考をめぐり、いささか醜態を演じたのが太宰治（本名・津島修治。一九〇九〜一九四八）だった。太宰は、自分の理解者である佐藤春夫に何度も「賞を頂きたい」との手紙を書き、また選考委員の一人・川端康成（選考日当日は欠席）にも「なにとぞ私に与えてください」という懇願の書簡を送っている。

川端康成が高く評価

しかし結局、第一回芥川賞を受賞したのは石川達三（一九〇五〜一九八五）の「蒼氓」だった。貧しい農民たちが夢を抱いてブラジルに渡ったものの、厳しい現実に何度も打ちのめされ、しかしそれでも彼の地に根を下ろそうと決意するまでを、自分がブラジルに移民として渡った（一九三〇年）経験をもとに描いた作品である。まずは妥当な選考だったといえよう。

順の「故旧忘れ得べき」をもっとも高く評価したのは川端康成（一八九九〜一九七二）だった。川端は「故旧忘れ得べき」についてこう語っている。

「最も面白く読んだ。或は『蒼氓』より高く買われるべきであろう。今日のインテリ世態小説としても、重要な地位を与えられるべきものだ。欠点は作者の才能の裡にあるというものの、やすやす軽じ得る小説ではない。」

また瀧井孝作も

「実に雄弁で、読んで面白かった。宇野浩二氏の往年の作風に似通うものがある。」

とほめている。

選にもれた四人には『文藝春秋』に新作を発表するチャンスが与えられ、順が「起承転々」、太宰が「ダス・ゲマイネ」、外村が「春秋」、衣巻が「黄昏学校」を書いた。順の「起承転々」がトップに掲載され、川端康成は時評で取り上げてほめてくれた。

「起承転々」は、順が「物語は起承転結で終わるが、この人生には結はない、との思いで『起承転々』とした」と語っているように、主人公である貧乏医大生・印南が、雅子という女性とのなれそめから破局までの経緯を延々と語る。第一級の作品とはいえないものの、読者に「これが高見順の饒舌体か」と知らしめた。細部にリアリティーがあり、川端康成が時評でこの作品を取り上げたのは理由なしとしない。

芥川賞にノミネートされ、受賞こそ逃したものの川端康成に高く評価されたことで、順への原稿依頼は急に増えた。順は雑誌『行動』（八月号）に「蝙蝠《こうもり》」を書き、『中央公論』に「私生児」を書いた。「私生児」については第一章で触れた通りである。これで父親の阪本家との関係が悪化する。

順はその他、『文藝』、『若草』、『婦人画報』といった雑誌、さらに『東京朝日新聞』、『都新聞』、『時事新報』、『国民新聞』などにも随筆や時評を次々に書いた。友人の石光葆は「にわかに文壇へおどり出ると同時にジャーナリズムに大活躍を始めだしたのである。見事なデビューぶりであった」（前掲『高見順　人と作品』）と記している。

水谷秋子と結婚

順が二度目の結婚をしたのは「故旧忘れ得べき」が芥川賞の候補作になり、選考が行われている最中だった。

相手は順が「新しい恋愛を得た」と書いた（第六章）、そして「故旧忘れ得べき」に「秋子」のモデルとして登場する名古屋市出身の水谷秋子である。順は昭和九（一九三四）年、銀座のバーで働いていた秋子と出会った。

秋子は明治四十四（一九一一）年九月一日生まれで、順より五歳近く年下である。両親が早く亡くなったため兄の鋼一（のちに名古屋新聞＝現在の中日新聞の記者になった）と二人、祖母の手で育てられた。名古屋市にある愛知県女子師範学校（現在の愛知教育大）に在籍していたが中退して上京、働きながら英語を勉強するつもりでバー勤めを始めたのは昭和九年六月からである。

働いている銀座のバーに順は最初、武田麟太郎と一緒に訪れた。順は秋子にとって兄貴のような感じで、恋愛のことなどなんでも話せる存在だった。文学少女でもあった秋子にはボーイフレンドが多く、いわゆるモガ（モダンガール）だった。順も出会った最初から秋子に惚れ、武田麟太郎に「どうして俺は、こういう手に負えないようなのにしか惚れないいんだろうなあ」と愚痴だかノロケだかを話していた。

そんな秋子が大勢の崇拝者たちをソデにして順と結婚する気になったのは順からの手紙を読んでからだった。秋子がこう語っている。

> お友達に誘われて、奥日光にスキーにいった時のことです。その留守に高見が私のアパートに訪ねてきて、いい手紙を置いていってくれたんです。
> 「自分は、ちゃんとした作家になれるかどうかは別として、なろうと決心している。だけど、君にやれスキーだの、何だのっていう華やかな生活を約束するわけにはいかない。君はそういうことのほうが好きで、身にも合ってる感じがするから、お金に余裕のある男性と結婚して、贅沢に暮らしたほうが君らしくていいと分った。ただし君を、

順と出会った頃の水谷秋子

いつまでも幸せであってくれと願って見つめている、ひとりの男性がいることを、生涯忘れないで胸にとめておいてくれ」というような手紙。もっと上手に書いてありましたけどね。

それで、ほんと参っちゃったの。（多田淳子編『ソクラテスの妻たち』スリーエーネットワーク）

秋子に結婚を申し込む男は多かったが、こんな手紙を書ける者はいなかった。そこで秋子は順との結婚を承知したのである。二人は昭和十年七月三日、甲田正夫夫婦の媒酌で結婚した。甲田正夫は雑誌『日暦』の同人である。順二十八歳、秋子二十三歳だった。

順は再婚なので、「披露宴」と銘打っての結婚祝賀会ではなく、ちょうど芥川賞にノミネートされていたので「高見順を叱咤鞭撻する会」という名目の会を新宿の喫茶店「白十字」で開いた。順の発案で、この会は五十五銭の会費を取って開かれた。

その会に現われたのが先妻の石田愛子で、前述のように田村泰次郎と十返肇が連れてきたのである。もっとも、順は小説「神経」で自分が鮎子、すなわち石田愛子を祝賀会に呼んだかのように書いている。

妻は、私が鮎子と別れて二年ほど経ってから私のところに嫁いできた。鮎子との一件も知ってゐたし、鮎子をモデルにして書いた私の小説も讀んでゐた。そこに何の包みかくしもなかったが、なほ一層こだはりにないようにと思って、友人が私のために開いてくれた第二回結婚祝賀會といふのに鮎子にも来て貰ったりして、妻と鮎子と友だちに成って貰った。さうして私たちは、自分で言ふのは可笑しいが、円満な家庭を築いたのである。

順は同年、東京市大森区（現在は大田区）入新井の二階建て一軒家に引っ越した。二階が八畳と三畳、一階が八畳、三畳、三畳と台所で、それまで麻布に住んでいた母・コヨを呼び寄せ、同居することに。家賃は三二円と高かった。当時の大卒初任給は六〇円から七〇円で、外資会社に勤める順は高給取りだったとはいえ、常に質屋との縁が切れなかった。生活費のほか、交際費や小遣いもかさんだからだ。

秋子によると、当時、東京帝国大学の卒業証書は大変いい質草で、かなりお金を貸してくれたそうだ。いくら高くても必ず親が受け出しにくるから絶対に流れないのだ。順も卒業証書を質屋に持って行くつもりで、まず母コヨに見せたところ、コヨは神棚に上げて朝晩拝み出したため、ついに質屋に持って行くのはあきらめた。

秋子が嫁に行ったとき、コヨは「芳雄は一中、一高、東大。どんなお宅からもお嫁の来手があった」と言ったため、秋子は庶民の娘が入り込んじゃって悪いことをしたと思ったようだが、その後、秋子とコヨの仲はよく、事情を知らない人はコヨと秋子が親子で、そこへ順が養子に入ったのだと錯覚したほどだ。

二・二六事件

こうして順が鮮烈な文壇デビューを果たし、また二度目の結婚をした翌年の二月二十六日、大事件が起きた。二・二六事件である。この事件については順の代表作「いやな感じ」や未完の大作「激流」でも取り上げられている。

昭和十一（一九三六）年二月二十六日未明、降りしきる雪のなかを陸軍皇道派青年将校が下士官・兵およそ千四百名を率い国家改造・統制派打倒を目指してクーデターを起こし、首相官邸、警視庁などを相次いで襲撃した。そして斎藤実内大臣、高橋是清蔵相、渡辺錠太郎教育総監を射殺、また鈴木貫太郎侍従長に重傷を負わせた。官邸にいた岡田啓介首相は女中部屋の押入れに隠れて奇跡的に助かった。

二・二六事件が起こった直接のきっかけは、荒木貞夫（陸軍軍人。一八七七〜一九六六）と並ぶ皇道派の頭目である真崎甚三郎（陸軍軍人。一八七六〜一九五六）教育総監が岡田内閣の林銑十郎陸相によって罷免されたことにある。真崎甚三郎を尊敬していた相沢三郎陸軍中佐がそれに憤激、統制派の中心人物である陸軍省軍務局長・永田鉄山（一八八四〜一九三五）を斬殺（昭和十年八月十二日）したことで、皇道派と統制派の対立が激化したのだ。

二・二六事件を機に統制派による皇道派の粛軍が行われ、皇道派は一掃された。そして岡田啓介内閣が倒れて広田弘毅内閣が誕生、陸軍の発言力はますます大きくなっていく。

二・二六事件が起きたのを見て、ジャーナリストの桐生悠々（一八七三〜一九四一）は彼の作った個人雑誌『他山の石』でこう書いている。

　だから、言ったではないか。国体明徴よりも軍勅明徴が先きであると。だから言ったではないか、五・一五事件の犯人に対して一部国民が余りに盲目的、雷同的の賛辞を呈すれば、これが模倣を防ぎ能わないと。だから、言ったではないか、疾《と》くに軍部の盲動を誡めなければ、その害の及ぶところ実に測り知るべからざるものがあると。だから、私たちは平生軍部と政府とに苦言を呈して、幾たびとなく発禁の厄《やく》に遭ったではないか。国民はここに至って、漸く目さめた。目さめたけれどももう遅い。

この記事は二・二六事件直後の三月五日発行の号である。まさに肺腑をえぐるような鋭い言葉で、そのまま現在の政治状況にも当てはまる。国民が気づいたときはもう遅いのだ。

桐生悠々は昭和八（一九三三）年、反軍部の社説「関東防空大演習を嗤ふ」で『信濃毎日新聞』を追われ、退社したのち個人で出し始めた雑誌が『他山の石』であり、昭和九年六月一日号から昭和十六（一九四一）年八月二十日号まで全一七六冊を残して桐生悠々は喉頭がんのため世を去った。この『他山の石』には悠々が読んだ一〇〇冊を超える注目すべき外国文献が紹介されている。ハロルド・ラスキ「国家の理論及び実際」、G・D・H・コール「世界経済の動向」、オーエン・ラチモア「衝突の揺籃・満州」などなどだ。悠々はすべて原書で読破した。『抵抗の新聞人　桐生悠々』を書いた作家の井出孫六は、同書でこう記している。

それらを、悠々の筆に導かれるままに読んでいけば、当時の満州帝国が名ばかりのカイライ政権であり、中国大陸に広がる日本軍の戦線は面はおろか線にもならず、辛うじて点を守っているにしかすぎぬこと、日米もし戦わば石油の保有量だけで勝敗は目に見えるようなものだということが、手に取るようにわかる仕組みになっているではないか。近衛内閣が蔣介石政権相手にせずと声明して、汪精衛というカイライ政権づくりに奔命しているとき、悠々はラチモアやスタインやエドガー・スノーの情報から「中国共産党関係人名要覧」をかかげて百人近い人名リストを正確につくりあげ、内部の勢力関係をも的確に描きだしている。まだ大多数の日本人が毛沢東の名ひとつ知らず、中国紅軍を〝匪賊〟としか呼ばぬ時代、それは誰もなしえなかった「他山の石」のスクープだったといわなければならない。

『他山の石』の多くの記事は「対満行動誣謗《ふぼう》」や「革命示唆」や「反戦思想醸成」の廉《かど》で発行禁止になった。逆にいえばそれだけ桐生悠々の記事は軍部の痛い所を衝いたのである。

ファシズムの手が文学にも

この二・二六事件に反発するようにして出されたのが順の友人である武田麟太郎主宰の雑誌『人民文庫』である。前述のように、雑誌『日暦』で連載した「故旧忘れ得べき」は三〇〇枚を書いた時点で芥川賞候補になり、恥ずかしくなった順はそれ以降半年間ほど原稿が書けなくなっていた。しかし武田麟太郎に続きを書くよう強く要請され、残りの一〇〇枚ほどをこの『人民文庫』に書いた。単行本『故旧忘れ得べき』が昭和十一（一九三六）年に『人民文庫』から出版されたのはそういう事情からだ。以下、順の「昭和文学盛衰史」から引く。

『人民文庫』が創刊されたのは昭和十一年三月である。その創刊号ができたのは二月十五日ころで、十日ほど経つと二・二六事件が勃発した。大雪の朝、青年将校に率いられた反乱部隊が警視庁、内務省、参謀本部、陸軍省、朝日新聞社などを襲い、斎藤内大臣、渡辺陸軍教育総監、高橋大蔵大臣を殺害した。赤坂の料亭「幸楽」を本部にして、反乱軍は官庁街を占拠した。

翌日、戒厳令がしかれ、鎮圧の軍隊が遠巻きに反乱軍を包囲した。いつ、市街戦がはじまるかわからない状態だった。そのころ大森に住んでいた私は、新橋駅で降りて、内幸町へ様子を見に行った。それから先は行かれない。大阪ビルやその前の東拓ビル（今はなんという名か）の廊下は鎮圧軍の兵隊の泊り場所になっていた。その兵隊から何か聞き出そうと思って私が質問しても、兵隊は唖のように無言の首を振るだけだった。

——『文芸懇話会』の事務所は、当時、この大阪ビルにあった。（文藝春秋社も、このビルの五階にあった）この『文芸懇話会』は、元警保局長松本学主宰の右翼的文化団体『日本文化聯盟』から出た金で昭和九年に作られたもので、表面は単なる文芸振興というような顔をして、会員に島崎藤村、徳田秋声、正宗白鳥等の大家から横光利一、川端康成まで網羅していたが、明らかにこれはファシズムの手が文学へと伸ばされたものだった。機関誌『文芸懇話会』の巻頭にかかげられたその宣言に「文芸懇話会は、思想団体でもなければ、社交倶楽部でもない。忠実、且つ熱心に、日本帝国の文化を文芸の方面から進めてゆこうとする一団である」とあって、さりげない言い方の奥に隠された意図がちらついている。

順が文中で言及した松本学（一八八七〜一九七四）は東京帝国大学出身の内務官僚で、昭和七年、五・

一五事件のあと警保局長になった。特高警察の総元締めのような存在で、共産主義運動取り締まりなど、徹底的な治安対策を行った人物である。

『人民文庫』創刊号では、平林彪吾（詩人・小説家。一九〇三～一九三九）と上野壮夫（詩人・小説家。一九〇五～一九七九）がこの『文芸懇話会』の正体について書いている。順は前述のように「故旧忘れ得べき」の続編を、また武田麟太郎は「井原西鶴」を書いた。

なお、順が「昭和文学盛衰史」で触れている内幸町の「東拓ビル」にはコロムビア・レコードのスタジオがあった。旧左翼の友人たちが順に昼飯をタカったのはこのビルにある食堂である。

話は少し先に飛ぶが、この年（昭和十一年）の十月二十五日、『人民文庫』のメンバー一五人が検挙される。新宿の大山《だいせん》という喫茶店で「徳田秋声研究会」を開いていたところ、淀橋署の刑事に踏み込まれて順たち全員が逮捕された。純然たる文学研究の集会だったのだが、無届けだったので手錠をかけられ淀橋署まで連行されたのだ。『人民文庫』という名称が「怪しい」と睨まれた理由らしく、翌日には全員が釈放されたが、これがきっかけとなって『人民文庫』は結局、昭和十三年一月号をもって廃刊となった。当局の左翼弾圧がいっそう激しくなり、出るたびに発禁になる雑誌が相次いだためだ。これが原因で順は浅草に部屋を借り、その結果「如何なる星の下に」が書かれるのだが、これについてもあとで詳しく書く。

順は二・二六事件後の昭和十一年五月、評論「描写のうしろに寝てゐられない」を『新潮』に発表してこれまた注目を浴びた。小説というものの核心である「描写」も客観的共感性が感じられなくなって、いまでは平和を失った。十九世紀的な小説形式そのものへの懐疑がすでに台頭している――として饒舌的説話形式を主張、既成リアリズムの克服を目指す考えを示したのだ。

さらに順は同年六月から初の新聞小説「三色菫《すみれ》」を『国民新聞』で連載し始めた。そしてそれを機にコロムビア・レコードを退社した。コロムビア・レコードには昭和五年五月から昭和十一年六月まで、満六年間勤めたことになる。いよいよ筆一本でやっていく腹を固めたのだ。

高見順と淡谷のり子

ここで少し歌手・淡谷のり子について書いてみたい。順とどういう関係があるのかと訝《いぶか》る向きもあろうが、まんざら無関係ではない。

まず順と淡谷のり子は同じ年の生まれである。そして順が丸六年間勤務したコロムビア・レコードに淡谷のり子も専属歌手として契約していた。淡谷のり子は昭和六（一九三一）年から昭和二〇（一九四五）年まで十四年間、コロムビア・レコードの専属だった。川崎の本社や内幸町のスタジオで二人はおそらく何度もすれ違っているはずである。また順の同僚で、やはりコロムビア・レコードに勤務しながら小説を書いていた玉川一郎との関係もある。

玉川一郎（一九〇五～一九七八）はコロムビア・レコードでサラリーマン生活をしながらせっせとユーモア小説を書き続けた男で、昭和十五（一九四〇）年には「人情サキソフォン」が直木賞候補になっている。同じ雑誌に順と玉川が書くことも多かったし、二人とも浅草の喫茶店「アンヂェラス」の常連だ。昭和二十（一九四五）年三月九日夜から十日の東京大空襲のあとも、順は玉川が無事だったかどうか気になって日比谷の東拓ビルに立ち寄っている。東拓ビルには日蓄（旧コロムビア・レコード。

敵性語だというので、片仮名文字の会社は社名を変えさせられた）のスタジオがあり、順がコロムビア・レコードに在籍していた頃の玉川は同ビルの広告宣伝部にいたが、いまは文芸部の所属だという。玉川一郎はあいにく不在だった。あとで知ったのだが、玉川の本郷の家も空襲でやられたのだった。その玉川一郎はコロムビア・レコードでは淡谷のり子のレコード宣伝担当だった。

淡谷のり子は青森出身。十六歳で上京、東洋音楽学校（現在の東京音楽大学）声楽科に学び首席で卒業、その春に開催されたオール日本新人演奏会では母校を代表してドイツオペラ「魔弾の射手」の第二楽章「アガーテの詠唱」を歌って「十年に一人のソプラノ」と絶賛された。

卒業した昭和四（一九二九）年は世界大恐慌の発生した年で、その影響は次第に日本にも及び、クラシックでは生活できなくなったのり子は流行歌を歌い始める。そのため「低俗な歌を歌った」として卒業名簿から抹消されてしまう（のちに復籍）。

初のヒット曲は昭和六年に出した「私此頃憂鬱よ」。そして日中戦争が勃発した昭和十二（一九三七）年に「別れのブルース」が大ヒットした。翌年の「雨のブルース」もヒットし、以降のり子は「ブルースの女王」と呼ばれるようになる。

日中戦争が激しくなると、街には「贅沢は敵だ！」のポスターが溢れかえった。男はスフ（人造繊維）入りのペラペラの国民服、女はモンペを奨励された。しかしのり子はドレスと真っ赤な口紅、アイシャドウ、赤いマニュキアをやめなかった。愛国婦人会のタスキをかけた女性がのり子を見て、「この非常時に贅沢は敵です」と色をなしてのり子に詰め寄っても、「これは私の戦闘服よ。ボサボサの髪で舞台に立てますか。兵隊さんが鉄兜をかぶるように、歌手のステージでの化粧は贅沢ではありません」と意に介さなかった。

しかし歌う歌についても、やがて厳しく制限されるようになる。淡谷のり子のようなバタくさい歌を歌わせておくのはけしからん、という声が大きくなってきたのだ。「別れのブルース」や「雨のブルース」などは暗くて軟弱だということで、歌うのを禁じられた。昭和十五（一九四〇）年には内務省警保局から「時局にふさわしい歌と服装を」という警告も受けている。

のり子は「軍歌を歌え」と盛んに軍部からいわれたが、ほとんど軍歌は歌わなかった。

戦時下での彼女の渾名は「山猫」だった。気が強く、いわばたった一人で軍部・時流と戦っていたといってもいい。淡谷のり子については作家であり評論家の吉武輝子が『ブルースの女王　淡谷のり子』（文藝春秋）という優れた伝記を書いている。そこから一部を引用する。戦争末期、九州の特攻基地を巡演していたときのことである。

ある基地でのこと、急造のステージの袖からのぞくと、会場の隅の方に白鉢巻きをした兵隊たちが二、三十人かたまって坐っているのが見える。まだ二十歳にみたぬ童顔を残した若者たちだった。

「淡谷さん、あそこに白鉢巻きをして坐っている兵隊たちは特攻隊員です。命令が出れば、ただちに出撃しなければなりません。あるいは歌の途中で中座することになるかも知れませんが、そんな事情ですので、お許しください」

中年の将校が沈痛な面持ちでわびるように言った。十分に生きたとは言えない若者たちを、死に追いやる者のつらさが、その声音ににじんでいるのが感じられた。ああ、せめて自分の歌が終るまで居て欲しい――のり子は祈るような思いで歌いつづけた。だが、祈りもむなしく、歌の半ばで少年たちは静かに立ち上がると、一人一人のり子に敬礼をして去っていく。のり子は歌を歌いながら、敬礼をされるたびに頭を下げてこたえていたのだが、もう涙が出たら止まらなくなってしまった。歌で感動させて泣かすのがわたしの仕事ではないか、どんなに悲しくても、お客さまに涙や泣き顔を見せてはいけないと、自らを戒めつづけてきたのり子である。だが、この時はせぐりあげる涙をどうしても止めることはできなかった。

「すみません。ちょっと泣かしてください」

のり子は兵隊たちに背中を向けて泣き続けた。たとえ生命を奪われるようなことになろうと、人を死に追いやる軍歌を決して決して歌いはしない。のり子は、去って行った少年たちに誓約するように、何度も同じことばを心の中でくり返した。

舞台では絶対に泣かないのり子だが、このときばかりは涙が止まらなかったという。

父の死をラジオで知る

昭和十一年にコロムビア・レコードを退社したあとの順に話を戻す。

この年十一月に「思想犯保護観察法」が実施され、順は終戦に至るまで、しばしば保護観察官の訪問を受ける。同法は思想犯を公権力の監視下に置くことを目的とした法律で、治安維持法でかつて逮捕された者、逮捕されたが執行猶予・起訴猶予になった者などを厳しく管理するもので、「アカ」の烙印を押された者をいわば予防拘束的に監視するものだ。

順は当時のことをこう回想している。

旧ナルプ員の家へは、所轄警察の特高が絶えずやってきて、犯罪者扱いの居丈高な態度で動静の尋問をして行く。いつでも、しょっぴいてやるぞと残忍な威嚇《いかく》をして行く。「要視察人」というレッテルを一度貼られると、たえずそういう屈辱をなめさせられ、いつなんどき豚箱にぶちこまれるか分らぬ不安にさらされねばならなかった。今日からは想像のできない、息苦しい時代だった。私も「要視察人」だったが、その息苦しさは、思うだにぞっとするのである。(「昭和文学盛衰史」)

同年の十二月十六日、順はラジオで父・阪本釤之助の死を知った。急性肺炎で、釤之助は八十歳だった。この日、順は生まれて初めて母とともに阪本家を訪ねた。

阪本家で母コヨは釤之助の棺の前で焼香したが、順は棺の上に飾られた釤之助の写真を睨みつけ、焼香しなかった。

阪本家を訪れたときのことは、順の小説「人の世」(昭和十二年二月の『文芸』に発表)に詳しく書かれている。形は小説なので、ラジオではなく新聞で父の死を知ったということになっている。瀧代というのが母コヨで、瀧平が順だ。一部を紹介する。阪本邸に母と一緒に入った場面だ。

母は弔問客の誰彼を問わず、鄭重なお辞儀を繰り返している。いや、鄭重というより、それは卑屈な恐縮のように瀧平には見えた。ここからが引用。

母親の瀧代を抱きかかへて廊下を進んだ。部屋に入ると、勿論既に納棺をすませてあって、棺の左右に遺族と縁者が居並んでいた。瀧平は滾《たぎ》る敵意に眉をあげ、瀧代の両肩をわざとふかぶかと抱いて棺の前に進んだ。みんな、見ろ、この可哀想な母親を。だが、今は俺がついているぞ。お前たちの迫害や軽蔑から俺が守ってゐる。いいか。そういった気持であった。

棺の上に父親の寫真が飾ってあった。瀧平はその寫真をジッと見入ったが、生前遂に會へないままにかうして死に別れて行く父親といふ感じは何故か来ないのだ。惨めに身をこごめて焼香をしてゐる哀しさとだけしか寫真の主を結びつけさせない、荒涼とした風が瀧平のうちに吹き通ってゐた。子を生ませたきり、棄てて顧みなかった非道の男。さう見られるだけで、むごいが懐しい父としては迫らない。して又、子といふのが瀧平以外の者のやうにしか考へられない。

「――さあ、御焼香を」

瀧代の聲に、瀧平は首を振った。「僕はしない」――瀧代の聲を聞くと、こんな他人行儀で三十年間會へなかった男と別れねばならぬ瀧代が、瞬間、可哀さうで可哀さうで、堪らなくなり、焼香を拒むことによって、その想ひをあらはし度いとしたやうだった。

棺を離れた母子が襖近くに坐ると、父から貴族的な顔立ちを受け継いでいる、瀧平とは腹違いの兄弟であり詩人のSが手をついて言った。

「故人を責めないで下さい」

「僕は、その」

瀧平は母親を顧みた。責めはしないが、母親が可哀さうなのだと言おうと思ったが、瀧代はすこしも憐れな顔を見せてゐない。居並ぶ人々への虚勢からか、今はしゃんとした恰好で膝の上につつましく手を合わせている。瀧平はさうした瀧代が意外であり、又快かったが、瀧代にかはって自分がその本心を告げねばならぬと感じた。

「――今更言っても仕方のないことですが、御生前に一度でもいいですから、お眼にかかって……」

ここまで言ふと、豫期せぬ涙がさっと迸り出た。瀧平は背を刺された如くにがくりとし、倒れようとする自分を畳に手をついて支えた。Ｓが狼狽して何か言ったが、耳にも熱い涙が溢れ出たかのやうで、何も聞こえない。

不思議な涙であった。さっと迸ると、すぐ止まった。そして激しい苦々しさがべとりと瀧平の心に残った。

「歸らう、おかあさん」

邪慳に瀧代の腕をつかんだ。瀧平が泣いた為、瀧代の眼はカラカラに乾いてゐた。

人々に瀧代は慇懃に挨拶をした。このたびは慇懃であって、卑屈ではなかった。瀧平は普段は強がってゐる自分が土壇場になるとボロを出し、瀧代が大事なところでは違った女のやうに強くなる自分を持し得るのを見せられた。

文中のSというのは銈之助の二男の阪本越郎である。詩人でありドイツ文学者で、順の腹違いの兄（一歳上）だ。喪主であるはずの阪本家の長男・阪本瑞男は、なぜ銈之助が死んだというのにいなかったのか。

この点については順も書いていないが、阪本瑞男は当時、外務省条約局第三課長としてドイツのベルリンにいた。日独防共協定締結のためである。これは共産主義に対する共同防衛を目的とするもので、ソ連を仮想敵国とする秘密協定も含まれていた。日本側全権は駐独大使・武者小路公共（一八八二〜一九六二）。作家・武者小路実篤の兄である。同協定は銈之助が死ぬ二十日ほど前の十一月二十五日に締結されたばかりだった。当時は東京と欧州間は船旅でおよそ四十日間近くかかったから、たとえ阪本瑞男がすぐベルリンを出発できたとしても、十二月十六日の葬儀には間に合わなかっただろう。阪本瑞男はのちスイス公使のときナチス・ドイツがもはや限界にきたことを本国（日本）に打電、終戦工作に奔走することになるが、そのことは後述する。

この日独防共協定には一年後イタリアも参加、これによって第二次世界大戦のいわゆる「枢軸国」が結成される。そして日独伊防共協定を発展させたものが一九四〇（昭和十五）年に結ばれた軍事同盟・日独伊三国同盟で、この三国同盟結成に英米は激しく反発し太平洋戦争の大きな原因となる。

盧溝橋事件が勃発

阪本家を訪れて意外な母コヨの強さを知った順は、翌年の昭和十二（一九三七）年、食うためにひたすら小説を書き続けていたが、七月になって飛驒（岐阜県）へ取材旅行に出かけた。小牧ダム建設をめぐる「庄川流木争議」の取材である。庄川流域の有力土木会社と、建設を進める電力会社の激しい争議を題材にした小説を書こうと思ったのだ。

この取材旅行の結果、順は「流木」という小説（昭和十二年に雑誌『文芸』に発表）を書いた。順には珍しいノンフィクションのような作品である。あるいは順は、仕事上の行き詰まりをこの作品で打開しようとしたのかもしれない。

その取材旅行中、順はまたまた日本が中国で大事件を起こしたことを知る。七月七日に起きた盧溝橋事件であり、それが引き金となって日中戦争が勃発したのだ。

盧溝橋は北平《ペーピン》郊外を流れる永定河《えいていが》に架かる石造りのアーチ橋。北平の南西約二十キロにある。北平は北京のことで、一九二八年六月から一九三七年十月までは北平と呼ばれていた。

盧溝橋事件は一九三七（昭和十二）年七月七日、中国軍が日本の支那駐屯軍（関東軍とは別組織の軍隊）に向かって数十発の弾丸を不法発砲したのが端緒だとされている。支那駐屯軍は翌朝、すぐさま中国軍を攻撃して戦闘状態に入った。

事件の真相は今でもはっきりしない。陰謀は日本が満州でさんざん行ってきた「お家芸」だし、またこの事件は中国共産党の陰謀だとする見方もある。ただ、どちらが先に手を出したにせよ、あるいは偶発的な発砲だったにせよ、このときを日本の支那駐屯軍が待っていたのは間違いない。盧溝橋を「不法に」占領する絶好の口実になったからだ。当時、現地にいた支那駐屯歩兵第一連隊の連隊長を務めていたのが牟田口廉也（一八八八〜一九六六。のち中将）。現場の指揮官が「中国側から発砲があったから」と反撃許可を求めた際、牟田口は「断固戦闘を開始して可なり」と返答、ここに盧溝橋事件が勃発した。

こうした現地の動きに対し、日本国内、ことに陸軍部内では戦争拡大派と不拡大派の対立が激化した。当時の近衛内閣の陸相・杉山元（一八八〇〜一九四五。最終階級は元帥）、陸軍次官・梅津美治郎（一八八二〜一九四九。同大将）、軍務局長・後宮《うしろく》淳（一八八四〜一九七三。同大将）などの陸軍省派は拡大派であり、参謀次長・多田駿（一八八二〜一九四八。同大将）、参謀本部第一部長・石原莞爾などの参謀本部派は不拡大派だった。

第五師団長板垣征四郎中将も不拡大派を支持したの如く見え、杉山、梅津の勢力を追い出すため華北から近衛に呼び戻されたが、豈図《あに》らんや彼も華北五省独立論者だったのである。これは近衛の一期の不覚だった。当時杉山と多田の対立ははげしく、杉山を支持するものに陸軍の巨頭としては南（朝鮮総督）、小磯（朝鮮軍司令官）、海軍としては末次（当時の内相）で、拡大派の勢力がはるかに優勢で、不拡大派を圧倒していった。（森正蔵著『解禁　昭和裏面史　旋風二十年』ちくま学芸文庫）

同年七月十日の臨時閣議で政府は「不拡大方針堅持」を申し合わせたものの、事態は拡大の方向へ進んだ。

劣勢の中、もっとも激しく反対したのは満州事変の立役者・石原莞爾だった。当時の参謀総長は閑院宮載仁親王（一八六五〜一九四五）で皇族、また七十二歳の老齢だったため、本来は参謀次長の今井清（一八八二〜一九三八。最終階級は中将）が参謀本部を束ねる立場だったのだが、今井は重病の床にあり（翌年死去）、参謀本部第一部長の石原が事実上のトップだった。石原は「この際、断じて戦火を中国本土に拡大してはならない。いまは新興・満州国を全力で育成するべきである。満州の建設がうまくいけば中国の民心は自ずと日本に靡《なび》き、世界の列強も満州を承認せざるを得ないだろう」と杉山陸相などの翻意を促したが、その間にも事態は拡大の一途を辿った。その石原と真っ向から対立したのが和知鷹二（一八九三〜一九七八。最終階級は中将）・支那駐屯軍参謀で、森正蔵の前掲著書によると和知は「石原が現地の軍事行動を阻止するなら彼を殺す」とまで言明したという。石原はやがて中央を追われて関東軍参謀副長に転出させられる。ブレーキ役がいなくなり、日中戦争は八月十三日には上海にも拡大（一九三二年に続く第二次上海事変）、激しくなる一方だった。この年の十一月六日には前述の日独伊防共協定を結び、同十二月十三日には南京を占領、大虐殺事件を起こす。もはや取り返しのつかない段階に立ち至っていくのだ。

第八章　戦時下の順

浅草・五一郎アパート

南京陥落で蔣介石の国民政府は首都を重慶に移した。蔣介石自身は陥落前の十二月七日、飛行機で南京を脱出している。

石原莞爾たち不拡大派は駐華ドイツ大使のオスカー・トラウトマンを通じて日中和解工作（一九三七年十一月から一九三八年一月十六日まで）を行ってきたが、南京陥落で前記のように強硬派が台頭、国民政府の回答が遅れたこともあって近衛内閣の杉山元陸相、広田弘毅外相らは中国側に誠意がないと主張、結局一九三六年一月十六日、日本政府は和平交渉を打ち切り「国民政府を相手にせず」という声明（第一次近衛声明）を出している。南京陥落翌日の十二月十四日夜、東京も大阪も祝勝提灯大行列で壮観をきわめた。国民は「皇軍」の勝利に酔いしれたのだ。

そんな状況下、順は翌昭和十三（一九三八）年春、浅草田島町の五一郎アパートに仕事部屋を借りた。同アパートは浅草芸人の曽我廼家五一郎が経営するアパート。五一郎はもともと「浅草の喜劇王」と呼ばれた曽我廼家五九郎（一八七六〜一九四〇）一座に所属、〆太《しめた》と名乗っていたが、やがて独立して五一郎一座を作った。五九郎のライバルとなった五一郎は、一時、浅草・江川劇場や浅草・オペラ館の経営権も手に入れ、浅草六区近くでアパート経営にも乗り出した。これが五一郎アパートで、住民のほとんどは芸人だった。浅草寺《せんそうじ》境内にある浅草公園は明治十七年に区画整理され、その六番目の区画だったことから六区と呼ばれる。

順の借りた部屋（六畳一間）は三階にあり、家賃は月一二円。小さな机のほかは布団一組、座布団、洗面器、手拭い、灰皿、コップなど最低限の身の回りの道具だけだった。引っ越しは秋子夫人も手伝った。なぜこの時期に浅草に仕事部屋を借りたのか、その理由について順はこう書いている。

昭和十三年ごろといえば私は浅草の五一郎アパートという、住居者のほとんどは芸人の、汚いアパートに部屋を借りて、六区を毎日ぶらぶら、ほっつき歩いていた。戦場とはおよそかけ離れたレヴィウ小屋の楽屋などに入りびたっていた。こうして一種の韜晦《とうかい》生活に身を沈めていたと言えば体裁がいいが、実際は、いわゆる「左翼崩れ」の私には雑誌社から従軍のすすめなどはなかったからであり、そして当時の重圧的な空気は息がつまるみたいだったから、浅草で息抜きをしていたのである。（「昭和文学盛衰史」）

永井荷風（明治四十二年に「すみだ川」を発表）をはじめ、幸田露伴（一八六七〜一九四七）、山田美妙（一八六八〜一九一〇）、石川啄木（一八八六〜一九一二）、北原白秋（一八八五〜一九四二）、吉井勇（一八八六〜一九六〇）、谷崎潤一郎（一八八六〜一九六五）、久保田万太郎（一八八九〜一九六三）、それに昭和に入ってからは川端康成（一八九九〜一九七二）と武田麟太郎など、浅草に惹き付けられる作家は多い。
ことに順が意識したのは川端康成の「浅草紅團」と武田麟太郎の「日本三文オペラ」だった。川端康成の「浅草紅團」は昭和の初め、浅草に登場したレビューの踊子を中心に路地裏に生きる人々の生活を活写した作品で、また武田麟太郎の「日本三文オペラ」は浅草のアパートの住人たちのおかしな愛欲とたくましい生活力を描いたリアリズム小説だ。
また浅草が舞台ではないが、永井荷風の「濹東綺譚」も順の意識にあったようだ。「濹東綺譚」は向島区（現・墨田区）にあった私娼窟・玉ノ井を舞台にした荷風の最高傑作といっていい作品で、娼婦お雪と荷風自身を思わせる作家との出会いと別れを美しくも哀れに描き出している。荷風は順を嫌っていたというか避けていたが、順は荷風を尊敬しており、浅草を舞台にして荷風の「濹東綺譚」のような小説を書ければと思っていた。ここで荷風が順のことをどう思っていたのかを紹介しておく。荷風はその日記（「断腸亭日乗」）で何度か順のことに触れているが、これはその一つで昭和十五（一九四〇）年六月十六日の日記だ。

此日到着の郵便物の中に文士高見順といふ面識のなき人、往復葉書にてその作れる戯曲を浅草公園六区楽天地にて上演すべし。会費を出して来り見よといふが如き事を申来れり。自家吹聴の陋実に厭ふべし。

やはり悪意のある書き方である。

次は人民文庫といわれ戦慄

順に五一郎アパートを紹介したのは井上光という一高時代の友人である。井上は左翼運動に関係したことがバレて学校を追われた人物。いわゆる左翼崩れの一人で、女房は踊子の南洋子である。順の浅草生活は、のち代表作の一つ「如何なる星の下で」として結実するが、この小説で「但馬」という名前で登場するのが井上光で、またレビュー・ガール「嶺美佐子」として出てくるのが井上の妻・南洋子だ。

当時の順について、評論家の神崎清はこう書いている。

「いわゆる満州事変からはじまった日本の侵略戦争が、中日戦争のかたちでさらに大きくハゼかえって、つぎの太平洋戦争への導火線に火をつけたのが、昭和十二年七月のことであった。その年の十一月には、日独伊防共協定をむすび、世界のナラズ者と手をにぎって、もはやとりかえしのつかぬことをしている。労働者のメーデーが禁止され、ストライキが犯罪となった。すでに日本共産党の弾圧に成功した軍閥政府は、十二月にはいると、「人民戦線グループ」(山川均・大森義太郎・加藤勘十ら)を大量検挙した。この軍部の恐怖政治は、すこしでも左翼がかった組織をつぶして、一切の戦争反対分子を投獄しなければおかない勢いをしめしていた。「このつぎは、『人民文庫』の番だよ」と、消息通の新聞記者におしえられて、あわてだしたのが高見であった。」(『名作とそのモデル』東京文庫刊)

山川均（社会主義者。一八八〇〜一九五八）ら労農派グループの大量検挙は昭和十二年十二月十五日である。南京大虐殺事件が起きた二日後だ。東京の警視庁が検挙した者だけで百九人、以下、大阪、京都、神奈川、兵庫、愛知、静岡、福岡、新潟、福井、秋田、岐阜、大分、和歌山、岡山、北海道でも検挙者が相次ぎ、総計四〇〇人が一斉に検挙された。マルクス主義理論一派はほとんど根こそぎやられたことになる。この次は『人民文庫』の番だといわれて順があわてたのも無理はない。順たち勤務しながら妻子を養っている者は『人民文庫』執筆者グループを解体して政治色の少ない商業雑誌にしようと考え、これに対し生活の責任のない議論好きの青年たちは反対して、事務局の意見は真二つに割れた。前記のように、結局、『人民文庫』は昭和十三年一月号をもって廃刊になるのだが、その解体で政府の追及を免れたと思いほっとした順は、次に『新公報』なる雑誌のメンバーになった。この雑誌は順の一高時代からの友人である高洲基の出資で出ることになった。友人の新田潤もメンバーに加わった。

しかし、これが武田麟太郎の怒りを買った。順や新田が『人民文庫』をつぶしておいて、今度は勝手に新雑誌を出したことが気に食わなかったのだ。この『新公論』は第三号で廃刊になったが、それ以来、武田と順の仲がしっくりいかなくなった。こうしたゴタゴタで心身ともに疲れきった順は、癒しと気分転換を求めて浅草の人混みの中へ逃げ込んだのだ。

『名作とそのモデル』を書いた神崎清（一九〇四〜一九七九）は、かつて同人誌『辻馬車』のメンバーだった。同誌は武田麟太郎と武田の中学時代の同級生だった藤沢恒夫が大阪高校（現・大阪大学）時代の大正十四（一九二五）年に作った同人誌で、香川県高松市出身で兵庫県立第二神戸中学校から大阪高等学校へ進んだ神崎も中心メンバーの一人だった。神崎は東京帝国大学文学部国文学科を卒業している。順より三歳年上だ。

「如何なる星の下に」が評判に

浅草でいくらか生気を取り戻した順は、長編小説「如何なる星の下に」を改造社の雑誌『文藝』誌上に、昭和十五年一月から翌十六年三月にかけて計一二回にわたって連載し、評判を取った。「如何なる星の下に」というタイトルはロマンティシズムあふれる美文で知られた評論家・高山樗牛《ちょぎゅう》（一八七一〜一九〇二）の「わが袖の記」から採ったものだ。一応、高山樗牛の文章を紹介しておく。

「如何なる星の下に生れけむ。われは世にも心よわき者たるかな。暗にこがるるわが胸は、風にも雨にも心して、果敢《はか》なき思をこらすなり。花や採るべく、月や望むべし。わが思には形なきを奈何《いか》にすべき。恋か、あらず、望か、あらず……」

順は自らの小説のタイトルを詩から採ることが多い。「故旧忘れ得べき」は前に書いたように日本では「蛍の光」として知られるスコットランド民謡の歌詞からだし、「わが胸の底のここには」は島崎藤村の「落梅集」から採っている。藤村の詩はこうだ。「吾胸の底のここには　言ひがたき秘密《ひめごと》住めり　身をあげて活ける牲《にえ》とは　君ならで誰かしらまし」。

また「都に夜のある如く」はポール・ベルレーヌの「都に雨の降るごとく　わが心にも涙ふる　心の底ににじみいる　この侘しさは何ならむ」（鈴木信太郎訳）のもじりだし、「胸より胸に」は与謝野晶子の「詞にも歌にもなさじ　その日　そのとき　胸より胸に」から採っている。

逆にいえば、順は学生時代から多くの詩を読み込んでいるということだろう。順が詩人でもあることは十分納得できる。

遅くなったが、ここで「如何なる星の下に」の内容を紹介しておく。

小説家の「私」は仕事場のつもりで浅草にアパートを借りた。しかしいっこうに筆は進まない。というのも、K劇場に出ている小柳雅子という十七歳のレビュー・ガールに心を奪われ、いつも小柳のことばかり考えているからだ。ある日、「私」は行きつけの「惚太郎《ほれ》」というお好み焼き屋に行った。そこに「ミーちゃん」と呼ばれている若い女性がいた。名前は嶺美佐子。店と台所の間をこまめに行き来している彼女は、店員ではなく、かといって客でもないようだった。聞くと元T座の踊子だったが、いまは舞台に出ていないので店を手伝っているようだった。

「私」はお好み焼きを彼女に焼いてもらいながら、身の上話を聞いた。彼女には「但馬」という亭主がいるのだが、病気のため静岡に帰っているのだという。

美佐子は「倉橋」という名の「私」に、「あなたのことを知っている」という。レビュー歌手のゴロちゃんこと大屋五郎と「私」の元妻の鮎子は同棲していたのだが、大屋五郎には妻がいた。それが美佐子の妹の玲子で、亭主の五郎を鮎子が横取りしたため玲子は病気になり、喀血のあげく死んでしまったのだと美佐子は「私」に言った。

その夜、「私」のところに知り合いの朝野光男という男がやってきた。朝野は美佐子の亭主の但馬のことをよく知っていた。但馬は学生時代に左翼運動に関わって放校され、浅草に逃げ込んできた、いわゆる左翼崩れだという。

「私」は朝野に連れられて飲み屋に行き、いろいろ話しているうちについ小柳雅子の名前を口にした。「僕はただ彼女が舞台で踊っているのを客席の隅から見て、胸を躍らせているだけで……」というと、朝野は「なんじゃね、それは」とあざけるような笑いを浮かべる。そして明日は楽屋へ行って小柳雅子を紹介してやろうといった。

そして翌日、朝野は約束通り「私」に小柳雅子を紹介してくれた。小柳はきちんと坐り、スカートをしきりに引っ張って膝が出るのを隠そうとする。身体をすくめるようにしてうなだれ、何もいわない。まだ子供のようだった。ショーの幕間にお茶を飲もうということになり、舞台下の地下室で「私」と朝野がショーの終わるのを待っていたとき、朝野はギターを抱えたひとりの男を「私」に紹介した。瓶口黒須衛《ビングクロスビー》という売り出し中のボードビリアンだ。

別の日、売れない役者のドサ貫にばったり会った。ドサ貫は歩きながら「ミーちゃんにへんなまねをしないでくれ」といった。「私」の前の女房（鮎子）が玲子から大屋五郎を奪ったようなことをしないでほしいというのだ。

「私」はそんな気はないことを説明し、「踊子に一人だけ好きな人がいる。しかし、ただ好きなだけで、どうこうしようというわけではない」とドサ貫に告白した。それは誰かと尋ねられ、「私」はK劇場の小柳雅子だと答えた。するとドサ貫は立ち止まり、小柳雅子はミーちゃんこと美佐子の妹だという。美佐子のすぐ下の妹が死んだ玲子で、そのさらに下の妹が小柳雅子だというのである。「私」はびっくりした。美佐子は「私」が小柳雅子を好きなことを知っているくせに、妹であることをおくびにも出さないでドサ貫に「浅草の女に手を出すな」といわせたのだった。

レビュー・ガールの愛人

小柳雅子は十一月三日、明治節の日に戦地への慰問団に加わり、中国に渡った。

年が明け、朝野が前から企画していた「浅草を愛する会」の話が具体化してきて、第一回目はK劇場の連中を呼んで開くことになったので、「私」は朝野と話しているうち、K劇場の瓶口黒須兵衛が小柳雅子を強引に口説き落とした事実を知らされた。ここからは少し原文を引用する。朝野が「私」に瓶口と小柳雅子のことを教える場面だ。

「小柳雅子は瓶口にザギられたという噂ですな」

私の知らない隠語ではあったが、意味はピンとくる。ピシリと私の心を打った。

「ゴリガンで願っちゃったという話だが、――小柳雅子もひでぇカマトトなんですな。酒蛙酒蛙《しゃあしゃあ》としているそうじゃないですか」

ゴリガンというのは、……という意味の隠語である。これは私は聞き知っていた。

――いつか楽屋へ行った時、瓶口は私が小柳雅子に夢中なことを知っていて、「会は、小柳マーちゃんが帰ってからでしょうね」などと言ったものだが、その瓶口はその時分はもう小柳雅子をねらっていたのだ。

嗚呼《ああ》、私の小柳雅子よ。（人よ、私を笑ってくれ！）私の小柳雅子は遂に私から失われてしまった。

ザギるとは楽屋言葉で「犯す」の意、「ゴリガン」は無理やりに願うこと。これまた楽屋言葉である。それにしても瓶口黒須兵衛――ビング・クロスビーには驚いた。この頃ビング・クロスビーは歌と映画ですでに大スターだったが、彼は一九〇三年生まれ（～一九七七）だから順とは四歳違い。ほぼ同世代といってもいいだろう。瓶口黒須兵衛のモデルは「あきれたぼういず」（川田晴久、坊屋三郎、芝利英、山茶花究、益田喜頓）の一員、アメリカの喜劇役者バスター・キートンをもじった益田喜頓（一九〇九～一九九三）だという。

「如何なる星の下に」では若い踊子に対する純情な「私」のプラトニックな愛情を描いているが、実のところ順は浅草に愛人がいた。レビュー団カジノ・フォーリー（作中ではK座）の三條綾子である。カジノ・フォーリーは昭和四（一九二九）年七月に作られた軽演劇集団だが、二カ月後の九月にいったん解散した。しかし十月、エノケンこと榎本健一（一九〇四～一九七〇）を座長にして再出発（第二次カジノ・フォーリー）した。カジノ・フォーリーにはエノケンと結婚することになる花島喜世子や川端康成のご贔屓だった梅園龍子、堀辰雄（小説家。一九〇四～一九五三）と付き合っていた春野芳子、のちに優子と改名、参議院議員になった望月美恵子たちが出演していた。そのうちのひとりが順の愛人だった三條綾子なのである。

昭和二十九（一九五四）年に発表した「都に夜がある如く」で、順はこう書いている。

――私はその頃、浅草に取材した小説を書いてゐた。子供のような踊子に、プラトニック・ラヴともいうべき、はかない慕情を寄せる「私」なる人物がその小説に出てくるが、現實の私は情痴にまみれてゐたのである。當時は、戦時の検閲のきびしさのため、情痴小説は書き難いといふ事情もあったけれど、たとへ自由に書き得る状態でも、私は書かなかったらう。情痴の苦しさは、現實だけで澤山だった。

だが、その苦しい情痴が、暗い時代に生きる私の心の支えでもあった。暗い時代に私は抵抗したかったし、抵抗せねばならなかったのだが、私にはできなかった。闘はねばならぬといふことは百も承知の上で、私には闘へなかった。

長女・由紀子の誕生、そして死

順が「如何なる星の下に」の連載を始めた昭和十四(一九三九)年の五月二十日、長女・由紀子が誕生した。結婚して五年目、待望の女の子だった。順は意外なほどの子煩悩ぶりを発揮するが、翌年の十二月十七日、由紀子は蜜柑の食べ過ぎによる急性胃カタルで急逝した。わずか一歳七カ月の命だった。由紀子の発病と彼女の死までの事情は昭和十六(一九四一)年『婦人公論』に発表した「由紀子の死」に詳しい。順の昭和十六年一月二十六日の日記にはこうある。

旅に出る前というと、いつでもそうだが、このたびも――前の日徹夜して朝まで原稿を書いていた。婦人公論三月の「由紀子の死」。書きながら、幾度か泣きそうになった。だが、はじめに想ったほど書きづらくはなかった。いざ書きにかかるまでが苦しかった。死の記憶がなまなましいからである。だが書き出すと、冷酷な「悪魔」的な作家の眼の方が強くなったのであろうか、そう予想したほど苦しくはなかった。それを私は何かあさましいようにも反省するのだったが、書きながら泣きそうになって「これでいいのだ」とふと思って、またかえってこの方をあさましくも感じた。

ここで書いている「旅」というのは、「如何なる星の下に」の連載で挿絵を担当した洋画家・三雲祥之助（一九〇二～一九八二）との蘭印（現インドネシア）旅行のことである。以前から計画していた旅行ではあったが、傷心の順には気を取り直すきっかけになったようだ。またこの海外旅行の際、当時外務省に勤務していた異母兄・阪本瑞男の尽力があったという。

この旅行時、戦雲はいっそう近づいていた。

一九三九（昭和十四）年五月十一日にはノモンハン事件が起きている。満州国とモンゴルの国境ノモンハンで日本・ソ連両軍が衝突したのだ。日本は一万五〇〇〇人の関東軍を派遣したが、ソ連空軍・機械化部隊の反撃で日本軍は壊滅的打撃を受けた。また独ソ不可侵条約も締結（八月二十三日）されたため停戦。このノモンハン事件で軍部の対ソ開戦論は大きく後退した。

ナチス・ドイツとソ連は敵対しており、水と油の関係と見られていただけに、その両国の不可侵条約締結に仰天した当時の平沼騏一郎内閣は五日後の八月二十八日、「欧州の天地は複雑怪奇」と声明、総辞職してしまった（後継は阿部信行内閣）。そして直後の九月一日、ドイツ軍はポーランドに侵入、翌日英・仏がドイツに対して宣戦布告し、ここに第二次世界大戦が勃発する。

そして年末に召集された第七五議会で、斎藤隆夫の反軍演説が行われる。昭和十五年二月二日のことだ。まだ日米は開戦していなかったが、盧溝橋事件から本格化した日中戦争は開始以来すでに二年半も経ち、泥沼化していた。

斎藤隆夫（一八七〇～一九四九）は兵庫県の生まれ。東京専門学校（現在の早稲田大学）を出たあと米国イエール大学に学んで弁護士となる。その後政界入りし、憲政会、民政党に所属。一貫して軍部ファシズムに抵抗、昭和十一（一九三六）年の二・二六事件直後の議会で有名な粛軍演説を行った。第七五議会での反軍演説は四年前の粛軍演説と並び称されるものだ。

斎藤隆夫は支那事変勃発以来二年半の間に国民が払った犠牲――海を越えて彼の地を転戦する一〇〇万、二〇〇万の将兵、これを後援する国民が払った生命、自由、財産その他いっさいの犠牲は、すでに計り知れないと述べたうえでこう続けた。

「実にこのたびの事変は、名は事変と称するけれども、其の実は戦争である。而も建国以来未だ曽て経験せざる所の大戦争であります」

「しかるに事変以来の内閣はなんであるか。外においては一〇万の将兵が殪《たお》れているにもかかわらず、内においてこの事変の始末を着けなければならぬところの内閣、出る内閣も出る内閣も輔弼《ほひつ》の重責を誤って辞職をする。内閣は辞職をすれば責任はすむかは知れませぬが事変は解決けしない。護国の英霊は蘇らないのであります（拍手）」

間もなく軍部の中佐クラスが「聖戦を冒涜する非国民的演説だ」と騒ぎ始め、小山松濤議長は結局、斎藤隆夫の演説の三分の二を削除することを決めた。演説は議事録から削除され、さらに斎藤は懲罰委員会にかけられ議会から除名された。

陸軍の締め付け強化

こんな息の詰まるような昭和十五年頃のエピソードとして、順は『サンデー毎日』元編集長だった辻平一の回顧録について書いている（「昭和文学盛衰史」）。順のいうように「あの時代というものを実によく伝えている」ので、これを紹介しておきたい。順と辻は編集者と作家という関係を超えた親しい付き合いをした仲だ。

辻平一は明治三十四（一九〇一）年奈良県生まれ。昭和二年に大阪外語大学を卒業して毎日新聞社に入社、出版編集部長を経て『サンデー毎日』編集長になった。

辻の書いた『文芸記者三十年』にはいろんなエピソードが綴られている。以下は昭和十四年から十五年にかけ、まだ太平洋戦争は始まっていなかったものの、軍部の発言が非常に強力になってきた頃の話である。

昭和十五年の夏、陸軍報道部から『サンデー毎日』の編集責任者に至急出頭せよ、との電話がかかってきた。当時の大竹編集長は大阪に在勤していたため、辻平一はすぐ大竹編集長に連絡してその夜の急行に乗ってもらい、翌日辻は大竹編集長に同行して陸軍報道部に出頭した。

呼び出しをかけたのはS少佐だった。『サンデー毎日』の二人は少佐の机の前に立たされた。二人が座る椅子もなかった。日に焼けて黒い顔をしたS少佐はいがぐり頭で鋭い目つきをした男だった。名刺を出して出頭した旨を述べると一冊の『サンデー毎日』を突き出し、いきなり「これは何だ！」

という罵声を浴びせかけてきた。二人とも何を詰問されているのかわからず、S少佐の顔を見た。

「この表紙の絵だ。頭にものをのせて歩く。これは朝鮮の風俗だ。日本には古来からこんな風習はない」としゃがれた声できめつけた。編集長も、私も、びっくりしてS少佐のいかつい顔を見た。じょうだんじゃない。表紙の絵は大原女《おはらめ》を描いたものだった。一目瞭然、たれが見ても大原女だった。目次を見てもそう書いてあったにちがいない。

「これは京都の大原女です」大竹さんも、あまりの意外さに、思わず声をはずませた。（中略）S少佐はわれわれの返事には、一言も耳にいれていないようだった。その証拠には「うん」とも「そうか」ともいわなかった。つぎに目の前に出したのは、昭和十五年八月四日号の岩田専太郎の表紙絵だった。赤い模様のある風呂敷のようなもので、頭髪をつつみ、アゴの下で、結んでいる女の絵だった。ネッカチーフというのか、最近流行した真知子まきというのか、女がほおかむりをしている絵だった。

「これも外国の風習だ。こんなダジャクな、日本古来にないものを、どうして表紙絵として使うのだ」と、口調はきつかった。（中略）最後のとどめをさす時は、S少佐はスックと立ち上がっていた。「お前たちは新聞社の人間じゃないか。新聞は時勢を察するに明敏だ。すばやく、頭をきりかえてゆく。それなのに、おまえたちの頭はどうしてきりかえられないのか」と、しゃがれた声を大きくして、どんと机をたたいた。暑い日だったが、扇子をつかうのも忘れて立ったまま、説教をくらっていた大竹さんの、やせた顔も青ざめていた。（辻平一著『文芸記者三十年』）

以来、『サンデー毎日』の表紙の絵も写真も急速に変わった。

このS少佐というのは情報官として悪名高い鈴木庫三少佐（一八九四〜一九六四。最終階級は大佐）である。鈴木庫三は茨城県生まれ。砲兵工科学校（のち陸軍兵器学校）を卒業、陸軍士官学校、日本大学、輜重兵大尉、東京帝国大学文学部（陸軍派遣学生）、輜重兵少佐などを経て昭和十三（一九三八）年に陸軍省新聞班員、大本営報道部付となる。そして新聞班が「情報部」へ改称されたあと、昭和十五年には情報局第二部第二課勤務となっている。鈴木庫三は軍の威光を背景に絶大な権力をふるっていた。『講談社の歩んだ五十年（昭和編）』（一九五九年発行。非売品）を見ても、あちこちに鈴木庫三の名前が出てくる。

たとえば講談社の雑誌『講談倶楽部』に連載していた川口松太郎の「女浪曲師」はたびたび鈴木から「時局に沿わないから止めろ」といわれ、とうとう連載は打ち切られた。川口松太郎（一八九九〜一九八五）は第一回直木賞を受賞した小説家・劇作家で、連載中止を川口松太郎に報告に行った編集担当者は「軍部の圧力に抵抗し切れなかった。申しわけありません」と頭を丸坊主にして川口に謝った。岩波など、ほかにも鈴木庫三にやられた出版社は多かった。

傷心を癒すため蘭印旅行

順が三雲祥之助と一緒に蘭印旅行に出発したのは昭和十六（一九四一）年一月二十七日。神戸港から貨物船ジョホール丸で出帆し、二月十三日にジャワ島スラバヤに上陸した。途中、パラオ、メナド、マカッサルなどに寄港した。スラバヤには三月五日まで滞在し、バリ島にも二十日あまり逗留した。帰国のためスラバヤを出発したのは四月十五日で、北ボルネオのサンダカン、廈門《アモイ》、高雄などに寄って五月五日に神戸港に着いた。三カ月以上にわたる旅だった。

そもそもはバリ島（インドネシア）の踊りが素晴らしいというので、それを見に行こうと思ったのが旅のきっかけだった。仕事に行き詰まりを感じており、そのためか「南」への憧れがあったのだ。最初は昭和十五年暮れに予定していたのだが、娘・由紀子の死、それに旅券の関係もあって、渡航が延びた。「旅券の関係」というのは、すでに蘭印も「近く戦争になるのではないか」といわれ、旅行は危ないからと、なかなか旅券が交付されなかったのだ。前述のように、このとき外務省欧亜局長だった異母兄の阪本瑞男が骨を折ってくれたという。

昭和 15 年の順

十六年一月に神戸を出たときの私は、その年の十二月に太平洋戦争が勃発しようとは夢にも思わなかった。すでに仏印進駐があり、次は蘭印かという声もあり、何か物情騒然とはしていたけれど、だから渡航許可もなかなかおりなかったが、それにしてもこれから私の渡航しようというジャワに、その年のうちに、日本兵が入ろうとはおもわなかった。（前掲「昭和文学盛衰史」）

前年の昭和十五年七月二十七日、大本営政府連絡会議で「武力行使を含む南進政策」を決定、それに従って同年九月二十三日に日本軍は北部仏印へ進駐した。これを受けてアメリカは三日後の九月二十六日、「対日屑鉄禁輸」を発表している。そしてその翌日の九月二十七日、日独伊三国同盟が調印された。これでもはやアメリカとの開戦は不可避となった。

十月十二日大政翼賛会発会式、翌昭和十六年一月東條英機陸相が「戦陣訓」を示達、同七月二十五日アメリカが在米日本資産を凍結、同七月二十八日日本軍が南部仏印に進駐、同八月一日、アメリカが対日石油全面禁輸——と、もはや戦争に向かってまっしぐらである。

徴用令状の「白紙」が届く

順は帰国後、作品「バリー島の犬」、「諸民族」、「文学非力説」などを書き、ことに文学は文化を守ることも国民を起ち上がらせることもできないという「文学非力説」は衝撃を与え、一部の評論家や作家から非難されたものだ。

また順はこの頃から詩作を始めた。十七歳頃にはしきりに詩を書いていた順だが、その後は詩よりも小説に熱中しており、詩は書かなかった。その順が昭和十六年頃になって再び詩を書くようになったのである。順の「三十五歳の詩人」（中公文庫）には「昭和十六年九月十四日　駿台荘にて」としてこんな詩が書かれている。

詩人が私に向って嘆いて言うには

詩が失われたという　いまになって
詩を書きたく私はなった

夙《つと》に私は詩を愛していたが
詩が私のうちに失われた　いまになって
詩を書きたく私はなった

詩人のともだちが私のまわりで
詩を捨てて小説を書き出した
そして私は詩を書きたくなった

夙に私が詩を愛し詩を尊敬していた　その頃
詩人が詩をバカにした詩を矢鱈と書いていた
私は詩をバカにしたくないので詩を書かなかった

書きたいと思う私の詩が
詩か詩でないか分らないが
私はしかし詩が書きたいのである

私は詩神をあがめたいのである。

こうして実にいろんなことがあった同年（昭和十六年）の十一月中旬（この間、日記は中断しているが、おそらく十六日だっただろう）、順のもとへ「白紙」が届いた。軍隊への召集令状が「赤紙」といわれたのに対し、これは徴用令状の「白紙」である。

徴用令は正式には国民徴用令という。日中戦争の長期化に備え、日本政府は昭和十三（一九三八）年四月一日に国家総動員法を公布したが、この国家総動員法第四条（「政府ハ戦時ニ際シ国家総動員上必要アルトキハ勅令ノ定ムル所ニ依リ帝国臣民ヲ徴用シテ総動員業務ニ従事セシムルコトヲ得」）に基づき、軍需産業に必要な労働者を確保するために作られた勅令。必要な労働力を強制的に徴発できるようにしたのだ。昭和二十（一九四五）年三月にできた国民勤労動員令に吸収されるまでに約一六〇万人が徴用された。

昭和十九年三月には一般労働力に占める徴用労働者は二割にも達したが、このあたりから徴用制の拡大も頭打ちになり、いくら役所が出頭命令を出しても徴用数を確保できなくなった。そこで政府は学生や生徒、女子など未熟練労働力の強制動員に力を入れ出し、さらに朝鮮人や中国人の強制連行による動員に躍起になる。韓国とのいわゆる「徴用工問題」はここから生じたものだ。

「白紙」を受け取った順は、「おそらく炭坑にでも行かされるのだろう」と家族に語った。力仕事には向かない作家の自分を炭坑夫にしても始まるまいとは思っていたので、半分は冗談だが、半分は本当にそう考えた。

いずれにせよ、これでもう小説は書けない。その頃順は『婦人朝日』に連載小説を書いていたので、朝日新聞に電話し、連載の中断を申し出た。すると記者が「いや、もう、弱ったですな」と頭を抱えた。新聞の連載執筆者にも「白紙」がきて、社内では大慌てなのだという。当局がかねてから目を付けていた一部の作家だけに「白紙」がきたのだとばかり順は思っていたのだが、どうやらそうではなく、かなり広範囲に「白紙」が出されたらしい。

ビルマ方面へ派遣

順はともかく翌朝、指定された出頭場所の本郷区役所に赴いた。すると、行く途中の駅で同じく大森に住む尾崎士郎（一八九八〜一九六四）が乗り込んできた。やはり本郷区役所に行くのだという。尾崎は「人生劇場」でベストセラー作家になった小説家である。

「あなたも？」

と順は思わずいった。順と尾崎士郎は文学的立場がまったく違う作家だから、不思議だった。

「阿部知二のところへもきたそうですよ」

と順が朝日新聞の記者から聞いた話をすると、尾崎も

「石坂洋次郎のところにもきたそうだ」

という。

二人が本郷区役所へ行くと、二階の講堂に大勢の人間が集まっていた。

順は「おや？」と思った。集められたのは作家のみならず、新聞記者やカメラマンもいた。武田麟

太郎や島木健作、太宰治もいた。

やがて身体検査が行われた。やはり、ただの従軍ではなさそうだ。太宰と島木は胸部疾患の既往症ではねられたが、順は軍医がちょっと首をひねったが、「合格」になった。

合格者は改めて書類を渡され、その書類の記載事項はもとより、今日のことも一切、口外はまかりならぬといい渡された。その書類には任地「乙」と書かれていた。そして何日までに大阪の中部軍司令部に出頭せよとのことだった。夏服を持参すること、軍刀を用意することなども書かれていた。

のちにわかったのだが、彼らは全員、陸軍報道班員として徴用されたのだった。五班に分かれた作家たちの氏名と所属は次の通りだった。

［馬来《マレー》方面］会田毅、小出英男、神保光太郎、中村地平、寺崎浩、井伏鱒二、中島健蔵、小栗虫太郎、秋永芳郎、大林清、北川象一（冬彦）、里村欣三、海音寺潮五郎

［ビルマ方面］倉島竹二郎、山本和男、岩崎栄、清水幾太郎、北村透馬、榊山潤、豊田三郎、小田嶽夫、高見順

［ジャワ・ボルネオ方面］大宅壮一、阿部知二、浅野晃、北原武夫、大江賢次、富沢有為男、武田麟太郎、大木惇夫、寒川光太郎

［比島方面］沢村勉、石坂洋次郎、尾崎士郎、今日出海、火野葦平、上田広、三木清、柴田賢次郎、寺下辰夫

［海軍関係］石川達三、海野十三、井上康文、丹羽文雄、間宮茂輔、村上元三、湊邦三、山岡荘八、角田喜久雄、浜本浩、桜田常久、北村小松

順が大阪に入ったのは昭和十六（一九四一）年十一月二十一日。大阪に行くに当たって、友人や菊池寛が歓送会を開いてくれた。また順は外務省に異母兄の阪本瑞男を訪ねた。

別れの挨拶を言いに行ったというだけでなく、当時、欧亜局長をしていた彼から、この徴用の目的について何か暗示的なことでも聞けるかもしれないという気持で行ったのだ。行くと、緊急会議とのことで、局長室で待たされた。やがて、彼が沈痛な表情で私の前に現われた。

「身体をくれぐれも大事にするように……」

と沈痛な声だった。顔と言い、声と言い、これが今生の別れになるかもしれないと言わんばかりの沈痛さだったのは、間近に迫っていた対英米宣戦がすでに予知されていたのかとも思われる。（彼とは事実、これが最後の別れと成った。間もなくスイス大使として日本を離れ、赴任地で病をえて急逝した。大戦中の、中立国における外交官としての過労と心労が死の原因だったともいわれる。）（「昭和文学盛衰史」）

対米戦争に反対していた阪本瑞男は昭和十七（一九四二）年八月に駐スイス公使に就任が決まり、同十一月にベルンへ赴任。以後、全身全霊で情報収集にあたり、本国、つまり日本にたびたびナチス・ドイツの崩壊が近いことをかなり早い時点で打電している。たとえば昭和十八（一九四三）年三月には、ドイツの生産力と軍事力がすでに限界に達したことを報告している。ドイツの崩壊は時間の問題だと指摘したうえで終戦工作に奔走したのだ。

しかしヒトラーに心酔していた駐ドイツ特命全権大使の大島浩（一八八六〜一九七五）は「戦局はドイツに有利」との誤った戦況報告を出し続けており、阪本瑞男の報告は無視された。大島浩はもともと軍人で、最終階級は陸軍中将。日独伊三国同盟締結の立役者としても知られる。順がいうように心労がたたったのか阪本瑞男は彼の地で病を得、昭和十九（一九四四）年七月に客死している。

ついに日米開戦

阪本瑞男と別れて大阪に入った順は十一月二十三日に大阪の中部軍司令部に出頭、入隊した。そして十二月二日、大阪・天保山港から「あふりか丸」に乗船、一路サイゴンに向けて出航した。その途中の十二月八日、日米開戦を知る。当日の日記。

　朝食を取ろうとしていると、ラジオが日米間の交戦をつたえる。
　折から香港の沖合を航行中。
　一同厳粛な表情。

順の推察通り、阪本瑞男は日米開戦を知っていたと思われる。というか、すでに開戦は時間の問題だったのだ。

日米開戦に踏み切ったのは東條英機内閣だが、開戦に至るまでの経緯の中で無視できないのが内大臣・木戸幸一の責任である。

木戸幸一（一八八九〜一九七七）は周知のように明治の元勲・木戸孝允（長州出身。一八三三〜一八七七）の孫である。学習院から京都帝大に進み、農商務省（のち商工省）に入った。木戸と近衛文麿（一八九一〜一九四五）とは学習院、京都帝大（法学部）を通して同級生だ。その関係で第一次近衛文麿内閣の文部大臣兼厚生大臣で入閣、昭和十五（一九四〇）年には内大臣（内府）に就任した。以後、昭和天皇の側近として絶大な影響力をふるうようになる。

前章で少し触れたように、アメリカとの戦争がもはや不可避となった最大の要因は昭和十五（一九四〇）年九月二十七日に調印された日独伊三国同盟だ。アジア及びヨーロッパにおける三国の指導的地位の確認、また第三国（具体的にはアメリカを指す）から攻撃を受けた場合の相互援助、つまり自動参戦義務などを盛り込んだ軍事同盟で、ナチス・ドイツがアメリカと戦争になった場合、日本も自動的にアメリカと戦争しなければならなくなったのだ。

条約を締結したのは第二次近衛文麿内閣で、天皇は近衛を呼んで「この条約は非常に重要な条約で、このためアメリカは日本に対してすぐにも石油や屑鉄の輸出を禁止するだろう。そうなったら日本の自立はどうなるか。こののち長年月にわたって、たいへんな苦境と暗黒のうちにおかれることになるかもしれない。その覚悟がお前にあるか」と厳しく問い質したものだ。

その三国同盟を締結した際、木戸幸一は事前に元老・西園寺公望（一八四九〜一九四〇）に知らせなかった。のち木戸は西園寺が病気だったから、と言いわけしている。西園寺の健康状態が悪かったのは事実だったが、それを口実に西園寺を無視したのだ。理由ははっきりしている。西園寺は天皇同様、三国同盟に大反対だったからだ。

この三国同盟に関し、木戸幸一はさらにミスリードを犯す。作家・半藤一利はこう述べている。

昭和十六（一九四一）年六月に独ソ戦が始まったとき、昭和天皇は、これは二年前に独ソ不可侵条約を結んだドイツの完全な条約違反だから、この際日独伊三国同盟を廃棄したほうがよい、そして対米交渉をうまくまとめたほうがいいのではないかと言いだしました。そのとき木戸は、欧州の情勢をゆっくりと観察して対策を決定したほうがいい、などと言って、天皇のこの三国同盟脱退案を否定するのです。これはまことに残念だったと悔やまれてなりません。実にくだらんことを木戸はいいおったと。このとき同盟から脱退していたらどうだったでしょうか。（半藤一利・加藤陽子著『昭和史裁判』文藝春秋）

これを機に、それまでかなり奔放に発言してきた天皇は急に押し黙るようになる。木戸は三国同盟に関して西園寺公望に続き天皇の意向も無視したわけだ。

そして木戸の最大の失敗は東條英機を首相にしたことだ。

東條英機内閣誕生は昭和十六（一九四一）年十月十八日だが、それまでの第三次近衛文麿内閣は駐米大使・野村吉三郎をアメリカ国務長官のハルと交渉させ、ルーズベルト大統領との首脳会談で日米開戦を避けようとしていた。しかしルーズベルトはこれを拒否、ここに至って近衛文麿は内閣を投げ出した。総辞職である。

辞めるに当たって、近衛は後継首班として皇族の東久邇稔彦《ひがしくになるひこ》（一八八七〜一九九〇。最終階級は陸軍大将）を提案した。近衛内閣の陸相・東條英機も「東久邇稔彦殿下しかいない」と述べていたからだ。近衛文麿や企画院総裁の鈴木貞一が東久邇宮に出馬を促し、東久邇宮もそのつもりで心の準備をしていたが、最後になって木戸内府が「絶対反対」を明言した。そして木戸は東條英機を推挽したのだ。東久邇稔彦は自らの日記（十月十七日）でこう書いている。

夕方号外で、東條陸軍中将に内閣組閣の大命が降下したことを知る。私は、東條陸相に大命が降下したと聞いて、意外に感じた。東條は日米開戦論者である。このことは陛下も木戸内大臣も知っているのに、木戸がなぜ、開戦論者の東條を後継内閣の首班に推薦し、また陛下がなぜこれを御採用になったか、その理由が私にはわからない。私は東條に組閣の大命が降下したことに失望し、国家の前途に不安を感じる。（『東久邇日記』）

木戸は、もし東久邇稔彦総理のもとで戦争が起きれば、皇族が戦争責任を負わされることになるので、それは避けたいと考えた。東條ならその心配はないし、また彼なら軍部を抑えられるとも思案をめぐらせたようだ。しかし木戸の考えはまったく間違っていた。東條は日米開戦論者らしくすぐさま戦争に突っ走った。東久邇稔彦の懸念が的中したのだ。

第九章　順が見た戦場

ビルマの最前線へ

順がサイゴンに着いたのは昭和十六（一九四一）年十二月十九日。サイゴンは現在のホー・チミン市（ベトナム）で、順はここで船を降り、トラックで陸路バンコク（タイ）に向かった。途中、メコン川の支流を渡船で越え、カンボジアの首都プノンペンに到着。プノンペン出発は十二月二十七日で、年末も押し迫った十二月二十九日にバンコクに着いた。

明けて昭和十七（一九四二）年一月二日、宿舎で日記を書いているところに呼び出しがかかり、出動命令が出た。改造社のカメラマン・山村一平と二人でビルマ（現在のミャンマー）の最南端、ヴィクトリア・ポイントに行けとの命令だ。ヴィクトリア・ポイントはイギリス統治時代の呼び名で、現在のコートーン（コータウン）だ。

汽車、トラックを乗り継ぎ、対岸はビルマ領という川を船で渡りヴィクトリア・ポイントに到着。イギリス人やビルマ人の多くが逃亡、インド人のみ残っていた。消息不明の古月小隊の情報を聞く。古月小隊長は戦死とのこと。順はヴィクトリア・ポイントで南機関の三人にも会っている。南機関は一九四一年二月に設立された大本営直属の特務機関で、機関長は鈴木啓司・陸軍大佐。南機関はイギリスからの独立を目指すビルマの若者たちを支援、いったん中国・海南島などに国外脱出させ、徹底的な軍事訓練を施したのち再度ビルマに送り込んだ組織で、そのビルマの若者たちの一人にネ・ウィンがいた。当時三十一歳。彼は日本の敗色が濃厚になると抗日運動に参加、のち大統領になる。

順は一月十六日、ヴィクトリア・ポイントからバンコクに戻り、ただちに新聞原稿を書く。古月小隊奮戦詳報である。書き慣れない新聞記事なので、少し苦労する。

ラングーンの順

一月十七日、日本軍はビルマ進撃を開始した。

順はラングーン（現在のヤンゴン）攻略の第一線部隊に配属され、トラックでバンコクから北上、日本軍の工兵隊がジャングルを切り拓いて作った国境の山道を通ってビルマ領に入った。

日本軍のラングーン占領は三月八日。『高見順日記　第一巻』に「追記」として順が記したところによると、佐久間連隊とともにラングーンに突入する際、敵（英印軍＝イギリス・インド連合軍）の戦車隊に包囲され、連隊旗とともにゴム園に逃げ込んだ順は不眠のため意識が朦朧とし、肌身離さず持っていた日記のノートを落としてしまった。逃げるのに必死で寝るどころではなかったのだ。落としたことに気づいて探しに行こうとしたが、その場所はすでに敵に奪われていた。従って順の日記は一月

十八日から八月十五日まで中断されている。日記のノートをなくしてしまい、順は空白を埋めるためのちに記憶を辿って「追記」として「佐久間連隊」と書いているのだが、これは間違いだろう。ラングーンに突入、占領したのは作間《さくま》喬宜《たかよし》（一八九四〜一九六六。最終階級は少将）である。作間は当時、第三三師団第二一四連隊の連隊長（大佐）だった。その後はインパール作戦が発動するまでビルマ守備にあたっていた。

ラングーン作戦、それに続くマンダレー作戦が終わり、ラングーンに戻った順は再び日記をつけ始める。マンダレーはビルマ中央部にある古都で、ラングーンに次ぐ大都市。この美しい都市も日本軍が占領した。英印軍は総退却した。

ラングーン突入を記事に

そもそも日本軍がビルマに攻め入ったのはいわゆる「援蔣ルート」を壊滅させるためだった。

当時、中国の蔣介石政権は日本軍によって南京が占領されたため奥地（四川盆地）の重慶に逃れて抗日運動を続けていた。その蔣介石を支援するため英・米・仏・ソ連などの諸国が仏領インドシナ、ビルマ、ソ連、中国沿岸の各ルートを経由して軍事援助物資を送り込んだ。これが「援蔣ルート」で、中で最も大きいのがビルマ・ルートだった。

いったんビルマから敗走した英印軍は二年後、態勢を立て直してビルマ奪還を目指すようになる。そこで大本営はビルマ防衛を強化するため新たにビルマ方面軍を新設した。そして司令官・河辺正三、その隷下の第一五軍司令官に昇進した牟田口廉也中将（東條英機の子分）のコンビは、後方支援や補給をまったく考えずにインパール（ビルマに接するインド東端の都市。インドにおけるイギリス軍の拠点）を攻略しようとした。最終的にインド全土を制圧しようと考えたのだ。しかしビルマからインドに入るには深いジャングルに覆われた峨々たる山脈地帯を越えなければならない。補給のない日本兵は次々と飢えて死んでいく。作戦の提唱者であり「五十日でインパールを陥落させてみせる」と豪語していた指揮官・牟田口廉也（一八八八〜一九六六）はそれでも作戦（インパール作戦）をやめず、結局日本軍は投入した兵力約八万五〇〇〇人のうち三万人を失って敗走した。これほどの犠牲者を出しながら河辺も牟田口も責任を取らなかった。ことに牟田口は晩年に至っても「インパール作戦の失敗はすべて無能な部下のせいだ」と自己弁護を繰り返し、死んだ大勢の兵士への謝罪はついになかった。

順が帰国したのは翌昭和十八年一月十一日だった。一年と一カ月ぶりの帰国である。帰還してからの順は、ビルマに関する新聞用、雑誌用などの記事、さらには短編小説などをたくさん書いている。ちょっと挙げてみても「ヴィクトリア・ポイント見聞録」「ビルマ戦線へ」「マンダレーからラングーンへ」「帰っての独白」「ノーカナのこと」「ウ・サン・モンのこと」などなど、かなりの数に上る。

このうち、先ほど触れたラングーン突入の話を順は「帰っての独白」で書いているので紹介しておく。大事な日記用ノートを落としたときの戦闘情況である。

七日、二十時半進発命令下る。向うの時間で六時半。いよいよラングーン突入なり。一杯の水を飲みかはす。水盃なり（中略）。前方に激しい銃聲。砲聲。――既に十時間以上にわたる戦闘がそこで行はれてゐたのだ。先進部隊が、機甲部隊を有する敵と遭遇したのは八時四十分。戦闘約一時間ののちこれを撃破。そこへ敵の増援部隊がレグより現れた。戦車三。軽装甲車二。鉄板五サンチという頑強な戦車。我方は○○砲で、これを迎へ打った。三発ぶち込んでもビクともしない。（中略）

敵はマンダレーへの退路を遮断されまいとして、やられてもやられても、増援をよこした。はじめに五六百の敵。それが三四千に成った。十四時に成ると迫撃砲四門、山砲級の砲三門が加わった。十七時四十分、再び後方より戦車三来襲。二を擱座せしむ。十八時、装甲車二来襲。全部やっつけた。

二十時三十分。歩兵約三千が戦車とともに来襲。数を恃んで、戦車の前を悠々来る。前は植民地兵、そのあとに英兵。お定まりの配置だ。その敵兵のため、はじめ戦車は見えなかった。やがて見え出した。ごつい奴だ。あせる心を抑えて手許まで引き寄せる。○○砲は道路の脇に頑張っていた。まかり違えば、向うにやられる。じっと待たねばならぬ苦しさ。眼前に迫った。射った。當った。だのに参らないで進んでくる。（中略）本道を横断して、ジャングルに入った。頭をムキ出しにしてゐると、何か弾丸が當りさうな気がした。無防備の感じで、いけない。鉢巻をしてゐても、弾丸は防げないのだが。既に八日に入ってゐた。

ラングーンと覚しい方向の空が赤い。敵はラングーンに火を放った。猛火とおもはれる赤さ。真南だ。頭上に上弦の月。つい先程は満月だった。月の色は鈍く空は黒かった。薄気味の悪い黒さ。遠方の火は鬼気迫る赤さだった。

またビルマで順はビルマ作家たちと交流、ビルマ作家協会の結成に尽力した。ことにラ・ウー、ザワナといった作家と親交を結んだ。この二人は戦後に訪日、順と二十年ぶりの再会を果たす。

中国で甘粕正彦と会う

徴用を解除されて日本に戻った順は昭和十八年四月、神奈川県鎌倉郡大船町山之内に転居した。売り家があると聞き、秋子夫人と見に行き、購入することにした。金額は一万一〇〇〇円也。平屋で、玄関三畳、書斎四畳半、座敷八畳、茶の間と離れが各六畳、それにお手伝いさん用の三畳の部屋と台所。家は粗末だが、閑静で庭の広いのが気に入った。順は四月に入って福井など北陸各地で講演会を行っていたが、四月二十九日に帰京している。上野駅では秋子夫人の出迎えを受けた。引っ越しはその四月二十九日と五月一日の二回に分けて行った。母のコヨは大森の家に残るという。戦争が終わってから北鎌倉に移りたいとのことだった。

帰国後一年五カ月ほどは作家生活に没頭でき、東京新聞に長編小説「東橋新誌《とうきょうしんし》」を連載。戦時下の浅草を舞台にした作品だ。しかし戦況悪化で紙が少なくなり、半年で連載中止に追い込まれた。

順は翌昭和十九（一九四四）年六月、再び陸軍の徴用令を受け、今度は中国へ。これは日本文学報国会の推薦によるもので、同会は昭和十七年五月二十六日、内閣情報局と大政翼賛会の勧奨によって成立した団体。文学に対する国家統制の一環だ。順は「かねてシナへは勉強に行きたいとおもっていたので快諾する」と五月三十一日の日記に書いている。やはり報道班員という身分で、まず南京に行き、次いで上海に赴いた。今回は戦場を駆けめぐるようなことはなく、各地を見物したり、いろんな人に会ったりした。

十一月に順は南京で開かれた第三回大東亜文学者大会に出席している。順のほか長与善郎、豊島与志雄、火野葦平、阿部知二も参加した。武者小路実篤が団長だったが、病気のため不参加、代わって長与善郎が団長を務めた。その後、順は蘇州、北京を経て満州に行き、新京、奉天、ハルビン、京城に寄り、約五カ月後の十二月十日に帰国した。

北京と新京で順は満映理事長・甘粕正彦（第三章参照）に何度も会っている。最初に会ったのは昭和十九（一九四四）年十一月二十二日だ。場所は北京の在外公館。同日の日記に、

甘粕氏に会う。同氏の車で公館へ行く。六十五円で買ったとかいう立派なシナ家屋、今は何百万円とか。

カクテルを御馳走になり、いろいろ満州事情を聞く。新京での再会を約する。


とある。

次に会ったのは満州の新京（長春）。十一月二十六日、満州芸文協会の発会披露式があり、順たちはメインテーブルに案内された。披露式では甘粕正彦も挨拶した。終了後、甘粕は順を車でホテルまで送ってくれた。

この日、団長の長与善郎は式を欠席している。長与は大杉栄とは主義主張は違うが、大杉を殺した甘粕に会うことはできないと欠席したのだ。順は甘粕とはいかなる人物であるかと、作家的興味から

近づいた。

さらに十二月二十八日、甘粕の招待で満映に行く。満映の正式名称は満州映画協会で、一九三七年八月二十一日、満州国首都の新京特別市に設立された。理事長は甘粕正彦だ。満映の看板スターは李香蘭、のち参議院議員にもなった山口淑子（一九二〇〜二〇一四）であった。甘粕は順たちを満映の東洋一の大スタジオに自ら案内している。

甘粕の勧めで順はハルビンを見学に行き、新京に戻ったあとまた甘粕に会っている（十二月一日、十二月三日）。

この十二月一日、順は興味深いことを日記に記している。この日は「決戦芸文大会」なる会合が開かれ、甘粕正彦満映理事長が挨拶、夜はヤマト・ホテルで宴会があった。藤原義江（テノール歌手。一八九八〜一九七六）の独唱のあと、甘粕の命により軍歌「海行かば」を全員で合唱した。


つづいて森シゲ（茂？）なる快男子、前日召集解除で新京に戻ったとかで、――愉快な物真似漫談をやる。キビキビしていてよろし。（十二月一日の日記）

とあるのだ。

この「快男子」こそ、当時新京にいた森繁久彌（俳優・歌手・コメディアン。一九一三〜二〇〇九）である。森繁は軍事教練を拒否して早稲田大学を中退、東宝に入社した。その後、NHKのアナウンサー試験に合格、満州に渡り、新京中央放送局で対ソ放送をたびたび行っていた。甘粕とも親交があり、甘粕の依頼で物真似漫談を引き受けたのだろう。
『森繁自伝』（中公文庫）は、森繁久彌がソ連兵に連行されるところから始まっている。

森繁久彌の満州体験

同書によると、終戦の日の一週間ほど前から関東軍の兵士たちの姿が新京から消えた。敗戦近しと見て、関東軍幹部はまず家族を列車の健全なうちに南下させ、最後の列車には本人たちも乗って森繁たち一般日本人を置き去りにして逃亡したのである。やがてソ連兵が来て狼藉の限りを尽くす。森繁の向かいの家ではソ連兵が奥さんを陵辱し、助けようとした主人は頭を銃で撃ちぬかれて死んだ。ソ連兵がいなくなると満州の共産党軍が現れて、やはり略奪・強姦などを行った。

ただし、その後に入ってきた人民解放軍の正規軍（八路軍）はまさに「一陽来復」のように感じられた。少し引用する。

しかし、来復の主は世界で一番きたない兵隊と云ってもいいくらいな、よごれはてた第八路正規軍であった。とはいえ、その嶮しい眼の陰にかくれた笑顔と、きびしい軍律の中にきたえられた正直さは、胸のすくような思いで、やたらとこれに媚びへつらう日本人の顔の方がどんなにかいやしく見えたことである。

彼らが進駐して来た時、高粱の飯を炊いたが、私たちは卑屈にも、かくれて隠匿の白米を炊いていた。或る時、隊長が各戸の台所を見て廻った。折悪しく、その時、釜の横から吹きこぼれる

白米のフタを開けられた者もあったが、恐縮して謝った日本人に、隊長は静かに笑って、

「あなた方日本人は白米が常食ですから、遠慮なく食べてください、私たちは高粱が常食なんですから。私たちは一刻も早く、皆さんが安い米を買えるようにするために努力します」

この一言にはいたく胸をつかれ、涙を流したことも嘘ではない。（『森繁自伝』）

昭和三十七（一九六二）年、高見順原作・豊田四郎監督の東宝映画「如何なる星の下に」が公開された。山本富士子、加東大介、三益愛子、池内淳子、池部良、乙羽信子など錚々たる役者が揃った映画である。この中で「但馬」（第八章参照。モデルは順の友人・井上光）役を演じたのが森繁久彌である。新京で宴会のあった日の自分の日記に「森シゲ（茂？）」と書いた男がこの森繁久彌だと、順は気がついていたのだろうか。

新京で森繁の物真似漫談を楽しんだ（昭和十九年十二月一日）あと、順たちは二次会で別途、甘粕正彦の接待を受けている。こちらは日本料理屋だった。

順の帰国は十二月十日（下関着）である。

満州に徴用されていた半年間に、戦況はいよいよ厳しくなった。順が中国行きを承諾したのは前記のように昭和十九年五月三十一日、南京着は六月二十九日だが、六月十五日には米軍がサイパン島に上陸。翌十六日には米軍のB29が中国基地から飛び立って初めて北九州を空襲。十九日にはマリアナ沖海戦で日本は敗北、空母の大半を失う。七月四日、大本営はようやくインパール作戦の中止を決定した。その三日後の七月七日にはサイパン島守備隊全滅。十八日、東條英機内閣総辞職。二十一日、

米軍グアム島上陸。十月二十日、米軍がフィリピンのレイテ島に上陸。二十四日、レイテ沖海戦で日本連合艦隊は事実上消滅。翌二十五日、海軍神風特攻機がレイテ沖に初の出撃――。日本の敗戦は目前に迫っていた。

東京大空襲

明けて昭和二十(一九四五)年正月、三十八歳になった順はかなり体力を消耗していた。前年暮れの十二月に中国から帰国したのだが、アメーバ赤痢気味で腹具合が悪く、ずっとお粥で過ごしていた。仕事はめっきり減っていた。時局にあわない文学作品は書かせてもらえないし、検閲もひどい。また東京新聞の連載「東橋新誌」が途中で打ち切られたように、そもそも紙がなくなり、新聞や雑誌はどんどんページ数が薄くなっていったのだ。

そのためか正月以降、順はせっせと読書に励んでいる。土屋喬雄編ワグネル「維新産業建設論策集成」、「河野磐州伝」、正岡容《いるる》「寄席風俗」、「家」(島崎藤村)、「あらくれ」(徳田秋声)、O・ヘンリー「運命の道」、イーディス・ウォートン「冷たい心」などだが、ことに熱中して読んだのがドストエフスキーの「カラマゾフの兄弟」だ。

家に閉じこもり『カラマゾフ』と格闘。正に格闘だ。第一巻四百二十頁読了。第二巻にかかる。グルーシェンカとカチェリーナとの会見の場面は、息をのむ思いだった。凄い。実に凄い。自分の仕事のつまらなさをいやというほど思い知らされた。(一月二十日の日記)

『カラマゾフ』を読む。読むというより憑かれたる形。第三巻了。第四巻にかかる。（一月二十五日の日記）

さすがの順もドストエフスキーに圧倒されている。そしてそれが順の創作欲をかき立てた。

また日記には読書のことともに、警戒警報や空襲警報の記述が急に増えている。

一月五日は東京に出て武田麟太郎の家に行ったが、話し込んでいると空襲警報。高射砲の音が爆弾のように聞こえる。便所に入ると、窓がピカピカと光る。敵機が焼夷弾を落としたのだ。

一月九日には北鎌倉にも空襲警報、退避命令。電車で極楽寺まで行き、そこで降りると警防団員に怒鳴られ、道脇に退避。「こっちにいらっしゃい」女に呼ばれて、順は駆け出して防空壕に入った。

一月二十五日夜のラジオ放送によると、東京には敵機七〇機が来襲したという。「被害はことのほかひどいものだったようだ」と順は日記に書いている。

敵機来襲の警報は毎日のように出されていたが、二月十六日は空襲警報で起こされた。今までと違って艦載機の波状攻撃。終日、敵機による連続攻撃。近くの飛行場を襲ったらしく、猛烈な高射砲の音が続く。ラジオによると、延べ一〇〇〇機以上の来襲だという。翌二月十七日もまた敵小型艦載機による波状攻撃。一日おいた十九日には一〇〇機内外のB29来襲。

そして三月九日夜から十日にかけての東京大空襲。順の三月九日の日記。

……深更に及んで、B29の集団来襲。やはり来た。ラジオの情報は、はじめ三機がバラバラに来て、やがていずれも海へ去ったと言った。だが、Ｂ29の音らしいのが頭上でして、東京の方へ行った。友軍機なのだろうかと言っていると、ラジオがいきなり、Ｂ29数十機が関東地区一帯の上にいると報じた。戸塚、保土ヶ谷方面で爆弾投下の音がし、退避命令の半鐘がなった。東に当って、空が赤い。火事だ。風が強い。ラジオは焼夷弾を投下しているという。この風では――と胸が痛んだ。

警視庁の資料によると、昭和十七年四月十八日に初めて空襲を受けてから終戦日の昭和二十年八月十五日までの間に、一二二回、延べ四八七〇機により東京には一万一〇〇〇余発の爆弾と三八万九〇〇〇余発の焼夷弾が投下された。死者は九万六〇〇〇人、負傷者七万一〇〇〇人、焼失または破壊された家屋七六万七〇〇〇戸（『警視庁史　昭和前編』）。

被害数字は史料によってまちまちで、「東京空襲を記録する会」のそれは死者約一一万五〇〇〇人以上となっている。ことに桁外れに大きい被害を被ったのがこの三月九日夜から十日にかけての空襲で、わずか二時間余に一〇万人近い人が亡くなった。

三月十二日、順は電車で浅草に出た。空襲がいままでにないひどいものだったと聞き、様子を見にきたのだ。電車は奇跡的に動いていた。上野から浅草に向かって歩く。あたりはことごとく焼土と化している。田原町のお好み焼き屋「染太郎」も「五一郎アパート」もみんな焼けていた。「如何なる星の下に」に書いたいろんな家や店は、すべて灰燼に帰していた。

震災でも残った観音さまが、今度は焼けた。今度も大丈夫だろうと避難した人々が、本堂の焼失とともに随分沢山焼け死んだという。その死体らしいのが、裏手にごろごろと積み上げてあった。子供のと思える小さな、――小さいながら、すっかり大きくふくれ上った赤むくれの死体を見たときは胸が苦しくなった。（三月十二日の日記）

山崎豊子の日記

その十二日の夜、敵機の編隊がまた本土に迫ったとラジオの東部軍管区情報が告げたので、順は緊張したが、やがて警戒警報解除となった。どうしたのかと思ったら、B29の編隊は大阪に向かったのだった。

このときB29の編隊が向かった大阪での大空襲の様子は、のち作家になる山崎豊子が日記に書き留めている。「白い巨塔」、「華麗なる一族」など骨太の作品で知られる山崎豊子（一九二四～二〇一三）は前年の昭和十九年に旧制京都女子専門学校（現・京都女子大学）を卒業（戦時下で半年の繰り上げ卒業）、毎日新聞大阪本社に入社していた。当時二十一歳。昭和二十年一月から三月までのこの日記は山崎豊子が亡くなって二年後の平成二十七（二〇一五）年に旧宅で発見された。日記には戦地へ赴く恋人への一途な思いなども瑞々しい文章で綴られているが、中でも白眉とされるのが三月十三日夜から十四日にかけての大阪大空襲の記述だ。その一部を引用する。

三月十三日、この日は自分の生涯を通じ、又、自分の家の後代に至るも忘れる事の出来ない日だろう。夕食を北村の料理屋で、すき焼と酒で贅沢な一夕をすごし、帰宅後、又、疎開についてて父と争い、寝につく。警戒警報を知らず、ドタバタする父の足音に驚いて眼をさます。着装して、下へ。武（注・弟）〝しまった、遅かった！〟。異様な真実感を以て迫る。ラジオ、満水を叫ぶ。夜の巷《ちまた》、突如として騒然たり。怒鳴る声、拡声機、水道の水、井戸の音、忙しい足音、待機する。待避命令あり。急いで防空壕へ入る。どすんどすんと気味の悪い音だ。一回目は無事通過、二回、三回目位だろうか。焼夷弾落下の声を聞く。とび出す。三八、新町橋の橋の上に落つ。しまったと云う気持と同時に何とも云えぬ争闘心に駆られ、水、火たたきを持って走った。案外容易く消えた。こんなのだったら大丈夫と安心す。しかし火の手は刻々と迫り、二時間もした頃にはあれほど遠かった火の手がもうそこここに上りはじめた。（中略）もはやこれまでと家を出んとした時、大きな火の粉を孕《はら》んだたつまきが巻き起った。店の窓ガラス、陳列の窓ガラスなどが壊れた。思わずふとんをかぶり、身を伏せた。もうここで遂にむしやきかと観念した。が、一瞬間、静まった風の間をみて、鍋をかぶって脱出した。御堂筋は既に両側は火の海だ。煙たい煙となまぬくさ、息苦しい。窒息するのではないかと思った。ひるむ母をはげまして新橋まで逃げる。そこでくたくたとへたばる。自転車、リヤカー、人波、そこでうずくまった。しかし十合《そごう》からも火をふき出した。けむたい、熱い。またここで、むしやきかと観念した時、深尾さんに会う。地下鉄に飛び込み命助かる。不安と恐怖一杯で、父、弟、家を案じ乍《なが》ら大阪駅へ待避する。じっとして居られず、家の安否確かめたい。無理を推して帰宅する。ああ、家は焼かれていた。先祖代々の大阪に老舗をほこる小倉屋も、一晩にして失《な》くなったのだ。家の前に悄然とたたずむ父の姿をみた時（十二

時）、思わず、家が焼けたと泣いてしまった。叱る父の言葉も濡れていた。ああ、一望、焼けの
が原だ。（新潮文庫『山崎豊子読本』から）

山崎豊子の実家は大阪船場の老舗昆布屋・小倉屋山本で、この日の大空襲で全焼した。日記の記述通り、生涯忘れ得ぬ体験として彼女は「暖簾」、「花のれん」、「ぼんち」、「女の勲章」など初期のさまざまな作品で大阪大空襲を取り上げている。そしてその後、山崎豊子の関心は「戦争」そのものに向かい、「不毛地帯」、「二つの祖国」、「大地の子」などの大作を書き上げたのは周知の通りだ。

鎌倉で貸本屋を開業

こうして連日のように空襲警報が続き、順も疎開を考え始めた。すでに三月初旬には妻と身の振り方を相談している。家に金はなく、稼ごうにも、早晩原稿生活は成り立たなくなる。どこかへ勤めて稼がなくてはならない。現在の家も、やがて立ち退きということになるかもしれず、立ち退き先も用意する必要がある。どこかへ疎開しておくことも考えなくてはならない。母コヨの故郷・三国へ行くという手もある。

順はまたこうも述懐している。

働きに出なくてはならぬ。秩父はいいと思ったが、妻や母まで連れて行くことはできぬ。妻や母を安全なところへやるとなると、まとまった金が要る。それがない。なければ一緒に、今の家

に住まねばならぬ。そうして働き口を東京に求めねばならぬ。金のない者は結局、こうして身動きができず、逃れられる災厄からも逃れられないのだ。東京の罹災民は、みんなそれだ。金持ちはいちはやく疎開して、災厄から免れている。疎開しろ疎開しろと政府からいわれ、自分も危険から身を離したいと充分思っていても、金がなければ疎開できぬ。そして家を焼かれ、生命を失う。——それにしても、私はこの十年、徹夜に徹夜を重ねて稼いだ。書きたくない原稿も書きまくった。そうして今、一文なしなのだ。そうして文士には、いざというとき頼れる会社も役所もない！（三月十二日の日記）

翌日の三月十三日、母ココが郷里の三国に行った。ココと親しい円蔵寺というお寺に家の荷物を少し預かってもらうため、相談に行ったのだ。

順と秋子はココを迎えに三国まで行くことにした。ようやく三国行きの切符を入手した三月二十一日、ラジオが三時のニュースで硫黄島守備隊の玉砕を報じた。栗林忠道司令官（中将。一八九一〜一九四五）の電文をアナウンサーが涙で濡れた声で伝える。聞いていた順の胸も込み上げる。最後の総攻撃を伝える栗林司令官の電文のほんの一部を紹介する。

……今や弾丸尽き水涸れ、戦い残れる者全員いよいよ最後の敢闘を行わんとするにあたり、よくよく皇恩のかたじけなさを思い、粉骨砕身また悔ゆる所にあらず三月二十三日に三国に向かった順と秋子は、三国の円蔵寺に衣類を預け、翌二十四日、母コヨと一緒に金沢・軽井沢経由で赤羽に着いた。

結局、順たちは疎開をあきらめた。一度は信州・蓼科に行くつもりになったが、交渉してみると家賃は想像以上に高く、生活できそうもなかったからだ。中国から帰ってからは「馬上侯」という短編を『文藝春秋』に書いたきりで、もうお金がない。これは順だけではなく、鎌倉文士、いや全国の文筆家たちの抱える共通の悩みだった。この時点ですでに雑誌・出版社の半数が空襲で焼け、まもなく打ち続く空襲で残ったものもほとんどが焼失した。

そこで鎌倉にいた文壇の長老・久米正雄(一八九一～一九五二)の発案で、みんなが蔵書を持ち寄って貸本屋をやろうということになった。貸本屋なら商売の経験がない文士たちでもやれるというわけだ。四月、鶴岡八幡宮前の通りに空いていた店を借りて開業した。

メンバーは久米正雄以下、小島政二郎、大佛次郎、川端康成、中山義秀、林房雄、島木健作、石塚友二、それに高見順と、ほぼ「オール鎌倉文士」の顔ぶれ。参加する文士はのちさらに増えた。店の名前は貸本屋「鎌倉文庫」と名付けられた。命名者は順である。

順は迷ったあげく、とりあえず中戸川吉二の本を出した。中戸川吉二(一八九六～一九四二)は北海道出身の小説家で、順が出したのは『反射する心』、『縁なき衆生』、『友情』、『青春』、『北村十吉』の五冊だ。戦火に見舞われて灰になるのも悔しいが、出すのももったいないということで、順は一冊ずつ読んで頭の中にしまっておこうと思い立った。いかにも読書家の順らしい。

貸本屋「鎌倉文庫」の番頭格が順。事務員を一人雇い、順は日を決めて出勤した。「鎌倉文庫」は思いもかけず大繁盛した。本は貸すだけでなく、所有者の希望によって売り捌いた。おかげで収入のあてのない文士たちも少し息をつくことができた。この「鎌倉文庫」は戦後、大同製紙の出資で出版社になり、日本橋の白木屋百貨店内に事務所を置いて単行本を次々に出版、また『人間』、『婦人文庫』、『ヨーロッパ』、『社会』といった雑誌も出すようになった。昭和二十四(一九四九)年四月に倒産するまで、出版界で大いに気を吐いたものだ。

話を昭和二十年に戻す。

順は三月二十八日の日記に

「敵、慶良間列島上陸。本日の新聞で知る。」

と書いている。慶良間列島は沖縄本島の西方の島々で、日本軍と米軍との間で激戦が繰り広げられた。米軍の上陸は三月二十六日。そして米軍は三日後の三月二十九日に慶良間列島全島を占領。沖縄本島上陸は四月一日で、ここから「鉄の暴風」と呼ばれる凄まじい沖縄戦が始まった。

四月一日、米軍は数百隻の上陸用舟艇で嘉手納海岸に上陸、その日のうちに二カ所の飛行場を占領した。上陸部隊の人員は約一八万人。

これに対し、日本軍の兵力は守備隊主力の第三二軍約八万人で、現地召集の防衛隊と学徒隊の二万人を加えても約一〇万人だった。二度の総攻撃で飛行場の奪回を図ったものの失敗、また特攻隊による航空攻撃(菊水作戦)も六月二十一日までに計一〇回行われたが、成果はあまり挙がらなかった。那覇市が米軍に占領されたのが五月三十一日。第三二軍と多くの民間人は真壁、摩文仁といった狭い山地に追い詰められた。

「沖縄県民斯ク戦ヘリ」

その中にいたのが沖縄戦に動員された沖縄県立師範学校女子部と県立第一高等女学校合同の従軍看護隊「ひめゆり学徒隊」。両校のシンボルである「白百合」と「乙姫」から命名された。総数は師範学校女子部が一五七人、県立第一高等女学校が六五人、計二二二人。任務は負傷兵の看護である。六月十九日、真壁南方の米須にある第三外科の壕で悲劇は起きた。看護を終え、学校の制服に着替えた女学生たちは全員で「海ゆかば」を歌って脱出の用意をしていたのだが、そこへ米軍が自動小銃を撃ち込み、多くの兵隊と住民、そして「ひめゆり学徒隊」の四九人が死んだ。「ひめゆり学徒隊」を含む沖縄戦での女学生各部隊の戦死者は三六八人にのぼった。

「沖縄では女が闘っている。本土もやがてそうなるのだろう。」

と順は六月十五日の日記に書いている。沖縄の日本軍が全滅したのは「ひめゆり学徒隊」の悲劇が起きた四日後の六月二十三日だった。このことも順は日記に書いている。

ラジオの大本営発表で沖縄の玉砕を知る。玉砕―もはやこの言葉は使わないのである。牛島最高指揮官の訣別の辞、心をえぐる。（六月二十五日の日記）

沖縄守備の中核は陸軍第三十二軍で、牛島満（一八八七～一九四五）中将は同軍の司令官。牛島は六月二十三日に切腹するが、その直前に大将に昇進している。日本陸軍で大将になった最後の軍人だ。

順が「心をえぐる」と表現した牛島の訣別の辞を紹介しておく。

驕敵撃滅の一念をもって麾下の将兵、侵入軍と戦うこと約三カ月、死を顧みざる抵抗にもかかわらず、敵を撃退することを得ず、戦局は最後の関頭に直面せり。麾下部隊は本島に進駐以来、現地同胞の献身的な支援の下、鋭意作戦準備に邁進せり。敵の上陸以来、わが陸海地上部隊、航空部隊と相呼応して本島防衛のためあらゆる努力を傾注し来れり。しかるに事志と違い、今や本島を敵手に委ねんとす。陛下にたいし、国民にたいし誠に申訳なし。……戦場に散りし将兵の英霊と共に、皇室の弥栄《いやさか》を祈念す。死すると雖《いえど》も魂は国を守らん覚悟なり。上司ならびに同僚の懇情と協力に深甚の謝意を表し、お訣《わか》れを申上ぐ。牛島満

沖縄戦は第二次世界大戦における国内最大の地上戦であり、また日米最後の激戦だった。全戦没者は住民を含め二五万人とされる。

この沖縄戦については、さらにいくつか書いておきたいことがある。その一つは海軍・沖縄根拠地隊司令官の大田実中将（死後中将になった）のことである。

大田実（一八九一～一九四五）は海軍陸戦隊の権威（二・二六事件のときも横須賀から出動）で、米軍上陸時はおよそ一万人の部隊を率いて沖縄本島小禄《おろく》半島の戦闘を指揮した。小禄には日本軍の飛行場があり、その守備のためである。しかし米軍の圧倒的な力によって飛行場は奪われてしまう。部下は次々に倒れた。六月六日のことだ。沖縄、そして沖縄方面根拠地隊の運命を悟った大田は同日夜、海軍次

官宛「沖縄県民斯ク戦ヘリ」の訣別電文を発した。少し長いが、歴史的なこの電文の全文を紹介したい。なお□は不明部分である。

沖縄県民ノ実情ニ関シテハ県知事ヨリ報告セラルベキモ　県ニハ既ニ通信力ナク　三二軍司令部又通信ノ余力ナシト認メラルルニ付　本職県知事ノ依頼ヲ受ケタルニ非ザレドモ　現状ヲ看過スルニ忍ビズ　之ニ代ツテ緊急御通知申上グ

沖縄島ニ敵攻略ヲ開始以来　陸海軍方面　防衛戦闘ニ専念シ　県民ニ関シテハ殆ド顧ミルニ暇《いとま》ナカリキ

然レドモ本職ノ知レル範囲ニ於テハ　県民ハ青壮年ノ全部ヲ防衛召集ニ捧ゲ　残ル老幼婦女子ノミガ相次グ砲爆撃ニ家屋ト財産ノ全部ヲ焼却セラレ　僅《わずか》ニ身ヲ以テ軍ノ作戦ニ差支ナキ場所ノ小防空壕ニ避難　尚《なお》　砲爆撃下□□□風雨ニ曝サレツツ　乏シキ生活に甘ンジアリタリ

而《しか》モ若キ婦人ハ率先軍ニ身ヲ捧ゲ　看護婦烹炊ハモトヨリ　砲弾運ビ　挺身斬込隊スラ申出ルモノアリ

所詮《しょせん》　敵来リナバ老人子供ハ殺サレルベク　婦女子は後方ニ運ビ去ラレテ毒牙に供セラルベシトテ　親子生別レ　娘ヲ軍衛門ニ捨ツル親アリ

看護婦ニ至リテハ　軍移動ニ際シ　衛生兵既ニ出発シ身寄リ無キ重傷者ヲ助ケテ□□　真面目ニシテ一時ノ感情ニ駆ラレタルモノトハ思ハレズ

更ニ軍ニ於テ作戦ノ大転換アルヤ　夜ノ中ニ遥《はるか》ニ遠隔地方ノ住民地区ヲ指定セラレ　輸送力皆

無ノ者　黙々トシテ雨中ヲ移動スルアリ

之を要スルニ陸海軍沖縄ニ進駐以来　終始一貫　勤労奉仕　物資節約ヲ強要セラレツツ（一部ハ兎角ノ悪評ナキニシモアラザルモ）　只管《ひたすら》日本人トシテノ御奉公ノ護ヲ胸に抱キツツ　遂ニ□□□□与ヘ□コトナクシテ　本戦闘ノ末期ト沖縄島ハ実情形□□□□□

一木一草焦土ト化セン　糧食六月一杯ヲ支フルノミナリト謂フ　沖縄県民斯ク戦ヘリ　県民ニ対シ後世格別ノ御高配ヲ賜ランコトヲ（田村洋三『沖縄県民斯ク戦ヘリ　大田實海軍中将一家の昭和史』講談社文庫）

沖縄の悲劇、そして戦争の惨禍を余すところなく伝える電文だ。

大田実中将は六月十三日に自決した。五十四歳だった。

根こそぎ動員され、最後まで戦い抜いた沖縄県民に対し、「後世格別の御高配を賜らんことを」と言い残した大田は、徹底的に沖縄の民意を無視し続けるいまの安倍政権をいったいどう思うだろうか。

死を覚悟して沖縄に赴任した島田叡知事

大田の電文には「沖縄県民の実情に関しては県知事より報告せらるべきも、県にはすでに通信力なく」というくだりがあるが、この県知事・島田叡《あきら》のことも忘れてはならない。

沖縄の前知事は泉守紀《いずみしゅき》（一八九八〜一九八四）だったが、昭和十九年十月十日の沖縄空襲後、自ら比較的安全な普天間に避難し、事実上職務を投げ出した。そして同年十二月には「出張」と称して東京に行ったまま戻らず、翌年一月十二日付で香川県知事に転任してしまった。沖縄県民にとっては許せない裏切り行為・敵前逃亡である。

そんなとき沖縄県知事を打診され、即座に受諾したのが島田叡（一九〇一〜一九四五）だ。島田は昭和二十年一月十日、沖縄県知事就任の要請を受け、すぐに受諾した。島田は当時、大阪府内政部長。受諾した時点で死を覚悟した。誰かが沖縄県民のために働かなくてはならないのだから、これは自分がやるしかないと決心したのだ。戦火が迫る沖縄県の知事を引き受ける人間は、たぶん他にいなかっただろう。

島田が沖縄に赴任したのは大田実少将（当時）より十一日後の一月三十一日。大田少将の郷里・千葉県の警察部長も勤めた経験があり、大田とはウマがあったようだ。

島田は着任するやすぐ住民避難や食糧確保に奔走するが、時間が足りなかった。前知事・泉守紀が事実上の職務放棄をしたため島田が着任するまでに一カ月の空白ができ、それが響いて戦場となる県南部地域におよそ三〇万人の県民が取り残されていた。沖縄戦が始まると、島田はまず県庁を那覇から首里に移した。といっても執務はすべて壕の中で、首里城から南に一キロほど離れた識名霊園の地下にある「県庁・警察部壕」に入り、米軍の艦砲射撃の嵐の中、荒井退造警察部長らとともに寝食を忘れて陣頭指揮を執った。

そして六月二十六日、沖縄本島南端・摩文仁の壕を荒井警察部長、仲宗根官房主事、仲村警部補と計四人で出たきり全員消息を絶った。壕を出るとき、同行を求めた小渡、嘉数領秘書官、それに当真警護官に対して島田知事は「君たちはまだ若い。生き延びて沖縄再建のため働いてくれ」と同行を許さなかった。

島田は神戸二中、三高、東京帝国大学を経て内務官僚になった。三高、東大時代は左打ちの名外野手だった。英文学者・評論家の中野好夫は三高の一級下で、やはり野球部にいた。中野によれば往年の名物一高三高野球戦四十年の歴史でも有数の名手だったという（中野好夫「最後の沖縄県知事」。ちくま日本文学全集55『中野好夫』所収）。

東大野球部はいまも毎年、バッテリー（投手と捕手）組の沖縄キャンプを行っている。温暖な地でキャンプに適しているということもあるが、いちばんの目的は島田叡のことを学ぶこと、そして沖縄のことを忘れないこと。部員たちは毎年必ず、島田ゆかりの場所をめぐっている（二〇一九年二月二十四日付『日刊スポーツ』）という。

先に少し触れたが、沖縄戦では特攻隊による「菊水作戦」が発動されている。

特攻隊は昭和十九（一九四四）年十月十九日、レイテ沖海戦に際して第一航空艦隊司令官の大西滝治郎中将が「神風特別攻撃隊」を編成、敵艦船に対する体当たり攻撃を命じたのが最初とされる。

順の日記にも特攻隊のことが出てくるが、ここでは沖縄戦で発動された「菊水六号作戦」（五月十一日発動）に従って戦死した石丸進一（一九二二〜一九四五）について書いておきたい。

石丸進一は佐賀県出身の職業野球（プロ野球）投手。佐賀商業から名古屋軍（現在の中日ドラゴンズ）に入団、昭和十七（一九四二）年に一七勝、翌昭和十八年には二〇勝を挙げた。同年十月十二日にはノーヒットノーランも記録している。戦前最後のノーヒットノーランだ。しかし十二月一日に召集を受け、昭和十九年、神風特攻隊「鹿屋神雷隊」に配属された。鹿屋（鹿児島県）は海軍特攻隊基地があったところだ。

ノンフィクション作家であり評論家の牛島秀彦（一九三五〜一九九九）はその石丸進一の従兄弟である。石丸とは十三歳違いだ。

特攻隊員・石丸進一

石丸進一は出撃の前、休暇をもらって佐賀の牛島秀彦宅を訪れている。石丸は明るく振る舞っていたが、今生の暇乞《いとま》いに訪れたのだ。海軍に憧れていた牛島少年は、石丸の帽子をかぶったり、短剣を腰に巻き付けたりして悦に入っていた。やがて辞意を告げた石丸進一は、

「おい秀彦、ちょっと……」

と牛島少年を手招きした。牛島少年が近づいたとき、石丸進一はいきなりサザエのような鉄拳で思い切り牛島少年のおでこを殴った。

「わっ、何ばすっとか！」

と牛島少年は泣きながら抗議した。そのときの石丸進一の言葉。

「やあすまん、すまん。海軍式のゲンコツじゃ。痛かったろう。すまん。でもな、海軍式のゲンコツの味は、一生忘れんじゃろ。二十四歳になる貴様の従兄、石丸進一は、力一杯殴って逝《ゆ》いたことばおぼといてくれよな。貴様が俺ば一生忘れんごとなぐった……だいぶ赤うなっとるタンコブじゃ。いや、わるかった、わるかった」

そういって石丸は牛島少年の手をしびれるほど強く握った。

これは牛島秀彦著『ノンフィクション　消えた春　名古屋軍投手・石丸進一』に載っているエピソードだ。

昭和二十年五月十一日、「菊水六号作戦」が発動され、石丸は神風特別攻撃隊「第五筑波隊」隊員として沖縄方面の米機動部隊を目指して鹿屋基地を出発する。出撃直前、石丸は愛用のグラブと真新しいボールで本田耕一少尉と最後のキャッチボールをした。本田耕一（一九二三〜一九四五）は法政大学野球部で一塁手をやっていたが、学徒動員で海軍に入り、特攻隊を志願した。石丸とは海軍の同期であり親友だった。その石丸と本田の最後のキャッチボールの様子を、報道班員として鹿屋基地にいた小説家・山岡荘八が目撃している。山岡荘八（一九〇七〜一九七八）は「海底戦記」や大作「徳川家康」などで知られる小説家だ。

……いよいよ出撃の命が下り、司令の訓示が済むと同時に、二人で校庭へ飛び出して最後の投球をはじめた。「ストライク！」今もはっきりとその声は私の耳に残っている。彼等は十本ストライクを通すと、ミットとグローブを勢いよく投げ出し、「これで思い残すことはない。報道班員さようならッ」

大きく手を振りながら戦友のあとを追った。（山岡荘八「最後の従軍」昭和三十七年八月八日付『朝日新聞』より）

五〇〇キロ爆弾を積んで出撃した石丸進一の最後の言葉はモールス信号による「我、突入ス」だった。

太平洋戦争では多くのプロ野球人が命を落としているが、特攻で戦死したのは石丸進一だけである。数えで二十四歳、満で二十二歳だった。親友の本田少尉も石丸進一に遅れること三日後の五月十四日、「第六筑波隊」の一員として出撃した。石丸も本田も記録にはともに「消息なし」と記入されている。

こうした特攻の悲劇を見るにつけ、冨永恭次（一八九二～一九六〇）陸軍中将の卑劣さが思い起こされる。

冨永はもともと日中戦争拡大派であり、北部仏印進駐の武力強行論者のひとり。東條英機大将の第一の腹心として陸軍人事の実権を握っていた。

そして昭和十九（一九四四）年、フィリピン第四航空軍司令官として特攻作戦を計画、隊員たちに「フィリピン死守」を号令し続けた。特攻隊員をマニラの料亭でごちそうし、特攻機の出撃に際しての壮行の辞ではかならず「最後の一機にはこの冨永が乗って体当たりする」と督励、死地に赴く隊員たちを感激させた。しかし米軍がフィリピンに近づくや部下をすべて置き去りにし、真っ先に台湾へ逃亡したのだ。

第十章　猛烈な創作活動中に発病

原爆から敗戦へ

順が初めて原爆のことを聞いたのは昭和二十（一九四五）年八月七日である。日本文学報国会（第九章参照）に行き、帰るため新橋駅まで来たところ義兄に声をかけられた。前に紹介した秋子夫人の兄・鋼一が「大変な話、聞いた？」というのである。ここからは引用。


「大変な話？」

あたりの人をはばかって、義兄は歩廊に出るまで、黙っていた。人のいないところへと彼は私を引っぱって行って、

「原子爆弾の話――」

「……！」

「広島は原子爆弾でやられて大変らしい。畑俊六も死ぬし……」

「畑閣下――支那にいた……」

「ふっ飛んじまったらしい」

大塚総裁も知事も――広島の全人口の三分の一がやられたという。

「もう戦争はおしまいだ」

原子爆弾をいち早く発明した国が勝利を占める、原子爆弾には絶対に抵抗できないからだ。そういう話はかねて聞いていた。その原子爆弾が遂に出現したというのだ。――衝撃は強烈だった。

（順の同日の日記）

実際のところ畑俊六（元帥。一八七九～一九六二）は被爆したものの、室内にいてまったく無傷だった。ただし玄関に置いてあった細身の軍刀は爆風で曲がっていた。

この広島の原爆を戦後、硬派のジャーナリストとして気を吐いた茶本繁正が呉（広島県）で目撃しているので、それを紹介したい。

その日、海軍二等兵曹・茶本繁正は広島県・江田島の北にある倉橋島大浦基地にいた。江田島は海軍兵学校があったので有名だが、倉橋島（現在は広島県呉市に属する島）は大日本海軍の秘密基地のような存在だった。

茶本は大分県出身で昭和四（一九二九）年生まれ。十四歳のとき少年兵（海軍特別年少兵）に志願して海軍の甲種飛行予科練習生、通称「予科練」に入った。最初に放り込まれたのは航空隊ではなく、防府（山口県）にある海軍通信学校だった。

ある日、通信学校から大分県・宇佐の実習所に連れて行かれて最後の仕上げを行った。そこで「特攻隊に志願する者はいないか」といわれ、全員が前へ出た。その中から選ばれた何人かのひとりが茶本だった。「では明日出発」と告げられる。どこへ行くのかと思っていたら、山口県柳井の潜水学校だった。茶本は飛行隊に籍を置いていたものの、すでに乗るべき飛行機は底をついていたのだ。

その潜水学校を簡単に終え、次は水雷学校に入れられた。魚雷の専門学校である。ここには一カ月もいなかった。そのあと連れていかれたのが倉橋島の特攻基地。暗号名「甲標的」という特殊潜航艇の部隊だ。長さ二〇メートルほどの小型潜水艦（「蛟竜」）で、魚雷を二発持っている。人間魚雷として有名な「回天」と違って体当たりするための潜水艦ではない。魚雷を発射したあとは母艦に戻り、また魚雷を積んで再出撃するという建前になっていた。だが母艦に戻れる可能性は少ない。なにしろ爆雷を一つポンと放り込まれたらそれでアウト。ほとんど生還は望めないのだ。

倉橋島では来る日も来る日も休みなしの猛訓練に明け暮れた。茶本たち専用の潜航艇の建造が間に合わず、訓練を重ねながら完成を待っていた。敗戦がもう少し遅ければ、間違いなく「水浸く屍《かばね》」になっていただろう。もっとも茶本には恐怖心はなかった。死ぬ覚悟はできていたからだ。

そして八月六日。この時点で茶本は満十五歳。帝国海軍最年少の下士官だった。

早朝、敵機が近づいてきたというので、警戒警報が発令された。警報が鳴ったので、茶本はすぐさま艇に飛び乗って海に潜った。浮上しているより潜水している方が安全だからだ。

そして間もなく警報解除。信号弾が海に放り込まれ、ドカーンという音がする。警報解除の合図だ。この音を聞いて茶本は浮上した。

ハッチを開け、いつものように「うまい空気だなあ」と思いながら司令塔をよじ登り、広島の方角を見ると、視野いっぱいの雲が中天まで立ち上っている。黒とも灰色ともつかない、空全体に広がった巨大な暗灰色のスクリーンで、その不気味さ、禍々《まがまが》しさに子供ながら茶本は戦慄した。これが八時十五分三十秒に広島へ投下された原爆だった。昭和二十五（一九五〇）年に広島市役所が発表した数字によれば、死者は推定で二十四万七千人。残された原爆症患者はじめとする被害者の数はこれを大きく上回った。

その二日後の八月八日にはソ連が対日宣戦布告し、翌九日には長崎に原爆が落とされた。そして十四日にポツダム宣言受諾回答、十五日に天皇が終戦の詔書放送をする。ついに日本は降伏した。

戦争を阻止できなかったジャーナリズム

茶本は倉橋島で、電柱にくくりつけられたスピーカーから流れる天皇の詔勅を聞いた。雑音がひどく、何をいっているのかさっぱりわからなかったが、とにかく負けたということだけは理解できた。

敗戦後、茶本は大分の旧制中学に復学した。

そして早稲田大学に入り、卒業後はジャーナリストを志して主婦と生活社の『週刊女性』編集部に。延べ三一八日間の大争議を闘ったあとフリーに転身、『女性自身』の記者や『週刊現代』のアンカーマンをやったりした。

そして「底辺労働者に救いはあるのか」などの労働問題や統一教会問題を追及するルポを数多く発表、昭和五十三（一九七八）年には日本ジャーナリスト会議（ＪＣＪ）の奨励賞を受賞している。代表作は『原理運動の研究』（晩聲社）、『獄中紙「すがも新聞」：戦後史の証言』（晩聲社）、『戦争とジャー

ナリズム　上・下』（三一書房）などだろうか。その原点は「戦争だけは二度と起こしてはいけない」という思いだった。『戦争とジャーナリズム』で茶本はこう書いている。

戦争がはじまって、総動員体制のなかにジャーナリズムががんじがらめに縛られ、組みこまれたときは、すでに手おくれである。逆説的にいえば、菊竹六鼓が叫び、桐生悠々が血みどろのたたかいを演じ、石橋湛山が警世の論説を世に問うていたファシズム台頭期のそのとき、なぜ多くのジャーナリズムが時代に迎合していったかである。（中略）この小文が、戊辰戦争いらいの日本の戦争とジャーナリズムの関係を問うてきたのも、まさにジャーナリズムは、なぜ、戦争を阻止できなかったのか、今後もはたしてできないのかという素朴な問いかけの一点に尽きる。

それにしても、太平洋戦争での日本人の死者は三〇〇万人、殺されたアジアの民衆は二〇〇〇万人をこえる。反省の資というには、あまりにも恐ろしい血の数字ではないか。

文中の桐生悠々についてはすでに触れた。菊竹六鼓（一八八〇〜一九三七）は『福岡日日新聞』で軍部批判・憲政擁護の論陣を張ったジャーナリスト。また石橋湛山（一八八四〜一九七三）は元軍人（第一師団第三歩兵連隊）だが、『東洋経済新報』に拠って植民地放棄や軍備撤廃を訴え続けたジャーナリスト。戦後は政治家として総理大臣まで務めた。

茶本は岩波書店の雑誌『世界』二〇〇五年十一月号で、同誌のインタビューを受けている。その中で茶本は新憲法（昭和二十二年五月三日施行）について、こう述べている。

そのうちに新憲法が出てきた。あれを見たときにびっくりしました。世の中にこんなものがあるのかって。田舎の小さな町の書店で買った毎日新聞社発行の「新憲法の正解」、いまでもとってありますけど、定価六円、本文八八ページの薄い本ですが、読んで「すごいなあ」って思いました。

――憲法でいちばんすごいと思ったのはどこですか。

茶本　「天皇ハ神聖ニシテ不可侵」がなくなったことです。象徴天皇って、「象徴」の意味がわからなかったけれど、毎日新聞の本には金森徳次郎が解説していました。それから、人権です。男女平等、それまでは男尊女卑社会ですからね。なるほどな、こんなことがあるんだと。

新憲法に対する新鮮な驚きがよくわかる。

またインタビューの最後に茶本はこうも述べている。

日本国憲法は国民にとってどんなにありがたいものか、もう一度自覚しなおすべきです。戦後六十年、一回も戦争をせず、戦死者をださずにこれたのは、いまの平和憲法あってのことです。にもかかわらず改憲論が高まっている。このままでいいのか、日本のジャーナリズムにはしっかりしてほしいですね。

茶本は雑誌『世界』での対談の半年後、二〇〇六年三月十日にがんのため他界している。戦争は絶対にいけない、平和憲法はなんとしても守らなくてはいけないということの発言が、茶本の事実上の遺言になった。

一方、順は新憲法についてこう書いている。


今日は新憲法発布という歴史的な日である。

しかし私は全く無関心である。私だけのことか？

否、日本の精神界にとって、それは関心の外にある「画時代的な事象」である。

天降りのものだからか？ 闘いとったものでなく、与えられたものだからか？

前の憲法も、――総じて日本の「改革」は常に、国民が闘いとったものでなく、上から与えられたものである。政治がまた常にそうだった。（昭和二十二年五月三日の日記）

このとき順は四十歳。茶本繁正はまだ十七歳で、この年齢差も新憲法に対する両者の反応の違いに現れているのかもしれない。

貸本屋の大繁盛

順は終戦までの日々、大忙しだった。

一つは貸本屋「鎌倉文庫」の思わぬ繁盛である。番頭格の順は連日の如く出る警戒警報・空襲警報を気にしながらも、てんてこ舞いの忙しさだった。人々はそれほど活字に飢えていたのだ。

もう一つは「日記」の執筆である。終戦後になるが、順は戦中を振り返って昭和二十年十一月三日の日記にこう書き付けている。


……毎日毎日お前はよく精を出して日記を（或は楽書を）書き続けた。ほめてやる。克己心の訓練か。根気の養成か。それとも自己満足のため？

とにかく書き続けたことは、よろしい。自己嫌悪の名人のお前がよく自己嫌悪に負けないで書きつづけられたものだ。

もうすぐ一年だ。原稿用紙にして何枚あるのだろう。よくまあ書いたものだ。大変な「仕事」だ。仕事？　――仕事にしては、喜びがない。これはどうしたことだ。

日記には、喜びがない。いや、終戦前は、あったかもしれない。忘れた。しかし、かなりの量の日記を書きつづけ得た今、それに対して、くだらない通俗小説一篇を書き終えた時の喜びすら、感じ得ないのである。さらに、終戦前は日記のうちに自己満足を見出し得たのかもしれないが、今は一向に駄目だ。ただ習慣の如く書いている。悲しい習慣、つらい習慣の如くに書いている。折角ここまで書き続けたのだから、中絶してはもったいない。そんな根性から書いているのかもしれぬ。


小説を書くような喜びはなく、辛い習慣ではあったが、結果としてそれが後世に残る高見順の仕事になった。ことに戦中の日記は史料としての評価が高く、たとえばドナルド・キーンの『日本人の戦争　作家の日記を読む』（文藝春秋）を見ても、永井荷風と並んで順の日記がもっとも多く引用されている。

八月十五日、敗戦の日の様子を順の日記で見てみる。

前日に「重大発表」があると聞いていたので、順はラジオの前に行った。

……十二時、時報。
君ガ代奏楽。
詔書の御朗読。
やはり戦争終結であった。
君ガ代奏楽。つづいて内閣告諭。経過の発表。
――遂に敗けたのだ。戦いに破れたのだ。
夏の太陽がカッカと燃えている。眼に痛い光線。烈日の下に敗戦を知らされた。
蝉がしきりと鳴いている。音はそれだけだ。静かだ。

順は東京に出て田村町で東京新聞を買う。

その大見出しはこうだった。

「戦争終結の聖断・大詔渙発さる」

新聞売り場はどこも延々たる行列だった。

しかし興奮した言動を示す者はひとりもいない。兵隊や将校も黙々として新聞を買っている。

翌八月十六日。順の住む北鎌倉では黒い灰が空に舞っていた。書類を焼いているのだ。東京から帰ってきた永井龍男（小説家。一九〇四〜一九九〇）によれば、東京でもしきりに紙を焼いていて空が黒い灰だらけだという。戦争犯罪に問われそうな資料・書類を軍人や官僚たちがすべて焼いているのだ。

続いて八月二十一日の日記。少し長いがこれも引用する。


戦争終結と知って、私はホッとした。これでもう恋愛小説はいけん、三角関係はいかん、姦通を書くことはまかりならぬ等々の圧制はなくなる。自由に書ける日がやがて来るだろう。全く「やり直し」だ、そう思ってホッとした。だがその「喜び」は、敗戦という大変な代償によって与えられたのである。今になって愕然とするのである。私は、ホッとした自分を恥じねばならぬ。誇張すれば売国奴的感情であった。戦争中のあまりにひどい、メチャメチャな言論圧迫に、そして戦争中の一部の日本人の（軍官の一部の）横暴非道に、日本および日本人のだらしなさに、私は、こんなことで勝ったら大変だ、このままで勝ったら日本も世界も闇だとしばしば思ったものだが、今敗戦という現実にぶつかっては、さような私の感情を恥じねばならぬ。かかる醜悪なボロだらけの、いい気なものだった日本の故に日本は敗れねばならなかったのだと、しゃあしゃあとしてはおれないのである。とにかく日本と共に私も敗北の現実のなかに叩き込まれたのだ。敗戦の悲運は私自身のものなのである。かかる今日の事態を来さないように私もまた日本のために大いになすべきことがあったのではないか。言論圧迫をいたずらに嘆くのではなく、それに抗して腐敗堕落を防ぐべきではなかったか。そうして少しでも今日の悲運の到来を防ぐのに努むべきではなかったか。

出版社・鎌倉文庫の常務に

九月十一日、東條英機が自宅応接室で拳銃自殺を図ったが、このことにも順は手厳しい。

期するところがあって今まで自決しなかったのならば、何故忍び難きを忍んで連行されなかったのだろう。何故今になって慌てて取り乱して自殺したりするのだろう。そのくらいなら、御詔勅のあった日に自決すべきだ。生きていたくらいなら裁判に立って所信を述べるべきだ。醜態この上なし。しかも取り乱して死にそこなっている。恥の上塗り。（九月十二日の日記）

また、イタリアでファシズム体制を確立して独裁者となったムッソリーニが敗戦直後パルチザンに銃殺され、その死体が逆さに吊るされた残虐な写真を雑誌『ライフ』で見てこう書いている。

日本国民の東条首相への憤激は、イタリー国民のムッソリーニへのそれに決して劣るものではないと思われる。しかし日本国民は東条首相を私邸からひきずり出してこうした私刑を加えようとはしない。

日本人はある点、去勢されているのだ。恐怖政治ですっかり小羊の如くおとなしい。怒りを言葉や行動に積極的に現わし得ない、無気力、無力の人間にさせられているところもあるのだ。東条首相を逆さにつるさないからといって、日本人はイタリー人のような残虐を好まない穏和な民とすることはできない。

日本人だって残虐だ。だって、というより日本人こそといった方が正しいくらい、支那の戦線で日本の兵隊は残虐行為をほしいままにした。

権力を持つと日本人は残虐になるのだ。権力を持たせられないと、小羊の如く従順、卑屈。あなんという卑怯さだ。（十月五日の日記）

そして翌六日の日記には特高警察の廃止について書いている。

五日の新聞が今日のと一緒に来た。聯合軍司令部の指令なるものを詳しく読んだ。

特高警察の廃止、――胸がすーっとした。暗雲が晴れた想い。しかし、これをどうして聯合軍司令部の指令をまたずしてみずからの手でやれなかったのか。――恥かしい。これが自らの手でなされたものだったら、喜びはもっと深く、喜びの底にもだもだしているこんな恥辱感はなかったろうに。

前に少し触れたが、戦後、貸本屋「鎌倉文庫」は大同製紙の出資によって「株式会社　鎌倉文庫」という出版社を設立した。社長は久米正雄、川端康成が専務、順は常務で、焼け残った日本橋の白木屋百貨店内に事務所を構えた。昭和二十一年一月号から文芸雑誌『人間』を創刊、さらに『婦人文庫』、『社会』、『ヨーロッパ』といった雑誌も発行した。また単行本も次々に出版、戦後の出版界に旋風を巻き起こしたのである。常務である順の出勤日は週二回ということになっていたが、実際にはかなり頻繁に出社した。これで生活は安定したものの、勤めることで執筆に支障をきたし、そのジレンマに悩んだ。終戦後、どっと出てきた大衆的な雑誌から原稿を依頼されることも増えたが、注目される作品は小学館の雑誌『新人』創刊号に書いた「草のいのちを」だろう。

猛然と小説を書き始める

昭和二十年四月二十日、空襲で焼け野原になった東京を見た順の目に、草の緑はしみじみ美しいと思えた。そして順は同日の日記に「われは草なり　伸びんとす　伸びられるとき　伸びんとす（以下略）」という、かなり長い詩を書いているが、この詩をモチーフにした作品が「草のいのちを」だ。主人公の倉橋、その親友で上海から帰ってきた内瀬、内瀬の女房、女房の妹・貞子、そして特攻隊崩れの清治の五人が登場、戦争が終わって新しい時代が来たことを描いた短編小説である。

この作品をきっかけに、順は出版社・鎌倉文庫に勤務しながら、物凄い勢いで小説を書き始めた。「わが胸の底のここには」（『新潮』昭和二十一年三月号から連載開始）、「今ひとたびの」（『婦人朝日』昭和二十一年三月号から連載開始）、「妖怪」（『世界』昭和二十一年五月号に掲載）、「仮面」（『時事新報』昭和二十一年九月四日より連載開始）などなどだ。ことに「わが胸の底のここには」は前に紹介した「私生児」（昭和十年）を長編化した自伝的小説で、順の代表作の一つといってもいいだろう。また「今ひとたびの」はすこぶる甘美な恋愛小説で、多くの女性読者の心をつかんだ。タイトルは和泉式部（九七八〜没年不詳）の和歌「あらざらむ　此の世の外の思ひ出に　今ひとたびの　逢ふこともがな」（後拾遺集）から採られている。

他方、貸本屋の鎌倉文庫は久米正雄や川端康成それに順などが出版関連業務に追われて事実上、運営に関わることができなくなったため、経営権を他人に譲って順たちにはいっさい関係なくなった。昭和二十一年七月のことである。貸本屋・鎌倉文庫はその一年後に閉店している。

仕事で北鎌倉から東京に通う順は、半ば必然的に酒を飲む機会が増えた。そのため胃をやられ、しょっちゅう胃痛や下痢に悩まされた。日記には胃の不調を記すことが多くなっている。昭和二十一年十一月三日に胃潰瘍と診断され、家での療養を余儀なくされたため、十二月まで出社できなかった。それでも日記は熱心に書いた。

酒といえば同年三月、盟友でありライバルでもあった武田麟太郎が酒のために急逝（享年四十一歳）、順は衝撃を受けた。武田麟太郎が死んだのは昭和二十一年三月三十一日。

『人民文庫』の解散（前述）以来、順とは一種の不和状態だったが、臨終に立ち会ったのは順だけだった。順は腕を組んで深く溜息をついた。病名は脳炎だったが、順や武田の友人たちはカストリ焼酎（米や芋から作られた粗悪酒）に混ぜられたメチルアルコールによるものではないのかと疑った。

順は鎌倉で開校した「鎌倉アカデミア」で講義しているので、そのことにも触れておきたい。

「鎌倉アカデミア」の母体となったのは鎌倉在住の画家や演劇家、町内会長らが設立した「鎌倉文化会」。同会は当初（昭和二十一年五月）、「鎌倉大学校」として開校しようとしたが、資産や運用資金不足などから、結局、専門学校（文学科・映画科・演劇科・産業科）としてスタートした。専門学校とはいえ、設立時の理事会が総退陣したあと二代目校長に就任したのは哲学者の三枝博音《ひろと》で、また教授陣には服部之総《しそう》（歴史学者）、長田秀雄（劇作家）、村山知義（作家・画家）、吉野秀雄（歌人）、宇野重吉（俳優）、千田是也（俳優）、中村光夫（文芸評論家）、吉田健一（英文学者・評論家。吉田茂の長男）など錚々たるメンバーだった。その校外講座の講師として順も出講したのだ。順の講義は週一回土曜日。「三学期だけ」の約束で昭和二十二年一月十三日から始めたが、好評のため結局、翌年まで講義を続けた。その教え子のひとりがのち「江分利満氏の優雅な生活」で直木賞を受賞した作家・山口瞳（一九二六～一九九五）だ。山口は順の卒業した東町尋常小学校の後輩でもあり、順には可愛がられた。

自由な校風の「鎌倉アカデミア」は「自由大学」「寺子屋大学」などとも称されたが、資金難のため惜しくも昭和二十五（一九五〇）年九月に閉校となった。卒業生には鈴木清順（映画監督）、いずみたく（作曲家）、高松英郎（俳優）、左幸子（俳優）、前田武彦（タレント）などがいる。

昭和二十二年から翌昭和二十三年春頃にかけて、順は断続的な胃の不調に悩まされながらも精力的に作品を書いた。「深淵」（『日本小説』昭和二十二年五月号から翌年六月号まで）、「真相」（『改造』昭和二十二年七月号）、「天の笛」（『サンデー毎日』昭和二十二年四～八月）などだ。旧作を再録した著書も多く刊行された。

あちこちに仕事場を持った理由

しかし昭和二十三年五月七日、鎌倉稲村ケ崎の仕事場で急に発熱する。医者に診てもらうと肋膜炎だった。過労がたたったのである。一時は重態に陥り、六月十日、寝台車で鎌倉の額田保養院へ入院した。結核の療養所だ。退院したのは五カ月後の十一月十日。順は仕事を離れてゆっくり静養に努めた。八月から九月にかけては毎日のように詩を作り、スケッチやデッサンも描いた。ノートに書き付けた詩はのちに第一詩集『樹木派』として出版された。入院中は絵唐津の茶碗など、焼き物（陶器）に魅せられる。陶器に興味を持ち出してからは散歩のときに骨董屋へ寄ったり「支那古陶器展」に足を運んだり、また高麗青磁の鉢や黒楽茶碗を買ったりしている。他の美術品については、秘蔵の絵を画商に売却を依頼したもののそのままになって返してもらえず、「高見順氏も騙す　画商事件」などと新聞に報道されたこともある。

鎌倉稲村ケ崎の仕事場で発熱したと先ほど書いたが、自宅に書斎があるのに順は次々と仕事場を構えた。戦前は浅草の「五一郎アパート」、有楽町の「蚕糸会館」、戦後は稲村ケ崎、次は逗子に仕事場を持った。新橋演舞場近くの旅館「三喜」や湯河原の「楽山荘」、駿河台の「山の上ホテル」、柳橋の料亭別館「もみじ」、さらに夏場には外房州の「鴨川荘」、箱根の「仙郷楼」、日光湯元の「南間ホテル」なども仕事場として使っている。

これほどいろんな場所に仕事場を持ったのは、主に同居する母コヨとの関係からである。コヨのヒステリーに順はイライラして家ではコヨとの口論が絶えず、日記にもそのことがしばしば綴られている。たとえば昭和二十二（一九四七）年一月三日の日記にはこうある。

……目をさますと、母が怒っている。さア、仕事をしようと思うと、母の不機嫌で神経を乱される。年中、こうだ。仕事でいらいらしているときは、そこで口喧嘩になる。（中略）

母との相克を、まだ一度も小説に書いていない。書けないのだ。「ある家の二階と階下」（注・昭和十三年発表）に、ちょっと書いた。しかし、あれでは（今はよく覚えてないが）書いたとはいえない。

母と離れていると、母を気の毒におもう。私のために、ひとり暮らしをつづけてきた母が哀れにおもえて、涙さえ出てくる。

だが母と一緒に暮すと、ヒステリー性の母のすること、いうことが、どうしても我慢できない。呪わしい気持にさえなる。

可哀そうな母よ、長生きして下さい――離れているとそう思うのだが、鼻をつきあわしていると、一日も早くこの「地獄」から解放してもらいたいと思う。

鎌倉の額田保養院を昭和二十三年十一月十日に退院した順は、自宅療養ののち昭和二十四年七月、転地療養のため箱根仙石原に。その三カ月後の十月、出版社・鎌倉文庫が倒産した。一時は東京・中央区の茅場町に木造二階建ての新社屋を建てるほどの勢いだったが、新興出版社の台頭、老舗出版社の復興などの影響で経営が悪化、出資していた製紙会社出身の新社長が人員整理案を出し、これに反発してストライキ騒動が起こったりして、とうとう倒産したのだ。勤めから解放され、ホッとした順だったが、逆にいえば月給が入らなくなったということで、いろんな雑誌や新聞の求めに応じて書きまくった。

順は額田保養院に入院する前後一年間、療養第一ということでほとんど小説が書けなかったが、昭和二十四年の六月から『新大阪新聞』に「分水嶺」の連載（〜十二月）を始め、ここからまた小説に専念し始めた。いま述べたように十月には勤務先の鎌倉文庫が倒産したため、生活のため早急に収入アップを図る必要があったのだ。

白色恐怖と尖端恐怖

昭和二十五年（順は四十三歳）から二十六年にかけての作品リストは次のようなものだった。

「乾燥地帯」　雑誌『群像』一月号。続編は三月号に掲載
「旅中」　雑誌『文学界』三月号
「過程的」　雑誌『中央公論』五月号
「胸より胸に」　雑誌『婦人公論』六月号〜翌年三月号まで
「視覚」　雑誌『改造』九月号
「悲劇的」　雑誌『群像』昭和二十六年一月号
「風吹けば風吹くがまま」　雑誌『人間』一月号
「インテリゲンチア」　雑誌『世界』四月号

「あるリベラリスト」雑誌『文藝春秋』五月号
「朝の波紋」『朝日新聞』連載（十月～十二月）
このうち「胸より胸に」、「朝の波紋」が映画化されている。前者は昭和三十年公開で、監督は家城巳代治。有馬稲子、大木実などが出演している。後者は昭和二十七年公開で、監督は五所平之助。出演は高峰秀子、汐見洋など。
先に「如何なる星の下に」の映画化のことを記したが、順の原作で映画化されたものは他に「今ひとたびの」（昭和二十二年公開。監督・五所平之助、出演・龍崎一郎、高峰三枝子など）、「無国籍者」（昭和二十六年公開。監督・市川崑、出演・上原謙、宮城千賀子など）、「情痴の中の処女　天使の時間」（昭和三十二年公開。監督・大庭秀雄、出演・小山明子、佐野周二、田村高広など）、「わかれ」（昭和三十四年公開。監督・野崎正郎、出演・鰐淵晴子、山田五十鈴など）等々がある。順の作品の人気を物語るものだろう。
また順は昭和二十六（一九五一）年九月に仲間と語らって懐かしい雑誌『日暦』を復刊させた。『日暦』についてはすでに触れたように昭和八年、順が二十七歳のときに創刊され、昭和十六年十月に雑誌統合のため休刊になったままだった。十八年ぶりに「自分たちの雑誌」を復刊させたわけで、順は復刊第一号に「落書」という随筆を書いている。
旺盛な執筆活動といっていいが、『日暦』復刊少し前の昭和二十六年五月、こんどは「ネヴローズ」に襲われている。いまでいうノイローゼである。針やペン先が恐ろしい「尖端恐怖」、それに白い紙や白壁が怖い「白色恐怖」だ。『高見順日記』（勁草書房）の最終巻（第八巻）の昭和二十六年五月六日の日記は「お茶の先生方が見えていたが、いずれも」でぷっつり終わっている。順が再び日記をつけ始めるのは九年後の昭和三十五（一九六〇）年二月一日からだ。「ネヴローズ」は日常生活にはそれほどの支障はなかったものの、本来の仕事である小説はもちろん、日記も執筆できなくなった。順の仕事はペンで白い紙に文字を綴っていくというものだから、そのペン先も白い紙も恐いとなれば、書けなくなったのは当然といえよう。

そのため「ネヴローズ」の様子が日記に書かれることはなかったが、順が昭和二十八年一月から十一月にかけて雑誌『群像』に連載した長編小説「この神のへど」ではネヴローズに悩む画家が主人公として設定されている。青年時代の左翼運動及びビルマ体験が物語られ、それに順の人生に登場したと覚しい何人かの女性がからみ合って展開される、半自伝的な作品だ。この小説から当時の順の状態がある程度わかる。

「昭和文学盛衰史」執筆に集中

「白い紙が恐い」

と私が諸君に言うと、諸君はこの私の言葉をどう取るか。冗談を言っていると諸君は笑い出すであろうか。

主人公は、自分の異常が「恋愛欠乏症」というか、「女性欠乏症」が原因ではないかと考えた。

終戦後の私は、昔の私と比べると、別人のやうだった。漁色はもとよりあらゆる享楽から遠ざかっていた。自ら自分を遠ざけていた。病気がちということも勿論そこにはあったけれど、醜悪な過去と訣別したいおもひから私は修道僧のやうな生活を自分に課していたのである。思へば、しかし、醜悪な過去と醜悪な自分とは、分ち難いものである以上、そして更に、醜悪な自分と醜悪ならざる自分といふものも、分ち難いものである以上、私は醜悪な過去を葬ろうとして、この私自身を滅ぼしかけていたのではないか。(「この神のへど」より)

「ネヴローズ」を患った順の、これが偽らざる心境だったのだろう。小説の主人公は神経症克服・生命力回復のため、逞しい厚顔無恥、破廉恥、悪行、背徳を希求するのだが、順自身もそうしたのかどうかわからない。ただ、友人の石光葆が書いた『高見順　人と作品』には「新しい恋愛も芽生えたようだ」とあり、順は「恋愛欠乏症」「女性欠乏症」から脱し、生命力を取り戻したようだ。

ただネヴローズに苦しんだ時期は小説が書けなかった。順は昭和二十七年二月、奈良東大寺の「お水取り」(毎年三月十三日未明から行われる東大寺二月堂の行事)を見に行き、以降、毎月のように奈良に出かけて法隆寺周辺、薬師寺、唐招提寺といった寺々をめぐり、古美術に親しんだ。これがノイローゼ克服に効果があったようで、小説はまだ書けなかったものの「昭和文学盛衰史」の連載(『文学界』昭和二十七年三月号〜昭和三十二年十二月号まで)に没頭できた。「昭和文学盛衰史」は昭和三十四(一九五九)年十一月、毎日出版文化賞を受賞している。

小説家としての順が完全に立ち直ったのはいま紹介した「この神のへど」を書きあげてからである。翌昭和二十九(一九五四)年以降になると、ノイローゼによるブランクを埋めるように、再び猛烈な勢いで小説を書き始めた。ちなみに昭和二十九年の主な作品を紹介すると以下の通り。

「軽い骨」　雑誌『新潮』一月号
「赤いセーターの未亡人」　雑誌『改造』一月号
「狂気への誘い」　雑誌『文藝春秋』一月号
「花自ら教あり」　雑誌『婦人画報』一月号
「一回だけの招待」『毎日新聞』掲載（一月〜七月）
「振幅」　雑誌『世界』四月号
「都に夜のある如く」　雑誌『別冊文藝春秋』を四月から連載（八回）
「各駅停車」　雑誌『サンデー毎日』連載
「湿原植物群落」　雑誌『新潮』九月号
「色っぽい時間」　雑誌『小説新潮』九月号
「愚園路」　雑誌『改造』十一月号
「トリマカシイ」　雑誌『文藝春秋』十二月号

一月号（新年号）での掲載が多いのは、各誌の編集者が「もっとも旬な作家」として順を評価していたからだ。

またこの昭和三十年（順は四十八歳）二月から約一カ月間、順は「アジア・ペン大会」、「アジア知識人大会」にドイツ文学者・評論家の竹山道雄（一九〇三〜一九八四）とともに日本代表として出席、東南アジア諸国、インドを歩いている。竹山道雄は小説「ビルマの竪琴」（のち映画化）でも知られる。

ついでに紹介しておくと、二年後の昭和三十二年九月、国際ペン東京大会（二十六カ国が参加）が東京・京都で開催され、順はフランス文学者・評論家の桑原武夫とともに日本代表として出席した。国際ペン大会がアジアで開かれたのはこれが初めてだ。同大会には、アメリカの小説家・劇作家のジョン・スタインベックなど世界的な文豪も参加している。

警職法改悪に反対

順とともに日本代表として参加した桑原武夫（一九〇四～一九八八）は同じく福井県の出身（敦賀市）で、二人は戦前からの知り合い。桑原と順は何でもいえる関係だった。

ペンクラブ関連でいえば、翌昭和三十三年二月、川端康成の勧めで順は日本ペンクラブの専務理事になっている。

そして同年四月、ソ連作家同盟の招待で青野季吉（文芸評論家。一八九〇～一九六一）、阿部知二（英文学者・作家。一九〇三～一九七三）、それに日本文芸家協会事務局長の堺誠一郎の計四人で訪ソしている。団長は青野季吉だった。ソ連では同国作家同盟員との会議に出席、またレフ・トルストイ（一八二八～一九一〇）やアントン・チェーホフ（一八六〇～一九〇四）といった世界的に知られる作家たちの生家を見学したりし、約一カ月間、同国に滞在した。一行はそのあとパリで解散したが、順だけはさらに一カ月間パリを中心にヨーロッパ各地を訪れた。帰国は同年六月。

この年の十一月三日、順は第三〇回国会の衆議院地方行政委員会（委員長・鈴木善幸）公聴会で、社会党推薦の公述人として警察官取締執行法、いわゆる「警職法」改正反対の立場から鵜飼信成（東大教授）、岩井章（日本労働組合総連合会事務局長）らとともに意見を述べている。

当時の岸信介内閣は前月の十月八日、突然「警職法」の改正を国会に上程した。個人の生命や安全、財産を保護するという名目で警察官の権限を強化、また凶器の所持を調べるためだとして令状なしの身体検査や留置も可能にしようという内容だ。上程に先立つ十月四日には日米安全保障条約改定第一回会談があり、明らかに安保改定に連動した動きだ。安保改訂に反対する者をこの新警職法で押さえ込もうというわけだ。さらに岸首相は十月十四日、米NBC放送記者に対し「憲法九条廃止の時」と言明、これも国民の危機感を募らせた。

順は公聴会で、

「国民の一人として、市井に住む一作家、一文士としての気持を申し上げたいと思うのでございます」と前置きし、次のような意見を述べた。

「これ（改正案）は言論の自由ということに抵触しないか、言論の自由を著しく迫害、阻害される恐れがあるものと私どもは解釈いたしたのでございます。

言論活動というものの伸びやかな発表なり表現なりというものの自由がなくては、日本の文化は育たないのです。

あのような悲惨な戦争に終わらなければならなかったということの一つの原因は、やはり反対意見――どうしたらあの戦争をあんな悲惨ではなく終わらせることができるのかというような国民の言論、そういうものは当時圧迫され、封殺されていた。一方的な言論しか通用しなかったというところに、あのような私どもがなめなければならなかった悲惨な敗戦というものがあり、我田引水ではなく、や

はり言論というものの大切さが感じられるのでございます」（衆議院ＨＰより）

治安維持法違反で検挙され拷問を受けた体験から、順はこの改正案に強く反対、有志四〇〇人と語らってデモを計画しその先頭に立った。国民の怒りは大きく、総評や社会党を中心に六五団体が警職法改悪反対国民会議を結成した。そして十月二十五日、全国で警職法改悪反対第一次統一行動があり、政府・自民党が十一月四日、つまり順が反対意見を国会で述べた翌日に衆院本会議で三十日間の会期延長を抜き打ちで強行採決するや国民の怒りはさらに大きくなり、十一月五日には労働者のスト、職場大会、さらには街頭での抗議行動が繰り広げられ、これらに参加した人は総数四百万人を超えた。これを見た政府は十一月二十二日、ついに警職法改正案を断念した。この闘争体験が次の安保改定反対運動に受け継がれることになる。

多忙ながらも順の執筆意欲はきわめて旺盛で、病を得る昭和三十八（一九六三）年まで、まるで奔流のように作品を発表し続けている。

ざっと挙げれば「裸木」（雑誌『新潮』昭和三十三年一月号に掲載）、「三面鏡」（昭和三十三年七月十八日～翌三十四年二月十四日まで新聞七社連合加盟紙に掲載）、「生命の樹」（雑誌『群像』で昭和三十一年一月号～昭和三十三年十一月号まで連載）、「激流」（雑誌『世界』昭和三十四年一月号から連載開始。昭和三十八年十月号まで計三十二回連載したところで中断。未完）、「美しい渦」（昭和三十四年、雑誌『週刊朝日　別冊第十八号』に掲載）、「紛らはしい関係」（雑誌『オール読物』昭和三十四年十月号掲載）、「北海の渡り鳥」（雑誌『小説新潮』昭和三十四年十二月号掲載）、「いやな感じ」（雑誌『文学界』昭和三十五年一月号から連載開始～昭和三十八年五月号で完結）、「愛が扉をたたく時」（雑誌『週刊現代』昭和三十五年二月号～十二月号連載）、「女たらし」

（雑誌『新潮』昭和三十七年一月号掲載）、「大いなる手の影」（雑誌『朝日ジャーナル』に昭和三十八年十月に二回連載したところで病気のため中断。未完）などなどで、ここに紹介しきれなかった作品も多い。

「いやな感じ」の執筆開始

その中で特筆されるのはやはり「いやな感じ」である。

「いやな感じ」については第三章で触れたが、順の最高傑作であるこの作品は雑誌『文学界』の昭和三十五年一月号から連載が始まり、昭和三十八年五月号で完結した。順が書いた「『いやな感じ』を終って」という文章（『文学界』昭和三十八年九月号）によると、月で数えれば四十一回、一回三十枚としても千二百枚という長編小説である。「私としては渾身の勇と力をこめて書いた」と順は述懐している。

「いやな感じ」はアナーキストでありテロリストでもある主人公を中心に、昭和初期から昭和六（一九三一）年の満州事変、昭和十一（一九三六）年の二・二六事件を経て昭和十二（一九三七）年に始まった日中戦争までの約十年間の激動期を描いた作品で、作家・川端康成は「異常な傑作」と激賞した。

この作品について、憲法学者の石川健治（東大教授）が平成二十六（二〇一四）年六月二十八日付け朝日新聞の「オピニオン」という欄で、「『いやな感じ』の正体」と題した注目すべき論文を寄稿している。重要な指摘なので、少し長いが引用する。

主人公「俺」は、時代の閉塞感《へいそくかん》にいらだつ反インテリの労働者。軍部の独善性には反感を抱いている。しかし、それまでの反政府思想の中心だったマルクス主義に対しては、帝大生らインテリが担い手だったこともあり、生理的な拒否感を抱く。そこで、無政府主義の信奉者としてテロリズムに身を投じ、自らの生を燃焼させようとする。

しかし満州事変がすべてを一変させた。事変を「危機」と捉える言説が「俺」と日本社会を急速にむしばみ始める。ここがポイントである。

「危機」や「有事」は一時的な例外状態であり、そこを乗り切れば旧に復することが、本来約束されていた。「国防」目的を遂行するために、足かせとなる立憲主義を停止して、分立していた権力を一本化し国民の権利を制限したとしても、それは時限つきのことだった。ところが、長期化必至の、広大な中国との戦争に踏み込んだ結果、対外危機が常態化する、という矛盾した事態になった。

この「常態的対外危機」が、権利保障と権力統制を構成要素とする立憲主義を、日本社会から永続的に奪うことになった。「国防」目的に向けて国家総動員の体制となり、すべての個人の生が国家に吸い上げられ、権力は暴走に歯止めがきかなくなる。そうしたなか、国家権威を打倒するはずだった「俺」は、気がつけば大陸戦線にあって、哀れな中国民衆の首を切り落とし、その官能の頂点において発狂しておわった。

そこに至る節目節目で、「俺」が生理的に示した反応が「いやな感じ」である。作家の生活実感において、敗戦は、この「いやな感じ」からの解放であった。さらに、「いやな感じ」を封じ込めるのに成功したのが、日本国憲法の最大の貢献であったということも、そこで示唆されているだろう。それが、敗戦によってはじめて成立し得たという事実への、屈折した感覚とともに。

その憲法がいままた「危機」を口実に、再び国民の手から奪われようとしている——と石川は指摘する。「いやな感じ」を封じ込めていた憲法が変えられたり骨抜きにされたりすれば、最高の戦争抑止力が失われ、再び「いやな感じ」が頭をもたげてくるのは必然だ。

一方、「いやな感じ」を書き出す一年前から、順はこれまた長編の「激流」を雑誌『世界』で連載し始めた。第一回は昭和三十四年一月号だ。

一高から東京帝国大学に進み左翼運動に加わる永森進一、その弟で軍人になった正二という、対照的な生き方を選んだ兄弟を中心に、昭和十一（一九三六）年二月二十六日に起きた二・二六事件を取り上げた小説だ。この「激流」について、順はこう書いている。

……私が生きてきた昭和時代といふものを、東京の下町の、ある兄弟の運命に託して（その兄のほうは私と同じ年である）書きたいと思ったのだ。小説による現代史と言ってもいい。となると、あれも書きたい、これも書きたいとなってきて、ひとつの小説でさう欲張っていけないと思ふことが、「いやな感じ」を並行的に私に書かせた。（前掲「『いやな感じ』を終って」）

食道がんが見つかる

だが足かけ五年、第二部の途中まで書いたところで病魔に襲われた。食道がんである。連載は昭和三十八年十一月号で中断され、結局そのままになった。

病気の予兆はあった。物を食べると喉につかえるのだ。昭和三十八年九月十六日の日記にこうある。


食事のとき、何か食道につっかえる気がする。この夏からのことである。食道がんの初期の徴候として、本に書いてあった「感じ」とよく似ている。


その後、何回か日記に「食道のつかえ」が記述されている。そして同年十月一日、知人と蕎麦を食べたとき、ゲッと吐いてしまう。その知人が池島信平（文藝春秋の編集者。のち社長）に連絡、池島信平がすぐ駆け付けてくれ、「早く中山恒明に診てもらった方がいい」とアドバイスした。中山恒明は千葉大学の教授で、食道外科の権威だ。

池島信平の紹介で順は二日後の十月三日午前十一時、銀座の中山ガン研究所に赴いた。診察の結果はやはり食道がんだった。翌四日には新宿伊勢丹で日本近代文学館創立記念の「近代文芸史展」が開かれ、皇太子夫妻が参観したので、日本近代文学館理事長の順はがんのことなどおくびにも出さず案内している。日本近代文学館については後述する。

がんの宣告を受け、順はただちに入院ということになった。当然、闘病優先で、連載中の「激流」は中断となった。千葉大学第二外科に入院し、中山恒明教授の執刀で、順は四時間近い手術を受けた（十月九日）。

秋子夫人の看護メモ（順の日記は十二日間空白）によると、中山博士からは「これでもう大丈夫です。

それに、何といっても早期発見でしたからね」といわれた。しかし順に声を掛けようとして、夫人は思わず息をのんだ。

百八十センチ、七十五キロの巨躯が、一まわりも二まわりも小さくなったよう。わずか四時間の間に頬はげっそりとこけ、こうも相貌が変り果てるとは！（秋子夫人の看護メモ。『続　高見順日記　第四巻』所収）

順は十一月二十八日に退院し、自宅療養に移った。

しかし仕事を再開するまでには至らない。

順は同時期、もう一つの連載を『朝日ジャーナル』で始めていた。それが「大いなる手の影」で、製紙業界を舞台にして日本の資本主義がいかに成長して大正を経て昭和期を形成して行ったかを小説の形で解き明かそうとしたのだ。「いやな感じ」、「激流」、そして「大いなる手の影」（このタイトルは土井晩翠の詩から採った）は昭和史を描く意欲的な三部作となるはずだった。しかし「大いなる手の影」は『朝日ジャーナル』で二回連載しただけで、食道がんのために完結したのは「いやな感じ」だけだった。他の二作はついに未完に終わった。順は悔しかっただろう。

もう一つ順が気にしていたのは先に少し触れた日本近代文学館のことである。昭和三十七年一月三十一日の日記にこんな記述がある。

小田切進氏来る。夕方まで雑談。（注＝このときの雑談が、のちに「日本近代文学館」として発足するきっかけとなった。）

カッコ内の「注」は高見秋子未亡人がのちに入れたものだ。小田切進（一九二四〜一九九二）は日本近代文学の研究者であり、立教大学名誉教授。長兄が文芸評論家の小田切秀雄（一九一六〜二〇〇〇）だ。このときのことを順はこう説明している。

ことの始まりは、立教大学の小田切進氏が中心となって、昭和初期の文藝雑誌（同人雑誌もふくむ）の展示会をやったことにある。私の家にも借りにこられた。そのときこんな話が出た。今のうちにかういう雑誌や本を集めて保存しておかないと、みんななくなってしまふ。有名な作家の本や有名な雑誌は保存されているが、名もない同人雑誌のやうなもので今となると実は大切な文献だといふのが、ほとんど失はれて行く。愛書家によって保存されているものもあるが、どうしてもこれは公的な文学館（図書館）が必要だ。そこで学界文壇が協力して日本近代文学館を作らうといふ話になったのである。（高見順「貴重な屑雑誌」『高見順全集　第十七巻』所収）

話はとんとん拍子に進み、小田切進と話した約三カ月後の五月一日に日本近代文学館設立準備委員会が、同三十一日に設立総会が開かれた。そして翌昭和三十八年四月七日、「財団法人　日本近代文学館」の創立総会が開かれ、初代理事長に順が就任した。

約七億円の資金を要する日本近代文学館設立のため、順は理事長として奮闘中だったが、その最中のがん発覚だった。

戦慄的な詩作「死の淵より」

自宅療養中の昭和三十九年三月、「高見順等を中心とする日本近代文学館」に対し菊池寛賞が授与されることになり、同月六日、ホテルオークラで授賞式が行われた。順も羽織袴で出席、気力を振り絞ってスピーチをしたが、その憔悴ぶりは誰の目にも明らかだった。

このときの様子を鷲尾洋三（『文藝春秋』編集者。一九〇八〜一九七七）が記している（『高見順全集　第十七巻「月報」』）。それによれば、順は喘ぐように息を切らせながらも整然と気力だけでスピーチを続けた。かなり長いスピーチだった。

「バカヤロー、高見もうやめろ、やめろバカヤロー」

と叫んだのは友人の川口松太郎だった。痛ましくて見ていられなくなったのだ。

「九分通り再発しない」と主治医の中山恒明は保証したが、食道がんの再発はなかったものの、がんは他の臓器への転移を繰り返した。最初の手術からおよそ九カ月後の昭和三十九年七月八日に二回目の手術。さらにその六カ月後の昭和三十九年十二月七日に三回目の手術。

二回目と三回目の手術の合間の昭和三十九年七月二十四日、母コヨが死去した。八十七歳。コヨは昭和三十七年九月二十日に高血圧で倒れ、一時意識不明に。以来、左半身不随になり、二年間、床についたままだった。コヨが死んだ日、順は入院中で、妻の秋子が看取った。秋子はコヨに、順は「肺炎で入院している」といってあった。
また二回目の手術後の昭和三十九年八月、順は戦慄すべき詩作「死の淵より」を発表（雑誌『群像』八月号）、大きな反響を呼んだ。いくつかを紹介する。

死者の爪

つめたい煉瓦の上に
蔦がのびる
夜の底に
時間が重くつもり
死者の爪がのびる

死の扉

いつ見てもしまっていた枝折戸が草ぼうぼうのなかに開かれている　屍臭がする
みつめる

犬が飼い主をみつめる
ひたむきな眼を思う
思うだけで
僕の眼に涙が浮ぶ
深夜の病室で
僕も眼をすえて
何かをみつめる

こうした高見順の詩、及び詩人に対する尊敬と愛情を追慕するため、公益財団法人・高見順文学振興会では昭和四十五（一九七〇）年に「高見順賞」を設立、毎年優れた詩人・詩作に賞を贈っている。現代詩ではもっとも権威のある賞だ。

がんに侵された人気作家が、「日本近代文学館」の実現を願いつつ衝撃的な詩を発表（第一七回野間文芸賞を受賞）したというので、新聞や雑誌は順の病状を逐一報じるようになったのはこの頃からだ。

なお三回目の手術の一カ月前の昭和三十九年十一月二十九日、フランス文学者の朝吹登水子（一九一七～二〇〇五）が順の異母妹・阪本華子を連れてきた。朝吹は「いやな感じ」のフランス語訳にあたっていたのだ。朝吹と華子は女子学習院で同級だったのだという。順は華子に会うのは初めてだった。華子は阪本彭之助の末っ子で、その兄である阪本鹿名夫に順は戦後、偶然会っている。本章（第十章）で少し書いたが、出版社・鎌倉文庫の新社屋を茅場町に建てることになったとき、建築を大成建設に依頼したのだが、その設計者としてやってきたのが順の異母弟である阪本鹿名夫だったのだ。彰之助の長男・阪本瑞男、二男の阪本越郎、そして鹿島建設に勤務していた鹿名夫にはすでに会っていた順だが、妹とは初対面で、華子のほかにもう二人の妹がいることも初めて知って順は驚いている。

「日本近代文学館」起工式の翌日に

三回目の手術をしたわずか三カ月後の昭和四十（一九六五）年三月十五日、順は千葉の国立放射線研究所で四回目の手術を受けている。入院の手配は主治医の中山恒明博士自身が行った。がんはあちこちに転移して、鎖骨上リンパ節、肋膜、肝臓、副腎、腹膜、腰椎など、ほとんど全身ががんに侵されていた。にもかかわらず、順は同年七月十三日までひたすら日記を書き、また『高見順日記』の校正に全力を注いでいた。もうペンも握れなくなった八月四日、順と愛人の小野田房子との間に生まれた五歳の恭子を養女・高間恭子（高見恭子。のちタレント・エッセイスト）として籍に入れた。小野田房子は順の「生命の樹」に登場するホステスのモデルとなった女性だ。

恭子はそれまで順に手紙を書いたり、電話で順と話したり

日本近代文学館

している。昭和三十九年十一月二十一日、恭子が家に来たときの日記。

電話でパパと寝たいと言っていた恭子の寝床をベッドの横に。その横に妻が蒲団をしいて寝る。寝つかれぬ。妻と恭子が並んで寝ているのをベッドから見おろし、「ガンというバチが当っても当然だ」と思う。寝られないので、校正に眼を通す。

恭子の入籍手続きをしたのは秋子夫人だ。夫人の看護メモによると、入籍した二日前の昭和四十年八月二日、「恭子は夏休みが終わったら二学期から高間恭子と姓を変えて学校に行くことになりましたよ」と病床の順に話しかけたが、何の反応もなかった。そのうちゆっくり夫人の方に目を向け、じっと見つめる。言ったことがわからなかったのかと思い、夫人がもう一度繰り返そうとしたら、順はそれを遮るように手をふり、それきり目を閉じてしまった。しばらくすると、眠ったとばかり思っていたのに、「もったいない……」とポツリといった。閉じた両目の目尻から涙がつつーっと左右に流れ、もう一度「もったいない」と呟いた。何がもったいないのか、夫人にはわからなかった。

順が息を引き取ったのは恭子を入籍してから十三日後の八月十七日。

この日の昼過ぎ、軽井沢に滞在中の皇太子妃（美智子）殿下から見舞いの電話があった。すでに意識はないかと思われたが、そのことを秋子夫人が順の耳もとで話すと、順は「よろしくお礼申し上げてくれ」と辛うじて聞き取れる声で返事をした。

午後二時半、静岡県三島・龍沢寺の中川宗淵老師が病室に入ってきた。龍沢寺は臨済宗の寺で、中川宗淵（一九〇七〜一九八四）はその住職である。彼は山口県出身だが一高、東京帝大文学部へと進んだ。一高で順と中川（本名は中川基）は同級生だった。また中川は俳人としても知られる（飯田蛇笏に師事）。二人はずっと交流があった。

病室に入った中川老師は、順の枕頭に墨書した長文の巻紙と二個の小石を置いた。巻紙は順への告別の辞で、小石は順の自宅の庭から持ってきたものだ。

「高見さん。さあ、家へ帰ってきたんですよ。わかりますか？」

と呼びかけ、しばらく順の顔を見ていたが、やがて

「こんなものは取りましょう」

と独りごち、あっけにとられている医師たちに軽く会釈すると、それまでゴボゴボと小さな音を立てていた酸素吸入の管をさっと取り外してしまった。そして狭いベッドの向こう側にまわって順の右の手首を取り、小さいが力のこもった声で経文を唱え始めた。

「喝！」

最後の一喝で読経は終わった。そのとき、閉じられたままだった順の目尻から涙が一すじ流れ落ちた。

それからおよそ二時間半後の午後五時三十二分、順はその五十八年の生涯を閉じた。

翌日の新聞は順の死を大きく報じた。神経質で繊細なイメージの順が、がんに対して実に剛毅な闘い挑んだことへの称賛の念もあったのだろう。もう一つは、この年（昭和四十年）四月に日本近代文学館の敷地が東京・駒場にある旧前田侯爵邸跡地に決まり、その建設起工式が順の死の前日だったからである。「起工式までは何とか生きたい」といっていた順の執念が実った形だったのだ。病床にあっ

たものの順はまだ「日本近代文学館」の理事長だった。
各紙の見出しだけ紹介する。
「ガンと戦い抜いて　高見順氏ついに死去　近代文学館に執念託し　医者も驚く生命力」（八月十八日付『朝日新聞』）
「高見順氏死去　ガンと闘い近代文学館建設に貢献」「〝最後の文士〟の執念　死の床につづる『高見順日記』　貴重な昭和の証言　時間の意識失いつつも」（同日付『毎日新聞』）
「高見順氏死去　ほっとして静かに　近代文学館起工の翌日」（同日付『読売新聞』）
「高見順氏〝奇跡の命〟つきる　闘病三年余　悲しみにつつまれて」（同日付『産経新聞』）
従兄弟の永井荷風は孤独のうちに亡くなった（昭和三十四年四月三十日）が、荷風とは対照的な騒がれ方といってもいいだろう。
葬儀は三日後の八月二十日、東京・青山の青山葬儀場で行われた。日本文芸家協会、日本ペンクラブ、日本近代文学館の三団体葬だった。
芥川龍之介の長男、俳優であり演出家の芥川比呂志（一九二〇〜一九八一）が霊前で順の詩集「死の淵より」から「死者の爪」など三編を朗読、改めて生前の順を偲んだ。
同じ「昭和」ではあるが、戦争に明け暮れた戦前と一度も戦争をしなかった戦後は別ものだといっていい。その二つの「昭和」を全力で駆け抜けた稀有な証言者・高見順の墓は生まれ故郷の福井県・三国町（坂井市）の円蔵寺、及び縁切り寺・駆け込み寺としても知られる自宅近くの北鎌倉・東慶寺（臨済宗）にある。

参考・引用文献

『高見順全集（全二〇巻＋別巻）』 勁草書房（一九七〇～一九七七年）
『高見順日記（正・続全一七巻）』 勁草書房（一九六四年～一九七七年）
高見順『高見順―作家の自伝96』日本図書センター（一九九九年）
高見順『故舊忘れ得べき』日本近代文学館（一九七四年）
高見順『わが胸の底のここには』講談社文芸文庫（二〇一五年）
高見順『如何なる星の下に』講談社文芸文庫（二〇一一年）
高見順『敗戦日記』文春文庫（一九九一年）
高見順『混濁の浪―わが一高時代』構想社（一九七八年）
高見順『いやな感じ』文藝春秋新社（一九六三年）
高見順『昭和文学盛衰史』講談社（一九六五年）
高見順『敗戦日記』中公文庫（二〇〇五年）
高見順『死の淵より』講談社文芸文庫（一九九三年）
新田潤『わが青春の仲間たち』新生社（一九六八年）
高見秋子『高見順とつれづれ帖―東慶寺の四季』図書出版 和幸企画（一九八〇年）
石光葆『高見順 人と作品』清水書院（一九六九年）
土橋治重『永遠の求道者 高見順』社会思想社（一九七三年）
奥野健男『高見順』国文社（一九七三年）
坂本満津夫『評伝・高見順』鳥影社（二〇一一年）
坂本満津夫『文士・高見順』おうふう（二〇〇三年）
川口信夫『われは荒磯の生れなり―最後の文士 高見順』私家版（上巻・中巻ノ一）（二〇一六年・二〇一八年）
『ふるさと文学館 第二二巻 福井』ぎょうせい（一九九三年）

『日本現代文学全集　第85巻　伊藤整・高見順集』講談社（一九六三年）
『高見順集　現代日本の文学　24』学習研究社（一九七八年）
『日本文学全集　49　高見順集』新潮社（一九六七年）
有島武郎『有島武郎全集　第九巻』筑摩書房（一九八一年）
芥川龍之介『芥川龍之介全集　第十四巻』岩波書店（一九九六年）
永井荷風『荷風全集　第二十四巻』岩波書店（一九九四年）
長江銈太郎『東京名古屋現代人物誌』柳城書院（一九一六年）
関川夏央『白樺たちの大正』文藝春秋（二〇〇五年）
松元崇『大恐慌を駆け抜けた男　高橋是清』中央公論新社（二〇〇九年）
吉村昭『関東大震災』文春文庫（二〇〇四年）
十重田裕一『横光利一と川端康成の関東大震災』早稲田大学総合人文科学センター（二〇一三年）
佐野眞一『甘粕正彦　乱心の曠野』新潮社（二〇〇八年）
『岡田顕三』岡田顕三伝記刊行会（一九五九年）
丸山眞男『丸山眞男座談　1』岩波書店（一九九八年）
和田優博『史実は小説よりも奇なり』私家版（二〇一〇年）
高橋亀吉・森垣淑『昭和金融恐慌史』講談社（一九九三年）
松本清張『昭和史発掘　1〜13』文藝春秋新社（一九六五〜一九七二年）
寺崎英成、マリコ・テラサキ・ミラー編『昭和天皇独白録』文藝春秋（一九九五年）
粟屋憲太郎編『ドキュメント昭和史　2』平凡社（一九七五年）
加藤陽子『満州事変から日中戦争へ』岩波新書（二〇〇七年）
半藤一利・加藤陽子『昭和史裁判』文藝春秋（二〇一一年）

森正蔵『解禁　昭和裏面史　旋風二十年』ちくま学芸文庫（二〇〇九年）
筒井清忠編『解明・昭和史　東京裁判までの道』朝日新聞出版（二〇一〇年）
安井三吉『盧溝橋事件』研文出版（一九九三年）
色川武大『あちゃらかぱいッ』文春文庫（一九九〇年）
多田淳子編『ソクラテスの妻たち』スリーエーネットワーク（一九九七年）
神崎清『名作とそのモデル』東京文庫（一九五三年）
井出孫六『抵抗の新聞人　桐生悠々』岩波新書（一九八〇年）
淡谷のり子『淡谷のり子　わが放浪記』日本図書センター（一九九七年）
吉武輝子『ブルースの女王　淡谷のり子』文藝春秋（一九八九年）
斎藤隆夫『回顧七十年』中公文庫（一九八七年）
草柳大蔵『斎藤隆夫　かく戦えり』文藝春秋（一九八一年）
辻平一『文芸記者三十年』毎日新聞社（一九五七年）
佐藤卓己『言論統制　情報官・鈴木庫三と教育の国防国家』中央公論新社（二〇〇四年）
『講談社の歩んだ五十年（昭和編）』講談社（非売品。一九五九年）
東久邇稔彦『東久邇日記　日本激動期の秘録』徳間書店（一九六八年）
佐久間平喜『ビルマ現代政治史』勁草書房（一九八四年）
森繁久彌『森繁自伝』中公文庫（一九七七年）
『昭和ニュース事典　一～八巻』毎日コミュニケーションズ（一九九〇～一九九四）
臼井吉見編『現代教養全集　第13巻』筑摩書房（一九五九年）
神谷忠孝・木村一信編『南方徴用作家』世界思想社（一九九六年）
NHKスペシャル取材班『戦慄の記録　インパール』岩波書店（二〇一八年）
『戦記作家　高木俊朗の遺言　I』竹中誠子・株式会

社文藝春秋企画出版部（二〇〇六年）
『警視庁史　昭和前編』警視庁史編さん委員会（非売品。一九六二年）
東京空襲を記録する会『東京大空襲・戦災誌　第４巻』（一九七三年）
早乙女勝元編著『写真版　東京大空襲の記録』新潮文庫（一九八七年）
新潮文庫編集部編『山崎豊子読本』新潮文庫（二〇一八年）
ドナルド・キーン『日本人の戦争　作家の日記を読む』角地幸男訳、文藝春秋（二〇〇九年）
田村洋三『沖縄県民斯ク戦ヘリ　大田實海軍中将一家の昭和史』講談社文庫（一九九七年）
読売新聞戦争責任検証委員会『検証　戦争責任Ⅰ・Ⅱ』中央公論新社（二〇〇六年）
牛島秀彦『ノンフィクション　消えた春　名古屋軍投手・石丸進一』時事通信社（一九八一年）
ちくま日本文学全集55『中野好夫』筑摩書房（一九九三年）
茶本繁正『獄中紙「すがも新聞」』晩聲社（一九八〇年）
茶本繁正『戦争とジャーナリズム　正・続』三一書房（一九八四年、一九八九年）
雑誌『世界』岩波書店（二〇〇五年十一月号）
ねず・まさし『日本現代史　４』三一書房（一九六八年）
荒畑寒村『荒畑寒村著作集　⑩』平凡社（一九七七年）
山田風太郎『人間臨終図巻　上・下巻』徳間書店（一九八六～一九八七年）
窪川鶴次郎・平野謙・小田切秀雄編『日本のプロレタリア文学』青木書店（一九五六年）
江國滋・選『手紙読本』日本ペンクラブ編、ランダムハウス講談社（二〇〇七年）
福川秀樹編『日本陸海軍人名辞典』芙蓉書房出版（一九九九年）
福川秀樹編『日本陸軍将官辞典』芙蓉書房出版（二〇〇〇年、二〇〇一年）
『20世紀全記録（クロニック）』講談社（一九八七年）

高見順　年譜（生年をゼロ歳とした。〈　〉内は国内・海外の主な出来事）

年号	出来事
明治四十（一九〇七）年	一月三十日（戸籍上は二月十八日）、福井県坂井郡三国町に生まれる。本名は高間義雄（のち芳雄）。〈一月、株式市場暴落。日露戦争後恐慌の端緒に〉
明治四十一（一九〇八）年 一歳	母コヨに連れられ、祖母コトとともに上京。東京市麻布区に住まう。
明治四十二（一九〇九）年 二歳	〈十月、伊藤博文がハルビン駅頭で暗殺される〉
明治四十三（一九一〇）年 三歳	〈五月、大逆事件。八月、韓国併合〉
明治四十四（一九一一）年 四歳	〈八月、警視庁特別高等課（特高）設置。十月、清国で辛亥革命〉
明治四十五＝大正元年（一九一二）年 五歳	〈一月、中華民国成立〉
大正二（一九一三）年 六歳	東京市麻布区本村小学校に入学。秋に同区東町小学校に転校。
大正三（一九一四）年 七歳	〈八月、日本がドイツに宣戦布告。第一次世界大戦に参戦〉
大正四（一九一五）年 八歳	〈一月、中国政府に対華二十一カ条要求〉

大正六（一九一七）年 十歳	〈ロシアで二月革命・十月革命を経て十一月、ソビエト政権成立〉
大正七（一九一八）年 十一歳	〈七月、富山で米騒動が起き全国に波及。八月、シベリア出兵〉
大正八（一九一九）年 十二歳	東町小学校を卒業、府立第一中学校（現在の都立日比谷高校）に入学。 〈三月、京城（ソウル）など朝鮮全土で三・一独立運動〉
大正十（一九二一）年 十四歳	〈二月、文芸雑誌『種蒔く人』創刊、プロレタリア文学運動の始まり〉
大正十二（一九二三）年 十六歳	〈九月、関東大震災。戒厳令下、朝鮮人虐殺、亀戸事件、甘粕事件などが起きる〉
大正十三（一九二四）年 十七歳	府立一中卒業、第一高等学校文科甲類に入学。以降、三年間は寮生活。
大正十四（一九二五）年 十八歳	高洲基らと同人雑誌『廻転時代』を創刊。「響かない警鐘」を書く。また築地小劇場のパンフレットに演劇論の翻訳を載せた。 〈普通選挙法、治安維持法公布〉
大正十五＝昭和元（一九二六）年 十九歳	一月、祖母コト没。一高の交友会雑誌に「華やかな劇場」などの作品を発表。 〈七月、蔣介石が中国国民革命軍総司令に就任、北伐開始〉
昭和二（一九二七）年 二十歳	一月、徴兵検査のため本籍のある三国町に帰郷。一高を卒業、東京帝国大学文学部英文科入学。 九月、新田潤らと同人誌『文芸交錯』を創刊。 〈三月、金融恐慌発生。五月、第一次山東出兵〉

昭和三（一九二八）年　二十一歳	二月、左翼芸術同盟に参加、五月創刊の機関誌『左翼芸術』に初めて高見順のペンネームで「秋から秋まで」を発表。七月、東大の左翼七誌が合同して『大学左派』を創刊、同人として「植木屋と廃兵」を発表。劇団制作座で演出を担当し最初の妻・石田愛子を知る。〈三月、共産党員全国一斉検挙＝三・一五事件。六月、関東軍が張作霖を爆殺〉
昭和四（一九二九）年　二十二歳	二月、『大学左派』終刊。六月、『十月』を武田麟太郎らと創刊。続いて『時代文化』を創刊。
昭和五（一九三〇）年　二十三歳	三月、東大卒業。研究社の英和辞典編纂部に臨時雇いとして勤務。秋、コロムビア・レコードに就職。七月、『集団』を創刊。この年、石田愛子と結婚、母と離れて大森に住む。九月、父・阪本彰之助に認知され庶子となる。
昭和六（一九三一）年　二十四歳	引き続き『集団』に執筆。プロレタリア文学に邁進、非合法革命運動に接近。〈九月、中国・柳条湖事件で関東軍が軍事行動開始＝満州事変〉
昭和七（一九三二）年　二十五歳	日本プロレタリア作家同盟の城南キャップとして組合活動に専念。〈三月、満州国建国宣言。五月、犬養毅首相射殺さる＝五・一五事件〉
昭和八（一九三三）年　二十六歳	一月、治安維持法違反の容疑で検挙され、拷問を受けて転向。三月初めに釈放。妻の愛子が家を出る。九月、新田潤らと『日暦』を創刊。〈一月、ドイツでヒトラー内閣成立。二月、プロレタリア作家・小林多喜二が特高警察に惨殺される。三月、日本が国際連盟を脱退〉
昭和十（一九三五）年　二十八歳	水谷秋子と結婚。『日暦』に「故旧忘れ得べき」を連載、第一回芥川賞候補となる。『中央公論』に「私生児」を書く。
昭和十一（一九三六）年　二十九歳	三月に創刊された武田麟太郎主宰の『人民文庫』に「故旧忘れ得べき」の続編を書く。『国民新聞』に初の新聞小説「三色菫」を連載、これを機にコロムビア・レコードを退社。十二月、ラジオで父・彰之助の死を聞き、初めて阪本家を訪問。〈二月、二・二六事件〉

昭和十二（一九三七）年 三十歳	七月、取材のため飛驒に赴き、その旅行中に日中戦争（日華事変）の勃発を知る。 〈十二月、日本軍が南京占領。大虐殺事件を起こす。左翼弾圧の「人民戦線事件」〉
昭和十三（一九三八）年 三十一歳	一月、『人民文庫』廃刊。その後、浅草で「五一郎アパート」を仕事部屋として借りる。
昭和十四（一九三九）年 三十二歳	一月、『文藝』に「如何なる星の下に」の連載開始（翌年三月完結）。五月、長女由紀子が誕生。 〈五月、ノモンハン事件。八月、独ソ不可侵条約調印。九月、ドイツ軍がポーランドを侵攻。英仏がドイツに宣戦布告、第二次世界大戦が勃発〉
昭和十五（一九四〇）年 三十三歳	十二月、長女・由紀子死す。 〈九月、日本軍が北部仏印へ進駐。日独伊三国同盟調印〉
昭和十六（一九四一）年 三十四歳	一月、画家・三雲祥之助とジャワ、バリ島を旅行。五月中旬に帰国。十一月、陸軍の徴用令を受けビルマ派遣軍に配属。十二月、大阪港から出発、香港沖の洋上で太平洋戦争の勃発を知る。 〈六月、独ソ戦開始。十月、東條英機内閣成立。十二月、日本軍がハワイ真珠湾を攻撃、対米英宣戦布告〉
昭和十七（一九四二）年 三十五歳	一月、報道班員として配属されラングーン（ビルマ）に。丸一年をビルマで過ごす。軍務のかたわらビルマ作家と親交を結び、ビルマ作家協会の結成を援助した。 〈五月、日本文学報国会結成。六月、ミッドウェー海戦、八月、米軍がガダルカナル島に上陸〉
昭和十八（一九四三）年 三十六歳	一月帰国。四月、北鎌倉に転居。 〈二月、日本軍がガダルカナル島から撤退。五月、アッツ島日本軍守備隊全滅〉
昭和十九（一九四四）年 三十七歳	六月、再び報道班員として徴用を受けて中国に赴く。満州映画協会理事長・甘粕正彦と何度か会う。十二月、南京での第三回大東亜文学者大会に参加。同月帰国。 〈七月、サイパン島守備隊全滅。東條英機内閣総辞職。十月レイテ沖海戦により日本連合艦隊は事実上消滅〉

昭和二十（一九四五）年 三十八歳	五月、川端康成らと鎌倉で貸本屋『鎌倉文庫』を始める。十月、出版社『鎌倉文庫』の創立に参加。 〈三月、東京大空襲。四月、米軍沖縄本島上陸。六月、沖縄守備隊全滅。八月、広島、長崎に原爆投下。敗戦〉
昭和二十一（一九四六）年 三十九歳	「今ひとたびの」を『婦人朝日』に、「わが胸の底のここには」を『新潮』に連載。十二月、胃潰瘍のため約五カ月間病床に臥した。 〈十一月、日本国憲法公布〉
昭和二十二（一九四七）年 四十歳	四月、「或る告白」を『展望』に連載開始するなど、相次いで作品を発表。 〈五月、日本国憲法施行〉
昭和二十三（一九四八）年 四十一歳	六月、胸部疾患のため鎌倉・額田サナトリウムに十一月まで入院。
昭和二十四（一九四九）年 四十二歳	自宅療養ののち、箱根・仙石原で転地療養。十月、出版社・鎌倉文庫倒産。
昭和二十五（一九五〇）年 四十三歳	「胸より胸に」を『婦人公論』に連載するなど、執筆に励む。逗子にも仕事場を借り、自宅から通う。夏はほとんど箱根・仙石原に滞在。 〈六月、朝鮮戦争勃発〉
昭和二十六（一九五一）年 四十四歳	十年ぶりに『日暦』を旧同人たちと復刊。 〈九月、サンフランシスコ平和条約・日米安全保障条約調印〉
昭和二十七（一九五二）年 四十五歳	年初より白色恐怖、尖端恐怖ノイローゼとなり、執筆不能に。奈良を毎月のように訪れ、古寺巡歴に日を送った。半年後、やや回復し、八月より『文学界』に「昭和文学盛衰史」を連載開始（昭和三十二年十二月に完結）。
昭和二十八（一九五三）年 四十六歳	一月より『群像』に「この神のへど」を連載（十一月完結）。 〈七月二十七日、朝鮮戦争休戦協定調印〉

昭和二十九（一九五四）年 四十七歳	四月、「都に夜のある如く」を『別冊文藝春秋』に連載するなど旺盛な執筆欲を示す。〈七月、防衛庁・自衛隊発足〉
昭和三十（一九五五）年 四十八歳	二月、東パキスタン（当時）のダッカで開かれたアジア・ペン大会及びビルマ・ラングーンでのアジア知識人会議に竹山道雄とともに出席。帰途インドに寄りカルカッタなどの仏跡を訪れて三月中旬に帰国。
昭和三十一（一九五六）年 四十九歳	夏の仕事場を奥日光に移す。〈十二月、日本の国連加盟が承認される〉
昭和三十二（一九五七）年 五十歳	九月、東京で開催された第二九回国際ペンクラブ大会に桑原武夫とともに日本代表として出席。
昭和三十三（一九五八）年 五十一歳	一月五日、小野田房子との間に恭子誕生。四月、ソ連作家同盟の招きで青野季吉、阿部知二らと訪ソ、モスクワ、レニングラードなどを訪れる。帰途フランスに立ち寄り、パリに一カ月余滞在した。十一月、警職法改悪に反対し、国会で意見陳述。また抗議運動として「静かなデモ」を提案、有志四〇〇人とともに参加しその先頭に立つ。
昭和三十四（一九五九）年 五十二歳	十一月、「昭和文学盛衰史」により第十三回毎日出版文化賞を受ける。
昭和三十五（一九六〇）年 五十三歳	一月、「いやな感じ」を『文学界』に連載（三十八年五月に完結）。〈六月、安保改定に反対して全学連主流派が国会に突入、警察官と衝突して東大生・樺美智子死亡。六月、新安保条約自然成立、岸信介首相辞意表明〉
昭和三十六（一九六一）年 五十四歳	三月、戦争中に知り合ったビルマの作家ザワナ（ビルマ作家協会会長）がアジア・アフリカ作家会議出席のため来日、また八月には旧知であるビルマの作家ラ・ウーが外務省招待で来日、ともに二十年ぶりに再会。
昭和三十七（一九六二）年 五十五歳	五月、伊藤整、小田切進らと日本近代文学館設立準備会を発足、設立代表者となって各方面への折衝にあたる。秋より芥川賞選考委員に。

昭和三十八（一九六三）年 五十六歳	四月、日本近代文学館が発足、初代理事長に就任。夏頃より時おり喉のつかえを自覚するようになり、食道がんが見つかる。十月、千葉大学でがんの手術。十一月に退院。
昭和三十九（一九六四）年 五十七歳	三月、日本近代文学館の設立運動により菊池寛賞を受賞。六月、二度目の手術のため千葉大学付属病院に入院。七月、母コヨ死去。八月、詩作「死の淵より」を『群像』に発表。これにより野間文芸賞受賞。講談社より『高見順文学全集』（全六巻）、勁草書房より『高見順日記』（全八巻）の刊行が相次いで始まる。十二月、千葉市の放射線医学総合研究所病院部に入院、三度目の手術。
昭和四十（一九六五）年 五十八歳	がんが全身に転移、三月、四度目の手術を受ける。八月十六日の日本近代文学館建設起工式を待ち続けていたがついに出席できず、翌十七日に死去。同日、文化功労者の栄を受けた。八月二十日、日本文芸家協会・日本ペンクラブ・日本近代文学館の三団体葬により青山斎場で葬儀。委員長・川端康成。戒名は素雲院文憲全生居士。

あとがき

「高見順を書きませんか」といわれたとき、「とんでもない」とお断りした。高見順の愛読者でもファンでもないし、むろん研究者でもない。いくらかでもひっかかりがあるとすれば同じ福井県出身ということだけだ。適任者は大勢おり、自分は到底その任ではない。だが「高見順を通して見た昭和史・戦前史と考えてください」と説得され、それならやれるかもしれないと考え「時間がかかってもいいなら」という条件でお引き受けした。昭和、ことに戦前史に関心があったからだ。

しかし史料を集め始めたとたんに後悔した。高見順の評伝はすでに何冊も優れたものが出ているし、新たな発見はほとんど望めないと思われた。さらに高見順の書いている作品群の圧倒的なボリュームを前に途方に暮れた。それでも何とか書くまでにこぎ着けたのは、歌手・淡谷のり子さんや作家・牛島秀彦さんの従兄弟である石丸進一、それにジャーナリスト・茶本繁正さんなど、ご縁があった方たちのことを記しておきたいという思いからだった。

淡谷のり子さんは電話取材だけの関係だったが、「戦争中、なぜ軍歌を歌わなかったのですか?」という質問に「若い人を軍歌で戦場に送り込みたくなかったのよ」と独特の青森弁で答えてくれた。またたびたび取材を受けてくれた牛島秀彦さんは頭のいいユーモアたっぷりの人で、プロ野球人で唯一特攻隊員として戦死した石丸進一の従兄弟である。中日ドラゴンズファンとしても、名古屋軍のエース・石丸進一のことはぜひ書いておきたかった。

また茶本繁正さんは兄貴分のような存在で、私事ながら『日刊ゲンダイ』という夕刊紙に入社したのも茶本さんの口添えがあったからだ。調べてみてわかったことだが、茶本さんについてはまだほとんど誰も詳しく書いていない。ジャーナリズムはなぜ戦争を阻止できなかったのか、今後も果たして戦争を阻止できるのかという茶本さんの問いかけは、きわめて今日的で重要だと思う。

そのほか森繁久彌や和田久太郎、山崎豊子、大田實、島田叡など、高見順の軌跡・時代の転換点に合わせて何人かの人を取り上げた。『森繁自伝』は二十年ほど前に読んだ本だが、満州に渡った高見順の日記に「森シゲ（茂?）」という名前が出てきたのには驚いた。まさしく満州・新京（長春）にいた森繁久彌のことである。のちに高見順原作の映画『如何なる星の下に』（東宝）が公開されたが、この作品には森繁久彌が出演している。満州で会った「森シゲ」がこの森繁久彌であったことを高見順は知っていたのかどうか気になったが、いくら探してもそれについての記述は見つからなかった。

また大田実（中将）の歴史的電文「沖縄県民斯ク戦ヘリ」や戦前最後の沖縄県知事・島田叡についても書いておきたかった。フランスの作家サン・テグジュペリではないが、こうした人がいるからこそ、この世は生きるに値するのだろう。

というわけで、本書では四苦八苦して自分なりの工夫を試みたつもりだが、「高見順を通して見た昭和史」という目論見が成功したのかどうかは正直わからない。読者の判断・叱正を待ちたい。

そのうえで高見順の印象を述べておくと、この人はとんでもなく頭のいい人である。本文でも取り上げた政治学者・丸山真男との対談などを読むと、ことさらその感が強い。
本書の刊行に当たっては現代書館・菊地泰博社長のお世話になった。また担当編集者の藤井久子さんにはたびたび的確なアドバイスをいただいた。感謝したい。

二〇二〇年五月吉日

山田邦紀

山田邦紀（やまだ　くにき）

一九四五年、福井県敦賀市生まれ。早稲田大学文学部仏文科卒業。夕刊紙『日刊ゲンダイ』編集部記者として三十年間にわたって活動、現在はフリー。編著書に『明治時代の人生相談』（幻冬舎）他。共著書に『東の太陽、西の新月――日本・トルコ友好秘話「エルトゥールル号」事件』、『明治の快男児トルコへ跳ぶ――山田寅次郎伝』、著書に『ポーランド孤児・「桜咲く国」がつないだ765人の命』『軍が警察に勝った日――昭和八年　ゴー・ストップ事件』、『岡田啓介――開戦に抗し、終戦を実現させた海軍大将のリアリズム』（いずれも現代書館）がある。

今ひとたびの高見《たかみ》順《じゅん》
――最後の文士とその時代

二〇二〇年六月二十五日　第一版第一刷発行

著者　山田邦紀
発行者　菊地泰博
発行所　株式会社現代書館
東京都千代田区飯田橋三－二－五
郵便番号　102-0072
電話　03（3221）1321
FAX　03（3262）5906
振替　00120-3-83725

組版　プロ・アート
印刷所　平河工業社（本文）
東光印刷所（カバー）
製本所　積信堂
装幀　大森裕二

校正協力・高梨恵一
 ISBN978-4-7684-5880-8

http://www.gendaishokan.co.jp/